伴狂

向岛 著

作家出版社

第一章

就是这个晚上，马川在睡梦中自己把自己的右手手腕啃了个血肉模糊。马川平常丢三落四，忘性大，觉得自己啥事也记不住。能把这个日子记住，不单因为手腕受伤是血的事实，也是因了另一些人和事的参照。

下午下班时间到了，马川才离开的办公室。他坐公交车到了时代广场，一下车先拿出手机打电话：一哥啊，我到了，你赶紧过来。电话那头说马上马上。"一哥"是马川自小的同学，成天狗皮袜子没反正的，半下午那阵就打来电话，说是晚上要一块儿喝酒。马川挎包里装着一瓶老西凤酒，是他整理办公室时翻出来的，自己什么时候塞在墙角的都不记得了，被破旧报纸杂志给遮住了，透过酒瓶看标签背面打的日期，竟然是十年前出产的酒。一哥上次来办公室就盯上了这瓶酒，嚷嚷说陈酒新茶，再好不过，啥时好好喝一下。马川要穿过时代广场往饭店走时，才发现今天的广场有些异样，黄色的反光布带整个儿围住了广场四周，稀稀拉拉站着一圈保安在执勤，不时指指点点着，阻止想要进入广场的人。广场地面上铺满了稻草垫子，不少人在围观，马川听到他们说，广场里的长龙大厦明早就要整体爆破拆除了。许多人竞相用手机拍照留念。马川抬头看，三十六层高的大厦上，垂悬下来一条条红布标语，又宽又长的在高处鼓胀翻卷，巨大的黄字印着"鹏程爆破，创造精彩"之类广告词，底下竖写着阿拉伯数字的电话号码。看来果然是要拆了，爆破公司借机在做广告。马川住的小区离这里不远。长龙大厦主体工程建成以后，杵在这里怎么也有两三年了吧，却一直还是水泥本色，不见有内外装修。这座大厦地上三十六层地下还有两层，当初建设时，围墙的广告牌上赫然写着"长宁第一楼"，如今高楼群起，是不是还保持着"第一"，就不知道了。马川并不关心这个。只是每当站在自家阳台，望着这水泥色大厦横在眼前，就会心生一个奇怪的联想：这些供活人居住的房子，远看起来，窗洞又小又密密麻麻，就跟在墓园里看到的那一排排阴宅没有什么两样，马川每次都在心里阻止自己这样想，内心却恶作剧一般，禁不住偏要这样去想。这碍眼的灰楼眼看就要炸掉了，马川心里还是咯噔了一下。不过他不关心这些。

马川绕广场半圈往饭店走，还有一站多路，但他不想再换车坐车了，想走一走。

"朱蹄坊"的生意迟早都是个好。马川提前打电话订了座儿。门前停满着车，靠近门口那个固定车位，照例是朱老板的奥迪 A8，夕阳下漆黑瓦亮。朱老板如果不出门，他的车就放在这里，出门了这车位也为他空着，竖一个醒目的黄色塑料牌子：固定车位，严禁泊车。朱老板卖蹄花，从早年的三轮车生意到油毛毡棚子再到如今自盖的三层店面，生意越做越大。马川一直是吃着他的蹄花，过几天不吃就想这一口，把自己也就从个二十出头小伙子吃成了四十岁中年人。所不同的是，朱老板眼看着越来越阔，马川大学毕业分配到长宁市群众艺术馆，没挪过窝不说，还越活越没了神气。朱蹄坊朱红大门，门额上悬挂着三个大字"朱蹄坊"黑底金字招牌，门的两侧，还配以与众不同的对联："黑蹄白蹄好吃才是主题，大蹄小蹄全然不成问题"，是长宁市书法家协会主席顾若虚的手笔。马川看见朱老板正站在店门口和人说话，跟二十年前一样精瘦，底气和精神却早已不是当初那个进城做生意的农民了。朱老板右手插进裤兜，双腿站得直挺。那一年他在高速路开车，出过个事故，那时候他开的还是一辆破旧桑塔纳，据说是好端端走着，前面一辆加长货车突然撞上隔离带发生侧翻，货车上满满当当拉的黑猪白猪，摔死的猪横七竖八摊在路面，没摔死的猪便满路乱窜，朱老板既要躲事故车辆还要躲死的活的白的黑的猪们，慌乱中失控，一头扎向路边护栏，好在折了半条左腿和右手的两根指头，人没事。有人说大难不死必有后福，也有人说这是猪们的报复，往后该改行了别再卖猪蹄。朱老板还偏不信这个邪，索性把原来挂在油毛毡破店面的"猪蹄坊"招牌改为"朱蹄坊"，径直把自己姓氏嵌进店名，这一字之改，生意竟然突飞猛进，又三年下来，拆掉油毛毡棚子盖了新楼不说，很快在省城和其他地市开了几家分店。朱老板生意好的最直接体现，是他的义肢在不断更换提升，先前是国产的，一脚高一脚低，走起路来还咯吱作响，现在听说是换了世界最先进的德国名牌义肢，走起路来完全好人一般，不仔细看几乎看不出什么问题，加上右脚本来就好着，把个奥迪A8过来过去地开，风驰电掣一般，怎么也算是长宁市里个人物了。朱老板以前看见马川老远就打招呼，现在见了，有时点点头算是打过招呼，有时就视而不见，生意好了人多眼乱，不能怪他一阔脸就变，也实在是顾不得。马川并不管这些，咱是吃他的猪蹄又不是吃他本人的"朱蹄"，无所谓的。他进店找到地方坐下，临窗的一档格子。

马川刚坐下，手机响了，心想一哥这家伙来得倒是快，一接却是他的主任白小白。白小白这段是到马栏县深入生活去了。马川说，主任好。白小白说你在哪里啊。马川说刚下班啊我才从单位离开，怎么，主任查岗啊？白小白笑道，不是不是，我从马栏县回来了，中午那阵才回来的，一回来就替领导忙了一个下午。马川说，我刚到的朱蹄坊这里，要跟一个老同学吃个饭。白小白问男的女的啊。马川说，哈，男的，怎么，大主任连这个都要检查？白小白说不是不是，你要没啥不方便的话我过来，咱们一块吃饭，今天我来做东。马川说，噢……那好啊！白小白说，我跟体育馆秦伊力两个，对了，我把报社耿亚红也叫上，一共三个人，你挑拣些好菜点啊，咱提前说好了，我的东。

群众艺术馆这种单位，作为文化系统一个下属事业单位，无足轻重得很。外人不知道了还以为那里又是单独院子又有办公楼，是个机关呢。殊不知世上的机关，那是分为主机关、亚机关、准机关的，马川虽说没混上个一官半职，对于这样的谱系毕竟还懂得。这种单位，你非要说它是机关，算个准机关都勉勉强强。至于马川所在的文艺创作室，则是群众艺术馆下属的小小科级建制，实际上满共也就三个人，一个主任两个兵。但主任白小白在市文联那里还挂了个副主席，享受副县级待遇，算是高配的。马川平时未必坚持坐班，问题是这段单位里没人了。白小白去了北部山区的马栏县深入生活，那里是她的生活基地，另一个女干事小吴，则是生小孩休产假去了，只剩下马川一个。市里如今抓纪律作风，动不动检查出勤，有关部门牵头，电视台报社相跟，扛着摄像机，不打招呼说到就到，大小一个单位总不能关着门。好在工作性质所决定，坐班也无非是翻翻闲书，一晌时间不知不觉也便打发了。

电话刚打完，马川隔着玻璃窗就看见一哥来了，正从一辆摩托车后座跳下来，掏出一沓零钱给摩的司机付费。一哥从窗外也看见马川，径直走到座位，嘻哈着说，看哥们儿行动够迅速吧？马川说，今儿没有开你那破微型面包车？一哥头一歪，说你他妈的啥人嘛，咱不是要喝酒么，你想让我酒驾抓进去啊？马川笑道，你那破车，喝完酒往街上一抛就是几天，又不是没乱抛过。一哥说，那车破是破，毕竟还是咱的一份家当么，尽可能珍惜着的好，让我先上一下卫生间去。

服务员过来，马川点菜。按白小白说的，挑拣好的菜点，无非是多点几样蹄类，红烧猪蹄、糊辣羊蹄，还有驼掌、鸡鸭鹅掌之类，正点着菜一哥捧着一双湿手过来，说不点了不点了！马川一脸不解说，你个神经病，咋回事嘛？一哥说咱走，不在这儿吃了，走，咱走。马川说你有病啊！人家白小白几个还要过来，我都给她们说了在这儿呢！一哥说，活人还能让尿给憋死？给她们说换地方不就行了？拎了马川装酒的包儿就走，马川只好站起来，跟着往出走，回过头跟服务员说，啊……对不起对不起，地方先给我们留着……一哥歪过头给服务员说，不留不用留了。出了门马川问到底咋回事啊。一哥说，贾宝民个贼日货也在这儿呢。马川知道贾宝民过去是跟着一哥做同样营生，后来跟一个女县委书记结了婚，而那个女县委书记后来又提拔了，就是现在的鄢静之女副市长。马川停住步说，我当是咋了呢，蝎子把尿蜇了样，弄半天，不就是个贾宝民么，他吃他的咱吃咱的，咱又不是吃他的。一哥揽住马川肩膀，说快走快走，我看见那货黑心就泛了，人家一帮是坐在包间里的，一见那尿式子人，不吃都够了。

他们往南走，来到滨河路。滨河路以前只是一条路，自从前两

5

年把渭河河道里隔出一道水泥堤坝，靠市区这边蓄上水就叫做了长宁湖，滨河路于是变成热热闹闹的饮食一条街，面朝长宁湖，大小餐馆一家挨着一家。他们选择了一家叫做"荞麦园"的饭馆，在二楼要了个临街的包间，窗外就是那一泓湖水，这里的环境还好。马川赶紧先给白小白打电话说挪地方了，并找借口说朱蹄坊那里没有合适的座儿。一哥的情绪却依然纠结在贾宝民身上，说你没见那货如今竟然弄个银丝边眼镜戴着，脖子上还搭个真丝围巾，把自个儿弄得知识分子样，人模狗样的要多恶心有多恶心，贼日的跟我一样抬尸工么，他不抬尸这才几天，就不知道自己姓啥，是老几了？马川翻菜谱点菜，不抬头说，咱还提他干啥！

　　白小白她们很快也就过来了。三个女人一胖两瘦，白小白是雪白的尖领衬衫捅在底下艳红的大摆裙子里，细腰上系条鳄鱼皮纹的窄皮带，一进门先拱手说，晚上好！马川看她，脸上明显有着山区紫外线的痕迹，不过人很精神。秦伊力则是高大胖，把一身蓝色白道的耐克运动衣撑得鼓圆，前胸后背的"√"标志就越发醒目，手指上不住转动着汽车钥匙环儿。三人行，越发衬托得耿亚红黑瘦地缩在后面。白小白先介绍耿亚红说，长宁日报社文艺部耿主任，咱们长宁市大才女。耿亚红说，不敢不敢，我算哪门子才女啊！耿亚红跟马川握手，他们早都熟悉。一哥抱拳晃晃，不上前反倒后退，省却了握手的程序。白小白又介绍秦伊力说，秦主任，市体育馆的大管家。马川打招呼握了手，一哥照样抱拳晃晃。马川然后也介绍一哥说，第一哥，我自小的同学，从小学到中学都是同学。一哥抱拳继续晃着，跟谁也不准备握手的架式。白小白说噢，弟兄好！一哥口里重复一句"弟兄"，噗嗤笑了，说我姓第五，第五剑，粗人一个，不好意思，老先人传下来这个姓，瞎着哩，一辈子都弄不到人前去，也让大家为难了。拱了手来回晃。大家都笑。马川说，他从小就人高马大，动不动还好打个不平，年龄也比大家大一半岁，同学们先是叫他第一哥，后来图省事就叫成一哥了。他这副块头，名副其实是吧？几位女士附和说，就是就是。白小白说，一哥你就给咱上坐吧。第五剑忙摆手往后缩，说不敢不敢。白小白说，耿主任，那就你往上坐，你今天应该是主角。耿亚红推辞说，我算啥主角呢。白小白便拽了耿亚红一起往里坐了，说都坐都坐，反正是圆桌，也无所谓上下。秦伊力挨着耿亚红坐下，手指上转动的车钥匙并不停下来。马川把第五剑推进去，说我是个左撇子，我得坐边上。一共五个人，白小白在中间，一边两男一边两女，半月形就围坐了。

大家先就说到了长龙大厦即将爆破拆除的事。马川说就在家门口呢，咱以前竟然不知道。耿亚红说，也不是一天两天，好像是酝酿一段时间了。马川问，长龙大厦老板是谁？耿亚红说，长龙房地产公司，鼎鼎大名的庞志坚老板呀！据说当初公司起名，还是掏高价请世外高人算了卦的，把"龙"字从"庞"字中拆出来方可兴盛，长宁舞长龙，果真就盛极一时了，这长宁湖工程也是他搞的嘛。马川说，噢，貌似本届红人嘛，怎么就……耿亚红淡淡笑道，那当然，时代广场作为长宁的白菜芯儿，寸土寸金的地方，不红他能占去一角建写字楼？不过太红了离黑就不远了嘛，这是辩证法。白小白说，我也是这次回来才听说这事，太可惜了，咱们还是应该相信领导方面会有更好更全面的考虑。耿亚红说，也许并不那么简单吧，咱等着看着就是了。耿亚红看来掌握更多情况，报社人本来就消息灵通，她却欲言又止了。

白小白看一遍点好的菜单，"荞麦园"顾名思义以荞麦食品为特色，配菜也主要是些地方风味，当归煲土鸡、清炖黑山羊肉、老碗水库鱼、家养野猪肉，算是这里的特色菜，都已经点了。白小白说，换这地方不错，很不错，下回咱们再去朱蹄坊吧。白小白说着压低了声音：你们知道不，朱蹄坊现在啥都有，除了大家常吃的各种蹄掌，还有不少神秘菜品，熊掌啊穿山甲啊都有呢！秦伊力急忙给白小白递眼色，还把停止转动的车钥匙竖在嘴上。耿亚红嘴一撇说，那不都是国家保护动物么？白小白知道自己失口，忙解释说呵呵我也是听他们说的，谁知到底有没有呢，哎，你们谁吃过生肉，就是纯粹生吃的？白小白岔开话题也太快了，大家都没有反应过来，她又说，我可是吃过的，一次把一个羊腿都快啃完了。耿亚红嘴一撇说，好吃吗？白小白说，不是好吃不好吃的问题，是把你饿没饿到那种地步。三年前我第一次去马栏县牧区，那时候不是啥经验都没有么，早上起来吃完早餐，包里装上两瓶矿泉水就往牧区跑，采访牧民，中午到了饭点儿，人却没有胃口，就想着晚些再吃，结果走到天黑才遇到另一户人家，实在是快要饿死了，一进门就先要吃的，女主人端了梯子，从阁楼里取下来一个风干的羊腿，这才要煮，我却等不及了，问她这能直接吃不。她说能，他们有时忙了，也会生吃的。我就捧了那羊腿啃起来，也不管那羊腿风干了像是木柴一样。白小白做出动作语言，双手在嘴前来回移动，像是吹口琴一样，接着说，原想着先垫垫饥，一啃起来却停不住了。耿亚红笑道，那还是说明好吃嘛。白小白说，那阵子还顾得上啥好吃不好吃呢，能吃饱不饿死就算不错了。你们都想不到我一下子吃了多少。见大家没人吭声，白小白说，一条羊腿竟然让我给啃完了，风干了的羊腿其实也没有多少肉的，不过现在想起来，还真是不算难吃呢。

　　大家都笑。白小白是把这段故事当作她深入生活的一段佳话来说的，马川都听过无数遍了，还是跟着大家笑。秦伊力说，再甭说你那生吃羊肉了，影响人食欲。白小白笑道，好了不说了，咱先得把正事交代好了才要紧。从包里掏出一个透明的塑料文件袋，平展

伴　狂 ｜

展递给耿亚红说，耿主任，领导署名文章的打印稿给你，一下午就忙的这个，老大本人审签过的。大家透过文件袋，看到那文稿右上角粗黑笔迹签写着"元兴国"三个大字，没有写多余的字，只是一个签名，底下署着日期，"元"字那竖弯钩甩得老虎尾巴一样，霸气十足。耿亚红说，对了，这个你得给我，不然我咋个给报社交差呢？接过去看也不看，卷起来就往自己包里塞，竖着卷塞不进去，又横着卷了才硬塞进去。白小白说，这回的世界读书日，差点都疏忽过去了，我是在微信上看有人提到，才急忙往回赶。元书记一天到晚操着全市五百万人的心，这点心咱得替领导操上才是。耿亚红不冷不热似笑非笑说，替领导操心当然是好事，只是以后要操心的话，有些提前量才好。这明天就读书日了，老大署名的这类文章，虽说属于报社文艺部管，却是要上头版的，我今晚回去还得加班，跟头版编辑和版面编辑协调，撤稿换稿，每次他们都不高兴，好像我自己想要达到啥目的呢。这时菜也上齐，白小白说好的好的下次一定尽量提前，来来来咱们开吃吧，我先敬大家一杯！

三个女士喝的酸奶，白酒就只是马川跟第五剑两人喝。陈年的简装西凤酒，虽说不是茅台五粮液那样的高档名酒，上十年时间却使得它品质大增，酒液发黄发黏，可见当初是粮食酿造而不是勾兑的酒。第五剑让服务员把小酒盅收了，换上玻璃杯，咕嘟咕嘟先给一人倒了大半杯，一开始还跟马川晃晃杯子意思一下碰杯，后来就自顾自喝，小嘴抿，节奏频。他跟其他人不熟，大家说话也不插言，只是喝酒。马川的酒才喝了一少半，他已经见底了，又给自己倒上。这家伙平常倒是能喝点酒，马川也没顾上问，今天是咋了，这样喝法？

秦伊力手机响了，她接电话说了一连串"好的好的"，挂了电话跟白小白说，鄢市长打的，咱们八点前得回到体育馆去，鄢市长要打网球，说是元书记可能也要来。白小白说，那咱们赶紧先吃点主食。叫了服务员过来，先要了两碗荞麦饸饹。然后跟大家说，你们不急，慢慢吃。没人应话，白小白又说，唉，当个领导也真不容易，成天夜以继日废寝忘食的，伊力你注意了没有，元书记这段白头发多的，刚染了没几天就白刷刷冒出一层。秦伊力说，还说元书记呢，鄢市长才四十出头，白头发都多的，一丛一丛的。白小白说，元书记跟他夫人一周见面恐怕都是有数儿的，沈晶大美女在电视台也忙得不可开交，两人一个比一个忙。我就不知道人家沈大美女是怎么保养的，那么忙吧，却是越来越年轻越来越漂亮了。耿亚红不吭声也不与说话人目光交流，有意把头压得更低似的，自顾吃饭。白小白说，鄢市长一个女人家，把自己弄得也太过朴素了，啥都不讲究，一年四季老是那么两件衣服，按说前面那个丈夫不争气，离婚也都离了，如今找了个大款，该穿就穿该讲究就讲究点，有他谁说的了啥呢？话音未落，一哥却没忍住笑出了声，差点喷出饭来：大款？噢……噢……大款，来来来，咱们喝酒！满桌人一惊，耿亚红也猛地把头抬高，挨个儿看着大家。一哥不管有没有人响应，自己端杯，猛灌下一大口酒。

白小白和秦伊力匆匆忙忙一人吃了一碗荞麦饸饹，边吃着白小白喊服务员过来，她要先把账结了。马川急忙起身拦挡，说你意思让我们也别吃了。白小白这才收手说，哎呀，实在不好意思，那我就下次再补请，咱原班人马，朱蹄坊好不好？临走时又说，耿主任不好意思，那就没法送你回家了，我们得提前赶过去，在领导来之前在那里等着，你们就慢慢吃吧。耿亚红勉强笑道，我咋能回家，这不是还要去报社完成任务呢么，正说着她的手机响了，一接是女儿打来的，问她怎么还不回来，就隔着电话赔笑说不好意思妈妈又要加个班，一会儿就回来了，边说着也顾不上站起来告别，只是跟白小白秦伊力摆了摆手。

耿亚红耐心跟女儿打完电话，给马川第五剑解释说，本来还跟女儿说好了的，今儿没事早早就回去，给她好好做顿饭吃，谁知凭空又冒出这么个事儿，人家给领导卖乖讨好呢，咱是给人垫背呢。马川觉得好像自己欠着耿亚红人情似的，连忙说，快多吃点菜吧。耿亚红举着筷子不动说，马老师，你领导刚才说的生吃羊肉那事，你啥看法？马川笑道，她说过多次了，应该是真的吧。耿亚红说，我倒是不怀疑她吃过生肉，只是觉得，一个本来就出身山区的人，要吃也是自小儿早都吃过，用不着非要等到如今，以深入生活的名义去吃，你说是不是？马川笑笑，没吭声。耿亚红说，马老师，你是真正能写的，怎么这些年反倒不写了，就显得你领导能？你知道不，我们前段儿到几个县跑采访，农村里的农家书屋，白小白的书简直是铺天盖地，数了数起码有十一二种，每个农家书屋都有几十本。人家买个书号，拿领导特批的经费一印几万册，再打着领导的幌子由有关部门往下分摊，银子哗哗进到自己账上。马老师你是写作人，你说那些东西新闻不是新闻，小说不是小说，非虚构不是非虚构，算个啥嘛！马川笑笑没吭声，端杯抿一口酒。耿亚红说，你主任女儿跟我女儿在一个班，叫尤一白，现在也以少年作家自居，省作协都加入了，这不初三马上中考了么，人家根本不当回事儿，成天描眉抹唇穿名牌的，隔三岔五就请所谓创作假，跟一帮人外出采风，功课一塌糊涂的，说是将来不用参加高考就能上名牌大学文学系的。这真是得着甜头了啊！咱也不知道人家这样教育孩子是咋想的。马川笑笑，又抿一口酒。第五剑捉起酒瓶，揭底把剩下酒给他们两人分完。耿亚红说，哎，马老师我想问你，白小白十多年前从山区老家到长宁打工，你那时候认识她不？马川说，认识。我那时编《古渡》杂志，给她发过诗歌和小散文。耿亚红说，她去深圳后你们还有联系没？马川说没有。耿亚红说，人家现在动不动跟人说她在深圳一家文化公司当老总如何如何，五马长缰绳地吹。我咋就听人说，她到那边先是当的坐台小姐呢。你不要问我听谁说的，反正不是我编造的，后来才认识了一个福建籍老板，傍上了，给那老板写传记，老板掏钱出版并且大肆宣传，在媒体很是热闹过一阵。这样就成文化人了，老板后来专门为她注册了一个文化公司，她就是当然的总经理了。就靠着这样的资本，跟长宁市领导联系，毛遂自荐，要回到家乡为文化事业做出贡献，元那时候还是市长，一句话就作为特殊人才引进了，一回来先是当你们文创室主任，元后来这一当书记，又给挂了一个文联副主席，正儿八经副处了。后面这些过程，马老师你一本账啊！马川说，后面这些我知道。耿亚红说，前面那些你就不知道？是真不知道还是假不知道啊？马川呵呵笑道，我啥都不知道的。耿亚红说，一个山里出来的初中生，人家现在副处了不说，还党校在职研究生。咱们好歹也算正儿八经大学本科毕业生，混得也太可怜了吧？马老师你当年也是国刊省刊到处发东西的人，怎么就不写了呢？马川说，没感觉了，主要还是心退了吧，觉得写那些没啥意思。急忙跟两人碰碰杯，说喝酒喝酒，亚红你喝饮料我俩喝酒！

耿亚红发泄完了也吃完了，她其实没吃多少。她说她得先走了，去报社给人家完成作业去。马川把耿亚红送到楼下，叫一辆出租车，抢着给司机面前的仪表台子上放了十元钱车费，把她送走。

马川回到楼上，跟第五剑继续喝酒。第五剑庞然大物的身子，上厕所摇摇晃晃已是不稳当了，回来却强调两人要把杯中酒都喝完。三个女人他都不熟，前面也就只喝只听几乎没有说话，这阵子剩下他跟马川两个，他就又把话题扯到贾宝民身上，说马川你那个白主任刚说的话你听见了么。马川问，说啥？第五剑说，竟然把姓贾的称大款，你说他个贼日的算哪门大款来着？我就不服气，他日他妈跟我一样不就是个抬尸的么，并且还是在我手下干的，凭啥现如今就人五人六的了？马川说，来来来，你说喝完咱就喝完，咱喝酒是图高兴哩，来回说他干啥？第五剑哈哈大笑，把马川举起的杯口摁住，说对着哩，咱为高兴来的，咱说高兴的。别以为哥们儿喝多了，你们刚才说的话，我都听着呢。那我现在问你一句话，你的领导白小白，我倒是感觉你蛮护着她的啊？马川笑道，女人家之间那些话，咱当男人的掺和啥？我总不能跟着耿亚红去附和么，对不对？第五剑说，咱不掺和那些话对着哩，那我现在问你这么个话：你不是说早都给她发稿子了么，你那时候没结婚，渴得学驴叫呢，你给我说实话你上过她没有？马川说，喝酒喝酒，胡扯啥呢！第五剑搂住马川肩膀说，不行，你必须说，你得让我听件高兴事。马川只好坦白说，上过，这下满意了吧？第五剑两眼放光说，真的假的？你不要哄我高兴。马川说，真的，不骗你，这下满意了吧。第五剑在马川背上捶一拳，说狗日的，对我弟妹肖芳的背叛，又多一项。马川说，啥背叛？那都是跟肖芳认识之前的事么。第五剑说，姓白的后来再回到长宁工作，你们还复习过功课没有？你这几年，老婆住丈人家给你把孩子带着，自由得神仙样。马川一脸认真，说没有绝对没有，你没看人家如今成天跟啥人打交道？书记啊市长啊的，都是重量级人物呢。再说也没有啥感觉了。第五剑哈哈哈大笑，说喝酒喝酒吧，干了干了，世上事情就是这么怪，过去你在人家上面，如今人家又在了你上面，哈哈哈……一瓶酒平均下来就是一人半斤，第五剑喝得要更多些。这家伙真是喝多了。

　　马川结完账，跟第五剑打的离开，马川在时代广场下车，想在那里再转转看看，也好消化消化肚里的食物和酒。第五剑继续坐车往北塬上去，他说他晚上也要加个班。火葬场就在北塬。第五剑干的那份差事，除非他自己提说，马川从来不多问的。第五剑确实是个抬尸工。从纺织厂下岗以后，他就承包了火葬场捡尸送尸那一块业务，雇一帮人，一直干着那份营生。在马川的记忆中，第五剑轻易不跟人握手，想来也是因为这个原因。

时代广场已经有些临战气氛，执勤民警绕广场站成一圈。路边摆放一长溜消防车，公安执勤车来回穿梭，驱赶滞留车辆。交警清障车忙着把路边的停放车辆拖走。一辆顶着太喇叭的宣传车走走停停，反复播放着注意事项。广场上空升起五颜六色的悬浮气球，气球下拖拽着一条条红布标语，夜风中扭动如蛇，却是很有些喜庆气氛。在城市大广场做免费广告的时机，爆破公司怎能白白放过。马川仔细看那标语，也是语不惊人死不休，煞费了苦心的："鹏程爆破，开拓新时空"，"精确所至，金石为开"，"精于秒杀，无坚不摧"，"沉默爆发，打回原形"，"石破天不惊，推陈可出新"，每条标语下端，无一例外印着爆破公司电话号码。

跳广场舞的大妈大叔们听说长龙大厦明天就不存在了，越发想要跳一场留念舞，拿手机相互拍照，与前来阻挡的执勤民警讨价还价软磨硬缠。一个白胖大妈说，唉，糟蹋太大了，成物不可损坏呢么，好端端个大楼咋就说拆就拆了？另一个皮肤黝黑的精瘦大妈说，就是呀！把咱活上十辈子也盖不起这么个楼呢。一个头戴白底黑圈轻便礼帽的大叔，嬉笑着凑到她俩面前，说就是就是，好端端个大楼咋就说拆就拆了呢，分给咱老百姓，够多少人一辈子吃不完呀！咱们没谁说不要嘛，对不对？几个人嬉笑一团。白胖大妈说，还别说大楼了，这广场的树呀花呀的，让咱挖些回去也行啊，反正明天都埋水泥堆里了，角角落落载的种的，哪样不是值钱货？精瘦大妈说，这么大个楼，咱具体也不懂，咋不咋也得几千万上亿的钱吧，眨眼就成灰了，这折损谁的钱呢？礼帽大叔说，管他谁的钱，反正不折损也分不到咱头上一分一厘，对不对？精瘦大妈说，哎，你们还记得不，广场这块，老早不是块荒地么，有一座大坟，小山一样，上面密密麻麻罩满着迎春花？说是这块地都倒腾四五个开发商了，谁拿上谁倒霉。正说着话，白胖大妈突然戳戳精瘦大妈，压低声说快看快看！手指着广场西南角那一块巨大卧石和一丛棕榈树，"时代广场"几个大字就镌刻在那巨石上的。马川刚好走到他们跟前，也就顺着所指方向看去，棕榈树之间是一男一女在跳交谊舞，两人皆胸脯后仰，搂腰架手姿势规范，仔细看下半身却是贴得紧得不能再紧，两双脚不见移动，只有贴紧了的身子摇晃。精瘦大妈掩嘴叫道，哟……哟，稠人广众眼皮底下就这样搓呢，这单衣薄衫的，搓不进去也该把衣服搓个洞了。白胖大妈说，不要脸的，猫狗还知道找个背眼处呢，也太不要脸了！礼帽大叔说，这算啥，那女的号称咱长宁"舞皇后"，广场舞跳完，人家才去纺织厂大舞厅正式跳呢，纺织厂不是倒闭了么，大车间改的舞厅你想有多大？隔一阵就放个黑曲儿，每陪着男人跳一支黑曲儿，人家就三十五十地挣钱哩。两个大妈好奇，都问啥叫黑曲儿白曲儿的。礼帽大叔卖关子说，要说不是曲儿黑，是灯黑，大舞厅灯光闪闪烁烁的，突然就全黑了，像是断了电，一下子唧啊摸啊的还不随便？那女人就挣的这个钱，一晚上三百五百地挣，人家在长宁湖畔那个贵族小区，给一儿一女一人买了一套复式房呢。白胖大妈说，你咋就啥都知道？唉，遭罪的，那房，儿女就住得安心？礼帽大叔说，那有啥不安心的？我外甥女也住那小区，说是人家女儿成天发微信炫富嘚瑟呢！精瘦大妈说，哎老家伙你老实说，那黑曲儿你也乱跳乱摸过？礼帽大叔急忙摆手，说没有我没有，我猫吃糍子在嘴上抠呢，有那钱不如买二两小酒抿抿呢。

长宁电视台记者前来采访，人群便跟着那扛摄像机的往前拥，拥到警戒线前聚成黑压压一大片人。很快，城建的规划的公安的消防的电力的天然气的爆破公司的，负责这次爆破的有关方面领导在警戒线内站成一排。规划部门负责人是这次爆破总指挥，女主持人先把话筒举到他面前，他说这次爆破是市委市政府根据城市总体规划，为了进一步完善城市功能，在认真研究科学论证基础上做出的重大决策。接下来是鹏程爆破公司经理介绍一个多月来如何经过专家论证，如何多次模拟试验，现在一切准备工作就绪，所有炸药已经在各楼层置放完毕，爆破将于明晨七时正式起爆，十五秒内大厦将断成四截，稍偏向广场方向，就地卧沉。最后是公安消防负责人介绍事前如何一丝不苟严密排查精心部署以确保万无一失，宣布从晚上十点钟开始，爆破进入倒计时，周边道路交通管制，附近居民要关好窗户不要打开，并要求现场市民尽快撤离。

一听到大厦里已是装满了炸药，一些大妈大叔已开始往外挤，嚷嚷着快走快回，咱还以为今晚才装炸药呢，弄半天人家是早都装好了的！有的一惊一乍，哎呀呀咱这是在炸弹跟前哩么……更多外围的人，却是往前挤。广场前的一条马路对面，也是乌压压拥满着看热闹的人。

马川想起五年前，这"长宁第一楼"的奠基仪式，彩旗，气球，锣鼓喧天鼓号齐鸣，同样的人山人海……

他溜达着往回走去。

马川绕小区走了几圈，想让肚里的酒发散发散。第五剑个二杆子货今晚发飙，让人灌酒也灌得太多了。马川住的这座叫做长安苑的机关小区，据说算是长宁城里最后一个多层楼小区了，以后再建的，都是一丛丛高层的那种，抬头看不见天空。这小区内部空间大

　　　　　　　　　　　　　　　　　　　　伴　狂｜

绿地多不说，周围还专门修了一条石铺甬道，甬道外侧清一色的国槐。每天早晚，小区住的人都喜欢沿这条甬道散步，蚂蚁似串。这阵子都十点多了，散步的人早已散去，甬道上几乎没人，马川便一圈一圈地走。

马川走得筋疲力尽才进入小区，刚要往自家楼口拐，被路灯下闪出的一个身影猛吓一跳，一身软溜溜红绸衣，白鞋耀眼，身后却是竖背着一把剑，剑头寒光闪闪。仔细一看，是对面楼住着的脑梗女人。马川知道这女人先前是小区里大妈舞的舞剑领队，一年前突然就成了这样。马川从来没跟她打过招呼，但总能在小区里看见她走来走去，坚持锻炼以求康复。只是这黑天半夜，背着个剑，怪吓人的。马川慌忙让开，说噢……噢，你先走。女人僵硬地动了动嘴算是回应，女人的步履看来是日见艰难，给人感觉也许都活不久长的。

马川住七楼，最高层。当时的最后一次福利分房，按工龄排队挑房，马川能搭上那趟末班车就算不错了。刚进楼道却闻见一股烟味儿，上到二楼，看见那个女校长家门半开，正拿了笤帚，扫家门口的纸灰，睡衣拖鞋，披头散发，脸色灰暗。女校长叫韩霄，就是小区里的长宁市实验小学校长，因为同住一个单元，低头不见抬头见的，见了面也就点点头囫囵打个招呼。这一次女校长似乎觉得自己在家门口烧纸不好意思，让开身子主动跟马川打招呼说，你先上吧！马川说好吧好吧，就往上走。女校长白日里可是完全判若两人的，精心化妆，神采奕奕，嘴唇猩红，更重要的是讲起话来钢嘴铁牙声音高亢，每天早上的学生出操，女校长都要长篇大论训话一场，讲理想，讲纪律，讲做人，讲品德，把一群唧唧喳喳的小猴子们训斥得鸦雀无声。学校的高音喇叭声音大得不能再大，女校长像是在给全长安苑小区的人们上课。每天早上，马川都是在女校长慷慨激昂的训话声中起床的，那声音带着更年期女人的歇斯底里，吵得人没法睡懒觉。女校长是元兴国书记的前妻，儿子好像在外地工作，她如今一个人住在这里。她那高亢的底气，大概还是之前当领导夫人时形成的，后来离婚了也降不下来。只是马川发现，女校长这一段动不动就会在家门口烧纸，门口那块水泥地都被烧出明显痕迹了，也不知犯的啥病？像长宁这样的小城市，好处和不好处都在于，一个人的底细动辄会为人所知，更何况这是住在同一单元呢。

马川一回家，躺卧在长沙发上打开了电视。妻子肖芳带着女儿住在丈人家，由岳父岳母帮着带孩子。这样一来，他们这个小家，几年来就剩下马川一个人住着。马川白天在单位上班吃饭，就是晚上了才回来睡觉。不足一百平方米的房子，先前三口之家一起住再加一个保姆，总是嫌小，如今只是觉得旷大。

最高层的七楼房子，加上机关小区保安力量强大，小偷光顾的可能性几乎没有，但房间所有窗户包括整个阳台，当初还是密密麻麻焊上了方钢的防护栏。那是孩子不满一岁期间，马川在晚上做梦，总是梦见孩子哭闹他抱了孩子哄，一次是抱在阳台上晃悠，一次竟然在后半夜把孩子抱下楼去转了一圈，肖芳吓傻了，慌忙接过孩子，他却倒头就睡。第二天再问，他想了想说，噢，我昨晚是梦见佳佳哭了我哄她啊。肖芳哭了，说以前没有发现你有这个问题啊，怎么突然间就……你该不是有梦游症吧，你自己不知道？马川说，有了咱佳佳以后，也许是精神压力太大了，睡觉老是爱做梦，我……我也不知道咋回事。两人商量，当务之急是先安装防护栏，以防万一。每天晚上，马川主动把家门反锁把钥匙藏起来。但怪异的事情还是接二连三发生：一清早起来，孩子的奶瓶奶嘴"自动"跑到了钢精锅里，水几乎熬干，奶嘴烫坏，还好，天然气阀最终是给关住了；或者，放在冰箱里的鲜奶出现在灶台上，瓶口拧开，大夏天的，奶早已变成豆花样。肖芳一看，就知道是马川的"杰作"无疑，且不说问人家保姆，家丑不可外扬，赶紧自己收拾了还生怕外人知道呢。肖芳这下彻底失望了，说这不行，咱俩都是大龄才结的婚，结婚好几年才有个娃，我虽说比你小些，生娃时也是三十大几了，冒着生命危险生的咱佳佳，咱就这么一个娃，真不敢出个啥事啊！我也知道你半夜起来取奶煮奶瓶是为娃好来，可这样咋行？我干脆带娃住我父母家去算了，他们退休了也闲着，正好帮着带娃，咱也就不用请保姆了。我查书上，说这种病有遗传呢，就怕咱娃将来有个啥问题……妻子哭着，说不下去了，顿了一阵又说，你这下可以多休息些，抽时间咱也去看看医生。马川一点都不埋怨妻子，她是个通情达理的人。肖芳在市里一家小学教书，学校离她父母家很近。她父母也是退休教师，老两口住着一室半的小房子。马川既然帮不了啥忙还惹麻烦，就这样安排着也好。让他们在那边忙着招呼孩子，马川一个人在这边先把自己调理好再说。为了分散精力减轻压力，白天没事马川就在办公室炒起股票，谁知很快血本无归，一头栽进去就没有出来。说是减轻压力，却是适得其反，就在这期间，马川在睡梦中竟然把自己十个手指甲啃得光秃秃的，好在问题不大，指甲还不至于影响手指功能。

马川卧在沙发上把遥控器摁来摁去，现在的电视节目无聊透顶，蠢话，假话，成人比儿童还幼稚的杂耍闹剧，他把遥控停留在了长宁电视台的"晶晶私房菜"上，主持人沈晶正在做红烧猪蹄。沈晶是元兴国的现任妻子，马川对什么圆（元）啊扁啊的，向来不感兴趣。要有兴趣，也不至于混到现在这程度。说是不感兴趣吧，一天到晚萦绕耳边的，却全是那些话题，躲都躲不开。小城市的小，越发体现在这一方面。马川过去喜欢读读《红楼梦》，这些年已很少读了。想一想那《红楼梦》里，贾雨村们从来只是过场人物，若是把那种人作了主角写来写去，类似于当今的所谓官场小说，该多么枯燥乏味！但沈晶这档节目，着实还不错。这女人也有四十岁了吧，不年轻了，即使曾经漂亮也就那么回事，说是做菜吧，大概也是借助别人之手"做"而已，但这女人声音里有味道，动不动能把人肚子说饥。而要命的是，马川真的有些饥了。电视节目里晚上大播美食，实在是害人不浅。再想想晚上只顾跟第五剑那家伙杠酒，菜没吃多少，荞麦饸饹倒是吃了一碗，那是杂粮，太容易消化。冰箱里倒是有冷冻饺子，是肖芳包好了送过来的，一袋一袋还细心地贴了纸签，标注着大肉、牛肉、羊肉的馅儿种类，但马川懒得再去煮饺子吃。为了不被猪蹄诱惑，他闭上眼不看电视画面，接着干脆关掉了电视。睡意立即袭来。马川一个激灵赶紧坐起，他不能在沙发上睡着，他要睡到床上去。

床还是当年跟妻子结婚时那张床，只是妻子和女儿搬走后，马川改变了床的摆放法。把原来床头靠墙、居中摆放的大床，整个推抵墙角，在床的外侧和床脚，地上撒满图钉。这是马川从书上看到的办法，那个叫做马克·吐温的美国作家给一个梦游症患者出的馊主意，马川觉得很管用，他一次买了十盒图钉，把一大半撒完。肖芳之前陪着马川，西医中医的，各路医生没少看，都没有什么良方，看来只能靠自我矫治。

困倦已极，平躺在了床上，却好久睡不着。马川的夜晚，总是这样。原想着今晚喝那么多酒，应该好些，照样不行。也不知什么时候睡着了，却立即做梦，梦中啃猪蹄，左撇子人梦中也还是左撇子，用左手托着猪蹄，啃得津津有味，停不下来。

马川从睡梦中疼醒，嘴里一股咸腥，接着就感到了右手钻心地疼，打开灯一看，右手手腕早已被自己啃得血肉模糊，转一圈都是伤口，天哪天哪，马川连连倒吸冷气，牙齿磕得嗒嗒响。他小心下

伴　狂

床，找出碘酒纱布条，蘸棉签简单擦了擦，赶紧用纱布条缠紧，靠牙齿帮忙，紧紧绑住。刚做完这些，他才发现天已大亮，突然一声沉重闷响，地震般感觉，他下意识蹲在地上，很快便想到这是广场上那长龙大厦的起爆。他左手端着右手，来到阳台，广场方向腾起数百米高的灰烟，疾速迎面扑来，瞬间能见度成零。

第二章

　　马川在犹豫着，要不要去医院看伤。以前在梦中，把手指甲咬秃了他都没去看。那一次，十根手指一个不剩，全都咬得露出红肉，渗出血迹。他没有去医院看过，自己好了。好了的十根手指便只剩下残缺不全的指甲，像是没有长壳的知了样难看。这一回却不一样，他不敢打开纱布再看伤口，但跳动的剧痛告诉他，实在不是轻伤。

　　马川从阳台退到屋里，阳台窗户关着，再把通往阳台的门也关上，但呛鼻的烟尘还是钻进屋里，四处弥散。不只是朝向广场的那边一片乌黑，整个房子四周，全都乌黑了，白天顿时成了黑夜，世界末日一般。马川拿了湿毛巾捂住口鼻，低头孤坐在沙发上。听见实验小学的大喇叭响了，女校长的声音越发显得高亢凌厉：今天按照市里部署，时代广场实施一个定向爆破任务，咱们今天的早操取消，改在教室进行有关教学安排，各班班主任要切实负起责任，关好教室门窗，任何人不得私自走出教室。接着就开始长篇大论地训话。最频繁的主题词不外乎还是：理想，纪律，品德，做人。女校长一个人在家住一晚，早上不释放的话，她大概是堵得慌。假若真的世界末日了，把这女校长留下，向未来世界宣讲曾经的人类，或许不错。直到烟尘渐散，天光重现，女校长才算讲完。学校也该上课了。

马川还记得，他的爷爷是夜里端了梯子爬到房顶，掉下来摔死的。那时候马川还小，家人和村人都当作怪异事。安葬完毕请来城隍庙师傅，锣鼓铙钹，响器喧天地禳治三天。到了父亲安然无事，过了多年一家人都把那怪异事忘掉时，马川一个小叔父，不知咋的半夜爬起来去浇地，掉在机井里淹死。马川父亲没事，隔代的马川却有了事，梦游症。马川现在都不敢在网上看到这几个字，但在起初却是没少查过资料。睡眠障碍，男性居多。这些结论无疑都是对的，马川两个姑姑及其孩子们，就都好好的。而且跟一般性梦游症不同的是，马川不局限于睡梦中室内走动，他清楚自己似乎有过走出居室的举动；他事后不是一无所知，而是记忆清晰，比如昨晚的啃猪蹄。

马川先到单位打卯，跟白小白说受伤了要去医院看看。白小白说，怎么搞的呀？马川说，还不是昨晚酒喝多了，栽倒了撞的！白小白说，那赶紧看看去，要紧不？马川说，不要紧。他到长宁市中心医院挂的外伤科，一排排长椅上竟然满是看伤的。各有各的伤，各人自知道。马川排队一直等到中午下班前半小时，总算叫到他的号。一个中年的男大夫，瘦得白褂旷荡，脸色霉黄，眼鼻有几枚突出的黑痣，倒更像是病人，头也不抬问，咋了？声音有气无力。马川说，手腕受伤。大夫瞥一眼，说解开。马川忍痛把纱布条解开，疼得哆嗦。大夫问，咋受的伤？马川说，磕的。大夫黄眼珠突然掠出一道光，说不对吧，不像磕的啊！马川正不知怎么答，大夫声大了说，这你得如实说，狗咬的猫咬的老鼠咬的还是别的啥咬的，病毒不同用药也不同，你不说清，咋个治？马川脸憋得通红说，人咬的。大夫说，人咬的也麻烦着呢，感染可能性很大。这么大伤口面积，不行就得住院。马川说，要是人自己咬的呢？大夫愣住，喷出嘎嘎笑声，然后用咄咄逼人的恶作剧般的眼神看着马川，说道，谁自己是吃撑了，不消化了，没事干了，自己咬自己啊？马川豁出去了，瞪圆眼睛提高嗓门恶狠狠地说，我就是没事干了，自己咬着玩的，咋了？你给人看伤就看伤，管了个宽啊！大夫不敢再笑，旁边实习女护士却掩嘴笑个不住。大夫说，小王你给处理一下。马川跟小护士进到套间治疗室，他看到那个大夫在治疗室门口探脑袋朝里看看，又缩了回去，大概是怕马川生岔子闹出什么事儿。马川先交治疗费，然后闭眼攥拳，忍着钻心蜇疼，好不容易处理完伤口，前脚才跨出门，就听大夫护士笑成一片，笑声中夹着话说，真是的，世上啥人都有呢。马川当时一个想法涌上心头，对着哩，确实啥人都有，杀医生的也大有人在越来越多呢。不过也就这么想想，腹诽一句，却是加快了脚步逃离开。马川毕竟是个文化人，梦中不理智也就罢了，现实生活中还不至于。

出了医院马川给第五剑打电话。马川知道那家伙窝在家里的时候居多，他妻子从纺织厂下岗后，开了一家鞋店，因为网店冲击，生意实在是勉勉强强，隔几天他开着那辆破旧的五菱微型面包车去省城进货一次。火葬场那里，第五剑平常不大去，等着有事了打电话叫。第五剑干火葬场抬尸的营生，是有特定范围的，专抬那种非正常死亡的人，越是场面惨烈尸体捞不到手里的，越是需要他们这样的临时工干。正式工才不干那种事呢。第五剑平常老是待在家里，不是说那种活儿就很少，恰恰相反，太频繁太多了，也不知为什么，似乎还越来越多。他底下有上十人的机动人员队伍，由他接了活儿再分派出去，一月下来，再由他给各人发工钱。马川也不知道他昨晚怎么还要急匆匆赶到火葬场去。

马川说，伙计，睡起来了么？你还没吃饭吧，咱吃面去。第五剑说，吃面我领你去一家，生意好得很，裤带蘸水面，离医院不远，你就在那儿等着。马川说，那好。等了一会儿，第五剑开着他的五菱面包过来，马川坐上副驾座。第五剑瞥一眼马川缠成圆棒的手腕，说咋屎搞的。马川说，昨晚上回去，好好的都进入单元门了，谁知磕到楼梯栏杆上。第五剑笑道，说明酒量还是不行么。马川笑笑，虽说他们之间无话不谈，但这个事，却是无法言说的。他转移开话题说，你昨晚睡前吐没吐？第五剑说，我还睡呢，一晚都没睡。早上回家才补了一觉，你打电话时确实还在床上卧着呢。咱先吃饭，完了再跟你慢慢说。

这家面馆生意还真是旺。门面不大不惹人注目，店里店外却乌压压满是人。第五剑拐进旁边巷子停车，马川先下车，看到外面一张桌子有人吃完离开，赶紧先把凳子占了，等到第五剑过来，旁边也有人吃完，一起坐下。第五剑问，你得多少？马川说，就一碗面么，还有啥多少不多少的？第五剑说，面是论根卖的，一根说是一两实际没有，我要六根，你看你？马川说我也一样吧。第五剑于是喊服务员过来报饭，服务员是精干少妇模样，说一根三块蘸汁儿不另收钱先买单理解一下人挺多的。马川听着女人那背书一样的一串话笑了，第五剑则是学着她说话不带标点的语气说，我经常来呢早都知道你就省些力气吧给咱把面上快些就行了。把钱给了那服务员。

两个大粗瓷碗端上来，各多半碗蘸汁儿，西红柿熬制，里面有

25

细小豆腐块肉丁,葱花香气扑鼻。再等一会儿,端上一个钢精盆儿,洗脸盆那么大,热腾腾面汤里白面绿菜。挑起了面并菜,蘸了汁儿吃,名副其实的裤带面,竟是比人嘴还宽。第五剑说,怎么样,这家面够意思吧?马川腾出嘴来,说不错味道不错!第五剑吃饭快,吃完了抹嘴点烟说,我把我六根面的任务完成了。马川说,你够了么?第五剑说,饱了,吃完饭咱去弄啥?马川说,你说呢?要不咱还到上次那家浴足店去,洗着脚躺着歇歇。第五剑眼一瞪说,长宁这地方真他妈邪了,我还没跟你说呢,你偏不偏又提起那里。马川说,咋了?第五剑说,还浴足呢?门都封了。走,咱车上再说,到河边转转去。

开着车第五剑说,浴足店那个女子你还记得不?马川问,哪个?第五剑说,还有哪个?你惦记的那个,你每次去不是都点名要她么,你不是还跟我说人家娃的流氓话呢,说娃长得乖的,眼睛都会笑,说不定底下那啥地方也会说会笑呢。马川说,姓芮那个女子,小芮,咋了?第五剑说,死了。马川叫道,啊!咋死的?第五剑说,拿修脚刀割腕。马川问,为啥?第五剑说,应该是感情纠纷。小伙子跟她家是邻村,公安分局当合同警的。据说两人来往时间不短了,小芮也觉着找这小伙有个保护。小芮你知道只是正规洗脚,乱七八糟不干的。马川说,对呀!她要是乱七八糟不干不净的,谁还每次点她。第五剑说,她跟那小伙一直租房同居着。后来发现小伙子经常不回出租房,一打听另外又谈着女朋友。穿那么一身制服,找女娃不是容易么。不谈就不谈,给人家小芮个断话也行,却不,在外面谈崩了又回来,要跟小芮住。听小芮她姐说,光她掌握的,那小伙子在小芮之外就换过四五个女孩。小芮后来就不依了。马川说,傻瓜,就为这自杀啊?你自己也另找个不就行了。第五剑说,她在自己割腕之前,先把那小伙子割了,割的是脖子,一刀从脖子划到胸上，两个人一前一后死的。马川叫了一声，哦——。第五剑说，你想那修脚刀多利的，人脚上死皮老茧都能削下来，搭到人软肉上，还不切豆腐样。那小伙子家里普普通通农民，情况也不多好。都是那临时的一张皮把娃害了。马川说，唉，现在这社会，就是底层人互相残杀的多，可怜。第五剑咧嘴笑笑，说把两个娃放在农村的话，说不定一对好夫妻呢，买个摩托车，出门时一个把一个一带，最不行也有个电动车，你说对不对？马川说，问题是年轻人在农村待不住么，都要往城里跑。

车子开上河堤路，路宽车少，第五剑点一支烟抽着，接连吞吐了几口烟，才接着说，按说两具尸体往火葬场冰柜里一塞，也就消停了，都死了，谁找谁去？这类事如今多得牛毛样，警方也想息事宁人，简简单单的案子么，早早就把结论做了，把手续给了火葬场。可那男娃家里人偏是不依，觉得自家娃比对方身份要高，弄一帮人过来，张狂得不行，这条件那要求提一大堆。小芮家里她哥她姐瞒着父母来的，男娃家人闹事加上警察吓唬，却可怜兮兮啥都不敢说。你男娃家向警方提啥要求咱管不着，后面可能还要告到法院要求民事赔偿，但你非要火葬场必须在清早烧第一炉我就看不惯了。第五剑接连猛吸几口烟，才接着往下说，你也不是不知道，以咱这人的脾气，路见不平爱出手，我就跟平常关系不错的火化工赵师傅撺掇好，提前向主任要了小芮的单子，昨儿找你喝酒就因了这事，人觉得心里堵屎得不行。我让她哥她姐也去吃饭，买好了衣裳骨灰盒等着，喝完酒我不是就上去了嘛，他们招呼给穿好衣服，尸体冻得硬邦邦的，说是穿衣服，实际上也就是裹在了身上。我然后打出租车去接的赵师傅，零点一过，就开炉烧了。咱看谁是第一炉！她哥她姐抱着骨灰离开，我才跟赵师傅回的家，睡了一觉。马川叹息道，这件事干得好啊！第五剑说，事到这个地步，咱能给娃做的，也就是这一点了。第一炉不第一炉，你仔细想想一点意思都没有，但既然他们非要争这个，咱也就争一争，看谁还争不过谁么，对不对？马川说，对着哩，人没了，这也算是最后的公平，是对活人的一份安慰。第五剑又点了一根烟抽着，两人都不说话。马川清楚，就跟战场上杀出来的将士一样，第五剑也完全是靠自己打拼出来的，多少惨不忍睹的现场，没人去的他敢去。第五剑干这一行，真不是谁都能干的。

　　车子沿河堤一直开到一片河汊，没路走了，才找个树荫停下。他们下车在河滩走。渭河与泾河，两条河在这里汇合了，但河水并不大，只显得河川空旷。马川说，这就是成语里"泾渭分明"的地方。第五剑说，分明啥呢，你看那两股浑水，一屎样。不是第五剑说，如今真是没啥两样了，反倒让人怀疑当初造那成语时，真的就"分明"吗？

　　正午的河滩，只是个热。空气里蒸发出泥腥，不是单纯的泥腥，夹杂着附近火电厂化工厂飘散的气味。他们看到河边一块树荫，走过去坐了下来。迎面正好是坐落在北原上的绛云观。绛云观历史悠久，香火旺盛，大殿刚修葺一新。远远看去，气势辉煌，色彩绚烂。第五剑说，听说绛云观这回重修下来，花水不少，几千万上亿的钱呢。马川说，应该不少，具体咱也说不清。话音未落，扑嗵一声，第五剑把穿着塑料凉鞋的双脚已插入河水中。在马川印象中，这家伙一年四季，大概有半年都是光脚穿的塑料凉鞋。马川说，水不瘆？第五剑笑道，你试试，还行，你不是要浴足么，这还不用花钱。说着身子往后一挺，躺了下来，双手交叉往脑后一枕。马川也便脱了鞋袜，如法炮制。马川说，那贾宝民瘦得蚂蚱样，他那几年跟着你们咋混呢？第五剑说，又提他，一提他我屎眼里都冒气呢。照你那意思，他跟我们混是把他屈才了？他到底算哪一根柴火？他个道北长大的混混子么，父辈逃难逃过来的，在铁道边搭茅草棚住，你光是看他如今猴穿马甲成人了，他当初的底细你知道不？马川说，我哪知道。第五剑从裤兜掏出烟盒打火机手机，往身旁一扔，点一支烟抽着说，那货从小就是个偷鸡摸狗打架斗殴的货，我说我没念好书，他比我还差。他爹在铁路货场拉板车，当年叫做大集体工，后来退休他接班顶替，干了两年就辞职了在社会上混，想找轻省事干，贩过药材包过工程跟人合伙开过歌厅，在西藏青海也混过好几年，因为盗卖啥违禁药材还让关过一回。一般人说起来，会说自己都干过啥。对他来说，干过啥是数不过来的，只能说还剩下啥事没干过。这都是他自己亲口说的。好吃懒做的货，挣一个想花两个，啥都干不成，老婆也跟别人跑了，你说他不投靠我们来抬尸还能干啥？人常说钱难挣屎难吃么，对不对？马川问，那后来又如何攀上的鄢静之？第五剑说，跟我们干了一年多，那货哪里是吃苦的材料，心里就又想七想八的，跟人合伙在博物馆步行街开了个茶秀，里面带餐饮带棋牌室，那个姓鄢的，那阵子还在县上当县委书记，回城了经常去茶秀坐，就混搭上了。马川说，他能开茶秀，说明还是有钱么。第五剑说，有他妈个逼钱！问张借问王借的，在我跟前都拿过八万元。马川问，后来还了？第五剑说，我的他还了，他敢不还？借别人的，听说老是拖着不想还。马川说，能搭上鄢静之，本事够大。第五剑说，那姓鄢的，前面男人原先是纺织厂跑采购的，女人后来当官了，就把他调到市上的运管单位，工人变成干部不说，那单位油水大闲钱多，竟然是吸上了毒，也许是跑采购时就染上了，谁知道呢。眼看着毒瘾越来越大，女人想离婚却离不了，男人当然不愿意离，离了的话，他自己虽说收入不少，吸起来钱还是不够烧的，哪里有背靠着个当官的老婆牢靠？女人好面子不愿声张，男人就抓住她这个软处。女人回城来大概也不愿意在家待，经常就到茶秀要个小包间，泡一壶她自带的高档茶，一坐半天。马川说，你还把这些弄得清。第五剑说，不是我弄得清，是贾宝民个货亲口跟我说的么，不想弄清都不行。那货后来找我帮忙时，看样子两人已经黏到一块儿了。他说当下的关键问题，先得帮着女人把婚离了。我那时并没在意，开玩笑说姓鄢的要跟你结婚咱就帮她，不然的话，井水不犯河水的，咱管人家事干啥？他急巴巴说老兄你一定要帮这个忙，她要离了，兄弟我真还说不定有戏呢！我斜他一眼说你也是癞蛤蟆想吃天鹅肉，双手掰屁股咧大嘴哩！说归说，他既然求到门上，作为朋友帮个忙也无所谓，小菜一碟罢了。跑采购人三教九流都打过交道，吸了毒更是黑道白道啥人都有，女人怕的就是这个，虽说她在县里当着一把手，手下管着成百上千的公安队伍，怎敢动用到这上面。可我们怕啥？他们那帮人动不动自称判过死缓减刑出来，从死人堆里逃出来的，我们如今还正裹在死人堆里呢，谁怕谁，对不对？结果把那男人叫来一谈，比事先想象的简单多了。我只带了一个伙计跟他谈的，他乖乖在离婚协议上签了字。女人其实也把条件给他开足了，一百八十多平方米的房子给了他，自己等于净身出户，钱和房子对这女人来说算个啥，她缺这些吗，对不对？马川笑道，闹了半天是你一手成全的啊，那你如今还骂人家干啥？第五剑说，我骂他还算轻的，他驴日的把我欺到一定程度，看我敢打他不！马川说，呵呵，那就不必了，各走各道就是了。第五剑说，咱有时静下了想想，贾宝民个驴日的还真是贼心眼开着哩，我就是没想到人家还真把个女县委书记弄到手了。马川说，如今是女副市长。你是嫉妒人家了吧？第五剑说，我当然知道那女的是副市长了，要不贾宝民个货为啥越来越张狂了呢。咱嫉妒他的啥？当初帮他还不是盼着他好呢。我只是看不惯那货一阔脸就变，见了我们这些人摆个势，过去是五块钱的烟都蹭着抽，如今手里拿着软中华烟，掏出一支还故意不急着点上，在烟盒上蹾来弹去地显摆。有一次我碰见人家酒足饭饱刚从饭店出来，嘴嗑个牙签，戳来戳去没完没了，嘴大牙稀是个瓜匹么戳啥戳？又弄个银丝边眼镜架上，脖子上搭条真丝围巾，驴身上挂袍一样，你说恶心不恶心？马川被惹得嘎嘎大笑，说你也真是的，看不惯人家了，就没有一样是顺眼的。第五剑说，昨晚上，你主任竟然把贾宝民那货说成大款了，他个贼货要是大款，天下大款就比驴都多。马川说，白小白的话也许有来由的，她跟那个秦伊力，经常陪着元、鄢打网球，灌输的这个概念吧。第五剑说，那就说明姓鄢的也是个虚荣货色。马川问，贾宝民比鄢年龄小？第五剑说，小五六岁呢。马川说，鄢要找的，也许正是个有着大款名分的丈夫呢，年龄又比自己小一截。第五剑问，为啥？马川笑笑说，洗钱这个词儿，你又不是没听过。第五剑长长哦了一声说，照你这么一说，我倒是开窍了，弄半天是打的这个埋伏啊！马川说，咱也不敢瞎猜，也许人家还是真正的感情结合呢，这些事很难说。第五剑说，锤子感情！你没看贾宝民那贼货对他亲爹有没有真正感情，老汉出一辈子苦力，得病住院弟兄三个踢皮球谁也不想掏钱，早早死尿了。

白小白打来电话，问马川看伤咋样。马川说，不要紧。白小白说，那你下午就休息休息，不用来了。马川说，好吧。白小白说，明天安排了一个活动，咱们想跟顾若虚老师组织一些书画家，到川渝商会搞一次现场书画活动，你也参加一下好吧？马川说，不了，我明天办公室看门。白小白说，那好吧。

接完电话第五剑说，你主任怪关心你的么，到底曾经有过一腿。马川说，她说的明天到川渝商会有个活动。第五剑问，啥啥商会，干啥的？马川说，川是四川渝是重庆，外省市不是来咱们这儿投资做生意嘛，各自成立了商会，便于管理，什么江苏商会、安徽商会、福建商会、温州商会的，很多。第五剑说，你们那单位一共几个人？马川说，就三个，他们都开玩笑说是一个中心两个基本点，另一个基本点也是女的，是某个市级领导儿媳妇，生娃休假两年多了，可能还要休下去，平常就我跟白小白两个，人家白小白现在挂的是市文联副主席，等于就我一个兵。第五剑说，那个白啥脸上一股妖相，长得一没有肖芳弟妹好看二没有弟妹面相善良，我可给你招呼清了，当年毛小伙子，没结婚猴急着哩，情有可原，如今你要再背叛弟妹，我可不答应。我这粗人，主张实实在在的，看不惯那些邪门歪道。就你素娥嫂子那么个傻老实女人，我从来都把她当人看，给咱把饭做上把一儿一女两个娃带大，咱要看不起她，谁还能看得起，对不对？马川笑道，就我如今混成这样，能把本分守住就尽可以了，哪里还有多吃多占的心？第五剑说，这话啥意思？那我问你，你跟弟妹成年分开住着，我一直也没问过你，你们难道就不在一块睡觉了？咱说白了，有没有夫妻生活？马川说，肯定有么咋能没有。她现在不是带着娃么，一天也辛苦，少些就是了。再说咱也慢慢上年龄了，哪有年轻时那么勤的？第五剑嘿嘿笑道，那就好那就好。

虽说对第五剑隐瞒着自己的病，但在这一点上马川说的是实情。每到周末，都要到岳父家，跟妻子和女儿她们聚聚。这下手上有伤，让她们见了，少不了又要担心，这个周末怎么办？马川还没有想好。他们停住说话还不到十分钟，第五剑已经睡着，有节奏的呼噜声唤起马川的倦意。因为晚上睡眠一直不好，马川白天再困倦都尽量控制着不睡，好把瞌睡攒到晚上，只要别做梦就好。"梦"是马川的魔咒，一旦做了梦，他就无法保证到底"游"了没有。像昨晚这样，自己跟自己手腕过不去，还是属于"游"了。马川在第五剑香甜的呼噜声中闭眼假寐，突然有些嫉恨身边这个能吃能睡的家伙,而自己想要打个盹都不能,只好拿出手机来玩,看新闻看微信消磨时间。

呼噜声一停,第五剑醒了,说睡了一觉啊,我睡了多长时间?马川说,一个多小时吧。第五剑张大嘴打哈欠,伸直粗壮的胳膊举起两个木碗大拳头,说人一天乏的,光是欠瞌睡。今儿倒安然,没有杀人的跳楼的,有时怪得很,一天里接二连三,好像大家商量好了去赶死,忙都忙不过来。说着点上一根烟,把烟雾朝着天空吐去,拿起他那老旧手机翻看,说哎呀,高老师三周年都快到了。马川说,啊?这么快!想起来安葬高老师才几天?第五剑说,可不是吗,人活着一天一天不觉得,一死就有时间了。你给咱也记着,高老师家的情况跟别人不一样,咱到时得提前去一趟看咋个安排。高老师是马川跟第五剑的初中老师,在那个乡村中心学校一直干到退休,第五剑那时候家里穷困,高老师没少帮助,给衣服,给饭票,贴钱。在农村是按阴历过事,马川跟第五剑核准日子,在手机里设置了提醒,说你那手机也该换了。第五剑说,手机就是个电话么,换啥?我最见不得人弄个微信,成天吃啊喝啊玩啊的往出晒,你吃撑减肥你饿死无粮与别人有个尿关系?马川笑道,微信其实也是一种交流嘛。第五剑说,有啥交流的?人活着都是仗着那一口气,胡佯狂哩。佯狂完了,城里人一把火农村人一堆土,最终都一尿样。马川笑道,该佯狂还得佯狂么,不佯狂干啥去?活着不佯狂,死了没名堂么。第五剑说,噢,你说我要弄个微信的话,发啥?成天这领导跳楼了那老板上吊了,要么就是男男女女谁把谁给杀了,我发那些干啥?马川说,你这是跟人抬杠,没人说非要让你发那些东西,你也可以发些山水啊风景啊,最低限度跟自家老婆娃联系方便嘛!第五剑说,我不要,没那心思,有那时间还不如让我好好睡一觉解个乏。马川说,顽固不化的家伙。第五剑说,咱成年成月跟死

33

人打交道，不顽固也没办法。谁再犟能犟过死？就说咱俩，好端端在这没人的河滩坐着躺着，突然来一场洪水把咱冲走，活不见人死不见尸，也就咱老婆娃把咱汪汤汪水哭一场，对了你还有父母在，我是二老都不在了，你说与人家别人有个啥关系，对不对？马川笑道，景德镇烧的尿壶，一套一套的。第五剑说，说起微信，我听那帮伙计说，贾宝民个贼日的，成天就在微信上嘚瑟呢，炫他们的二百多平方米豪宅，显摆自己吃啥了喝啥了去哪儿了，晒他的奥迪A6时，竟然写道：本来可以买奥迪A8，又一想，做人要低调嘛！你说他不是个骚情货是啥？茅草棚长大的娃，渴的吃雪，雀儿×弄惯了，如今见了个鸡×打颤哩么。马川说，哦，这个可不好，鄂怕是唯恐别人知道，他倒卖派。第五剑说，我说他是个瓜匹，没把他说错吧？我只是怕他娃把福享不到头呢！马川说，这个倒不一定，鄂不管当个啥官，到底还是个女人么，看那样子，还在谋算进一步发展，大概也不想让后院再起火，只要贾不折腾，没准人家还真就到头了。第五剑说，那除非贾宝民他先人坟上烧桶粗的香，好么，好么，咱就看着他娃把福往尽头享去。马川说，咱成天说他干啥，走，咱今晚吃猪蹄去。坐起来把脚从河水里拔出来，脚泡得发白发胀，踩着一块石头晾干。第五剑说，还非得吃猪蹄不行？破猪蹄有啥吃的？马川笑道，你放心，姓贾的总不能天天都在朱蹄坊待着吧？第五剑猛坐起身，把穿着塑料凉鞋的双脚水淋淋从河里拔出，眼一斜说，让你说得好像谁害怕他个贼日的一样，我只是嫌他瘆眼，他就是把家搬到那朱蹄坊，咱该吃还不照吃？走！

迎着西天彤云，车子往城里开。每当夜晚降临，马川总是莫名恐惧。今晚先把猪蹄吃了再说。

第三章

　　上午一上班，秦伊力来到白小白办公室，喝茶聊天，等着顾若虚他们的车来接。秦伊力平常自由自在惯了，说是自己开车跟白小白直接到川渝商会那里集中，顾若虚却强调必须统一行动。这类书画活动，总是顾若虚承头安排的。顾若虚是个社会活动家。

　　中巴车来接她们已是上午十点。中巴车侧面，郑重其事悬挂了一幅"植根大地，深入生活"的红布标语。顾若虚迎接她们上车，已是七十岁的人了，牛仔裤红衬衫，精神旺盛。车上七八位书画家已经到齐，贾宝民也在其中，还有耿亚红跟电视台一男一女两个记者，坐在后排，电视台的小伙子怀抱着摄像机。白小白秦伊力跟大家打招呼，在前面留出的位子坐下，顾若虚声音洪亮地说，白主席秦主任，知道你们俩这是啥待遇不？没等她俩回答，又说，我是先把各位书画家老师接齐，再接的报社亚红主任和电视台两位大记者，再接的贾老板，贾老板今天把他的大奥迪都丢下了，体验一下我们这平民生活，最后才来接的你们，郭兰英那种超级大腕儿都是最后才出来压轴的嘛是不是？满车人大笑，除了耿亚红，她拧头往车窗外似乎正看着什么。白小白转身朝大家拱手晃晃，说不敢当不敢当。顾若虚说，白主席可是我们长宁市的大才女，白主席你出多少本书了，我保守估计，二十本是过了吧？白小白说，顾主席是大书法家大艺术家，才真正厉害呢！你看这满大街上，顾主席题写的牌匾，数都数不清啊！后面坐的霞子笑道，也能数清，一百一十多个，上次我们还专门算了算。霞子是书协工作人员，都知道她实际上是顾若虚的秘书，也有四十岁了吧，今儿穿一身黑色连衣裙，白脖子挂条细细铂金项链，底下却是够大的金佛吊坠儿甩在领口外面，长发飘飘，坐在书画家们中间。秦伊力平常不大吭声，这阵却不紧不慢冒了一句，顾主席火得很，快赶上 119 火警了。满车人又笑。顾若虚说，见笑见笑，没有办法嘛，我也说我的字不能太多，毕竟还是要百花齐放嘛，他们都非得要。人家秦关不承认书协，参加兰亭杯啊全国书展啊的，要在全国出大名，咱也就在咱长宁市小打小闹行了。

秦关是长宁市另一位书法家。大家都知道顾若虚跟秦关水火不相容，也便没人接这话茬。好在川渝商会转眼已到，大家纷纷下车。川渝商会就在东郊一座写字楼上，一个年轻小伙子下来迎接。顾若虚说，你们邢会长人呢？年轻人说，噢……会长正在接待客人，让我先来迎接各位老师。大家乘电梯上去，商会是为川渝地区在长宁的企业提供协调服务，本来也就没有几个人，两三间办公室，一个会议室，书画活动现场就放在会议室，一排台案已安排好，笔墨纸砚齐备，还专门悬挂了一条横幅：欢迎长宁市书画艺术家莅临！大家先在凳子坐下，有年轻女子进来倒水泡茶，年轻人去叫邢会长，半天才来。邢会长一张娃娃脸，最多也就四十岁的人，却是光着脑袋，不像是剃光了头倒像是压根就没有生过头发，头脸一色的白润，囟门处的骨缝隐约可见。邢会长先跟顾若虚握手，不冷不热地说欢迎欢迎。顾若虚把诸位介绍给邢会长，邢会长跟每人都是一句不冷不热的你好。到了贾宝民，顾若虚多介绍了几句，说贾老板也是个大老板，如今兰花却是画得相当好。邢会长说，贾老板做什么生意啊？贾宝民说，啥都做，乱七八糟的。邢会长哦哦着。顾若虚贴近邢会长耳边说，贾老板是咱们鄂市长的老公。邢会长又哦了一声。顾若虚介绍到秦伊力说，秦主任这几年专攻牡丹，画得雍容华贵的。邢会长照例是一声哦。顾若虚介绍白小白说，白主席是咱们长宁大才女，写得一手好文章不说，画梅花也是一绝呢！是咱们元书记伯乐识马，把她从深圳那样的大地方硬是给挖过来的，白主席出书已经二十多本。白小白来时就带着自己的几本书，递给邢会长说，请会长多批评哦。邢会长身旁的年轻人把书接了。顾若虚说，白主席的文字优美，可谓神性、佛性、魔性兼有呢！邢会长笑了，说应该还有很重要一性啊，主席怎么忘了说？顾若虚说，噢？还有一性会长快说说。邢会长说，还有一性，那就是女性嘛！或许是觉得自己这玩笑开得有些过了，赶紧又说，才女的大作，我下来好好拜读拜读。顾若虚又把耿亚红和电视台来的记者介绍给邢会长，说咱们这次义务送书画到企业的活动，有关方面领导都很重视，专门安排了新闻媒体也来现场报道。邢会长说，那好那好。

邢会长离开后，大家就写画起来。顾若虚只写了一张字，便叫霞子来写。霞子还有些推辞，顾若虚说，谦虚啥，你如今写的顾体，完全可以代表我嘛。说着把霞子的披肩发往后一撩，说你看你长发飘飘的多碍事，我找个东西给你扎起来。转身拿了捆笔帘的一根红绳，说这女子，你得坐下，个子太高，好，我给我喜儿扎起来。把霞子头发朝后扎了个一把抓。

其间那邢会长进来转看了一圈，就再也不见闪面。很快就到了中午饭时，顾若虚事先跟商会说好的，不去饭店吃饭，一人一份盒饭，中午就紧着把活儿做完。电视台两个记者已经摄录了不少，耿亚红也拍了些照片，都说要提前走，顾若虚说别急别急，咱们为了给企业俭省，吃盒饭的镜头一定得拍上。等外卖盒饭送来，大家再吃，记者们再拍，顾若虚把商会负责接待的年轻人叫出去说，几位大记者忙，要提前走，咱们说好的那个车马费……年轻人说，已经备好了。顾若虚用大拇指和小拇指比画个六字说，是这个数？年轻人说，对。顾若虚说，好的好的。我们今天来的几位，论起来我润格最高，四尺十万，最低的也是一两万呢。呵呵，咱们这纯属义务书画活动，弘扬中华文化，就不争多论少了。叫出霞子，霞子似乎知道要干什么，随手拎着她的大包，跟了年轻人去拿。霞子回来又叫出顾若虚，请示给三个记者每人多少。顾若虚说，一千，咱们后面还有一系列活动要用到他们，少了不好。霞子的包里，书法家协会信封都是预备好的，把钱塞好，让司机把耿亚红他们先送回。

大家吃完盒饭接着干，又一个来小时，活儿都干完，各自收拾自己的毛笔印章。顾若虚跟接待的小伙子说，你们邢会长呢，跟他说说我们要走了。年轻人说，噢，邢会长刚才出去了，看着各位老师认真创作，没有打扰。年轻人把大家送下楼送上车，顾若虚说，等你上去那些字画就都干了，仔细收好啊。年轻人说，一定一定。挥手看着车子离开才上楼，收拾字画，刚才给大家倒水的女子一块儿帮着收拾，他们一人收字，一人收画，两沓分别折好了，拿到邢会长办公室。邢会长原来并没有外出，正躺在长沙发上读《红楼梦》，把书往脑袋旁的沙发扶手一扣，起也不起说，你们自己处理就行了，还拿来干啥？年轻人说，会长不看看？邢会长说，看这种东西干啥？你们自己处理吧。实话跟你们说，我的爷爷，当年跟石壶先生整天喝酒吃茶，一块儿拍打呢，石壶就是陈子庄，你们知道不？两个年轻人摇头。女子高兴地说，会长难道要把这些字画赏我们了？邢会长从沙发坐起说，就赏你们好了。小伙子说，还有那个白主席送的书呢，我去拿过来。邢会长急忙摆手说，不用不用，就放在你那里好了，而且我建议你们也不要花费时间去看那种书，闲下来真正想看书了，就看些经典名著，比如我吧，每年把这《红楼梦》都要重读一遍的，实在是受益不浅。两个年轻人只是连连点头。小伙子说，这些字画那就我们先保管着，下来还要给商会理事们报账呢。邢会长说，报账不存在啥问题吧，有你俩参与着，反正又不是我邢某人贪污了。只是六万元换来一堆垃圾，我这当会长的替大家可惜，也没有办法啊！好了，你们也去休息，给我把门带上。躺下来继续读他的《红楼梦》。

中巴车上，顾若虚带领的一干人马却是谈笑风生，他们成功举办了一项活动，也便像是打了一场胜仗，轻松愉快。顾若虚说，晚饭咱到朱蹄坊吃，好好吃一顿，我那阵给朱老板打电话，他说是要给大家个惊喜，至于是啥惊喜，还卖关子不说。可现在才不到两点，天热天长了，这还有大半天时间呢，大家好不容易聚一起，咱可以再到啥地方转转，大家说去哪儿？咱们发扬一下民主。人多嘴杂，有说浴足的，有说去汤峪泡温泉的。顾若虚说，贾老板你说呢？贾宝民说，还不如去绛云观，近近的。顾若虚说，好，听贾老板的，咱就去绛云观。

绛云观年前才完成的修葺，从门厅到大殿皆是一派崭新。同样崭新的巨大匾额，靛蓝底色上"绛云观"三个金字，正是出自顾若虚手笔。大家在匾额下站了，免不了一番赞赏。顾若虚说，就为这匾，人家秦关还在不停上告呢，要求恢复原先老匾。老匾是郑孝胥题写，市上组织我们论证下来，字是好字，可那郑孝胥是个大汉奸，怎么能用他的字嘛，最后还是元书记英明，拍板用了我这字。大家附和说，好字好字。一行人进入大门，因顾若虚打过电话，康平道长已在大殿前等候，行拱手礼迎上来，口念各位老师慈悲，无量寿福。康平道长也就五十岁上下，面发洁净，修行得一派仙风。他领大家先参观大殿，大殿内新塑的老子坐像有五米多高，童颜鹤发，生动慈祥。康平道长介绍绛云观此次大规模修葺情况，连声感谢政府大力支持。顾若虚说，关键还是元书记的重视和支持。康平道长拱手说，幸甚幸甚。从大殿再往后院走，顾若虚特意把贾宝民介绍给道长，说这是鄢市长家的先生。康平道长向贾宝民拱手说，幸会幸会。

后院崖壁上凿出的一排石窟，才是绛云观最早的形制。石窟前的长排香炉里，香火不断。有不少游人正在烧香磕头，摇签卜卦。绛云观神签之灵验，早已远近闻名。康平道长介绍说，绛云观的历史可以追溯到南北朝时代，最中间这个老君洞，相传是唐时武则天亲授凿建的。贾宝民说，噢，我得在这里上个香。众人说，应该应该。老君洞正拥着一堆游人，等他们散去，贾宝民上前，先往功德箱塞入两张百元钞，然后取三根香在蜡烛上点燃。白小白秦伊力跟随进来，在一旁站着。烛光幽暗，站了一阵才把塑像看得真切，千年时光，加之香火熏炙，石塑像已是铁黑色，仰看却目光炯炯，栩栩如生。贾宝民把香插入香炉，退后跪在蒲团上磕头，一个头磕下去，守应的老道士便敲一声锣，声音不大，却是悠长回荡。第二个头正要磕下去，突然啪的一声爆响，白小白秦伊力慌忙往后一闪，贾宝民也慌得站起，不知发生了什么事。白小白秦伊力转过神来，叫道，是洞顶掉下个圆石。两人急忙弯腰捡寻。这圆石掉得，竟是计算过一般准确，落入石像前香炉旁那一尺之地，又没有砸到

伴　狂｜

任何人。捡起来的却是一半，搜寻半天，才在香炉另一侧又找到一半。白小白秦伊力一人手拿着一半出来，众人都围上来，看那两半圆石，裂面如刀切样平，再往一块儿一合，竟是严丝合缝，毫无缺损。有鹅蛋般大小，只是比鹅蛋要圆溜得多。众人无不称奇。

贾宝民今儿要到这绛云观来，大概是有心事的。因了突发的小插曲，这阵已是一派沮丧，脸蜡渣黄着，瓷在一旁。白小白秦伊力却是转悲为喜地嚷嚷起来。白小白说，上千年的石头，今天却为贾老板而降，这不就是石破天惊么，预示着贾老板将要干出一番大事业。秦伊力说，就是就是，好兆头绝对好兆头。顾若虚说，就是呀，这是好兆头吧，大家说呢？大家没人吭声。顾若虚又转向康平道长说，道长你说呢？康平道长拱手道，天尊保佑，平安吉祥。白小白说，这要留个纪念的。把手机递给别人，她跟秦伊力共同手托圆石，照相留念。照完相才交给贾宝民说，这个可得收藏好了，是宝贝呢！

康平道长招呼大家到客室喝茶。顾若虚叫出霞子，到旁边一间屋，安排"车马费"分配事宜。他们的行话，把劳务费改称了车马费，因劳务费容易与"义务"二字冲突。顾若虚在一片纸上写道：贾5，白4，秦4，其余六人各3。霞子用笔戳着贾、白、秦，说为啥给他们反倒多，你倒是大方，四千五千地往出攮。顾若虚小声说，咱多给贾些便宜，还能吃亏？鄢是市委常委副市长，政府三把手，架势明摆着还要上呢，没有一点战略眼光咋行？白、秦如今陪领导打球，整天在领导跟前晃荡，给她们甜头，还不是为了替咱多说好话？霞子拿笔一算，噘嘴说，还要支付包车费，还要吃饭，你算算咱们才剩多少？还有我的香奈儿包包呢，我看你啥时能兑现？顾若虚说，傻的，不说别的，光是各家商会走一圈下来，咱就可得多少？这不才五月，下来还有七一国庆元旦春节的，咱活动多着哩，给你买八个包包，只怕你拎不过来呢！乖乖的噢，在霞子脸上摸一下，出去跟大家一块儿喝茶。

　　顾若虚一行赶饭时到了朱蹄坊。贾宝民没来吃饭，在绛云观喝茶时，叫了朋友的一辆宝马车来接，说是有事先走一步，顾若虚让霞子把车马费提前发给了他。

　　朱老板出来迎接他们。大家先站在店门口欣赏顾若虚题写的门匾对联，看着熙熙攘攘人出人进，都说是顾主席给朱蹄坊带来了好生意。朱老板说，是啊是啊。白小白说，顾主席这副对联，可以称得上是长宁第一联了。顾若虚吟吟地笑。朱老板领大家到二楼包间。这是朱蹄坊最大的一个豪华包间，摆一张二十人大圆桌。大家先在周围沙发坐了，服务员泡茶倒水，茶几上提前已摆好白桃黄杏红樱桃，都是时令水果。

　　朱老板说，你们过来时，时代广场那里人散了么？顾若虚说，我们没走广场，从河堤路直接过来的，咋了？朱老板说，嗐，闹腾厉害的，差点都要发生械斗的架势，最后是公安出动才控制住。我是下午开车从那里路过，人拥得，路都堵了。听说是为争渣土清运，一方是城管部门搞的渣土车队，一方是那庞志坚老板的家人，还带着上百人。顾若虚说，庞老板也真是的，一座大厦几千万上亿呢，牛都没了，还在乎那一张牛皮？朱老板直摆手说，好像不那么简单，公安是把庞家人驱走了，由城管安排的车队统一清运。你说清运个垃圾么，公安把守着还不走了，并且调来大型破碎设备，把那水泥块儿水泥梁水泥柱子的，全都要破碎了检查了才让装车拉走，像是查找啥呢，你说怪不怪？顾若虚说，噢，这倒是。朱老板说，顾老师你是老长宁了，我记得我二十年前刚来城里做生意时，广场那里还是一块荒地，有个大坟堆你记得不？顾若虚说，记得么咋不记得，当年地方志部门还组织我们一帮人考证过，考证下来，是唐朝一个皇戚的坟，叫个啥来着都想不起来了。其他人也纷纷附和说记得那个坟堆的。朱老板把手遮在嘴上，有些神秘地说，哎，你们知道不，说是庞志坚老板失踪了，最早开发广场那块儿的老板，是叫铁成对吧，早几年不是也失踪了么？大家七嘴八舌拼凑情况，说铁成还不是最早，最早是个姓穆的老板，出车祸死了。朱老板说，这还奇了怪了，啥人的坟嘛，阴气不散，毒劲这么大的，谁上手谁倒灶。正说着服务员说凉菜上齐，于是大家入席。

白小白不知什么时候出去了，顾若虚上座，在自己和秦伊力之间为她留出座位。半天白小白才进来，手里拿着手机。顾若虚说，快来快来，挨着老哥坐，就等你呢。白小白说，不好意思，打了个电话。朱老板也在靠外面位置坐下，要陪大家喝入席酒。顾若虚问朱老板，哎，老板，你说的要给大家个惊喜，到底是个啥吗？该揭晓了吧？朱老板说，这个嘛，要等上热菜时再告诉大家。顾若虚站起来说，哈，看来朱老板真要给大家一个非同寻常的惊喜了，来来来，咱们先喝酒。我要说的是，感谢老兄弟小姊妹们对我顾某人的信赖和支持，大家补台，好酒便来。今天这飞天茅台，是朱老板从厂家搞来的特供酒，真米实曲，来，咱们干杯！下来到了朱老板，三杯入席酒，却是一杯一个说道。喝第一杯时说，首先感谢党的好政策，八项规定一出，把那些大饭店都踢死了，咱这小店也便活旺了；第二杯说，感谢顾老师的长宁第一联，我这人没文化可是记性好，刚才白主席一说，我这下就记住了：长宁第一联就在咱这里，是顾老师写的门联，给咱朱蹄坊增色了也增财了；第三杯说，蹄蹄爪爪的小生意，全靠各位领导各位老师多多支持。朱老板一番话下来，气氛顿时活跃，酒席没有过渡，直奔高潮。顾若虚说，朱老板这一番话，压过我们这些文化人了，就这还自谦没文化呢，要有文化，还让我们这些人活不活啊！朱老板说，不敢当不敢当，嘴里这么说着，人来疯的劲儿却上来了，说现如今这社会好得很，把机关单位的吃喝一刹住，那些头头脑脑的，原先一个个张狂得没领子了，这下都夹着尾巴老老实实。前些年我开店尽是机关单位欠账打白条，十次八次地要不来钱，现在就不存在这个问题了。看来，像顾老师你们各位老师，靠着本事吃饭，比机关那些万金油倒是牢靠。顾若虚说，让朱老板这么一说，倒是把我们这些闲云野鹤给说值钱了，人家机关人到底有权有势么，哎，白主席不就是机关人，对不起撞磕着你了。白小白笑道，我那文创室算啥机关，文联副主席不过是挂名的，要说伊力才算机关人。秦伊力说，我也不是，我那是体育局下属。顾若虚说，对对对，这么都撇清了就好，咱们不管他们，这叫做前方吃紧后方紧吃，咱们可是吃自己的，与公款吃喝没有半毛钱关系对不对。来来来，咱们喝酒喝酒！

　　服务员把一个大的兰花瓷煲汤罐端上来，朱老板这才开始揭晓他的惊喜，让服务员把门关上，神秘地说，今天特意给大家上一道清炖穿山甲，加几十味中药慢火炖制三四个小时，顾老师中午一打电话就炖上了，筋骨都是酥的。穿山甲是国家保护动物大家都知道，是不能声张的，不过这穿山甲据说是从越南那边进过来的，有哪位老师之前吃过？大家都说没有。朱老板让服务员把煲罐盖子揭开给大家分盛，一股异样的香味顿时弥漫开来。顾若虚问，穿山甲有什么营养价值？朱老板说，要说营养价值，那就大了！最主要是活血散瘀，通经活络，穿山甲不是穿透力强嘛，增强男性功能那是一绝，谁吃谁知道，哈哈，一般人我不告诉他。顾若虚喜得合不拢嘴，说那对女性呢，又有什么功效？朱老板说，滋阴啊，绝对的，滋阴壮阳本来就是一体的嘛，咋能分开？大家于是一片咀嚼喝汤声，滋滋有声有味。

酒足饭饱，顾若虚拱手说，咱下面的系列活动，拜托各位艺术家，继续捧场，随叫随到啊。遂让霞子把提前写好名字的信封给大家发了，各自凯旋。

一枚溜圆的裂石，却把贾宝民弄得心烦意乱。装在身上，犹如一枚定时炸弹。虽说白小白秦伊力两个傻女人咋咋呼呼，贾宝民内心却一丝吉祥感都没有，反倒是惶恐不安。朋友把他从绛云观接下去，跟这帮聚一起，自然少不了要吃饭喝酒，吃完饭要么浴足按摩，要么玩扑克牌"挖坑"赌赌输赢。贾宝民今天却没心思，提前要一碗面条吃了，推说家里有事，就让把他送回小区，径奔地库取车。鄢静之整天忙于公务，回来得晚甚至经常就不回来，所以他也不用先回家。贾宝民决定重返绛云观一趟，再跟那康平道长聊聊。下午人多，没机会单独聊。

绛云观大门已关。贾宝民绕到侧面小门，敲半天才有道士开门，贾宝民说，我想找康平道长。道士说，本观闭休期间，恕不接待来客。贾宝民说，我们下午刚来过，有事想找康平道长。道士说，本观有规矩，不可破，先生明天再来吧。贾宝民耐着性子说，我姓贾，下午来过的，麻烦你去通报道长，就说我有事要见他，他要说不见，我转身就走，不为难你。道士把门关上，听见脚步声远去，过了好一阵子出来，开门说，先生请进。

道士引领贾宝民到茶室门口，退去。康平道长在里面等他。贾宝民说，道长好，不好意思又来打扰。康平道长行拱手礼，说欢迎请坐。贾宝民开门见山说，下午老君洞落下的圆石，我还带着，想着是不是应该交给观里保存，或者用水泥再把它粘回去？康平道长说，不必不必，掉下来就是该掉下来的，不必再粘它，观里也不必保存，只是先生下午受惊了。贾宝民说，我上来就是想再问问道长，这事到底是个啥兆头？康平道长说，其实也无所谓什么兆头，天长日久，它就该在那个时分掉落，只是人属动态，恰好碰上而已。贾宝民说，要不，道长给我起一卦算算？康平道长说，说来惭愧，我不擅于此，抱歉抱歉。我大概更看重道家义理，世间万事万物，变化无穷，用一个卦象把它定住，倒也不好。贾宝民说，那就听道长说说。康平道长念诵道，名与身孰亲？身与货孰多？得与亡孰病？甚爱必大费，多藏必厚亡。故知足不辱，知止不殆，可以长久。贾宝民说，啥意思，我不懂。康平道长说，这是老君原话，不懂不为过。可是我若问：名分与身体，哪个更亲近呢？身体与财物，哪个更贵重呢？得到与失去，哪个更痛苦呢？就是人人都懂的了。天下道理，弄懂不难，做到却不易。因此老君才说，私欲太多必然耗费自身，物质太多最终损失惨重，奉劝世人，知道满足就不会受到羞辱，知道罢休就不会出现危险，归结起来，就是"知止"二字。道长绕来绕去的话，虽说早已超出贾宝民平常的话语体系，但这回他还是明白了意思。康平道长说，也有人曾经问过我，知止知止，既然已经止住了，为何还是发生了危难？那是之前已经过度了，不可逆转，就像一辆汽车开在危崖上，进退都是坠落；也像石洞里那枚落石，它本来已与石壁脱离，掉下来就是自然而然的事情。我这么说了一番，不知对先生有没有用？贾宝民连忙说，有用有用。康平道长笑道，我晚上还要修读，那是不是就先说到这里？贾宝民说，好的好的……道长那我可不可以现在去抽个签呢？康平道长说，这个由你自定，你若是不吭声自己去抽签也就抽了，不过现在问了我，我便不主张。凡事循大道，守规律，方不致错。康平道长这话自有道理，因为贾宝民的一张脸已由蜡黄变成惨白，很有些吓人，贾宝民自己看不见，康平道长却是看得一清二楚。

康平道长送贾宝民仍从侧门出去，站在门里行拱手礼送别，看着车子远去。看门道士说，这人脸色好吓人哪！康平道长说，下午的洞石，就是落在他面前的。道士说，怪道呢。康平道长说，刚才还要抽签，是让我阻挡了。道士说，挡得好挡得好！咱观里这签，若不灵也就罢了，怕就怕太灵要人命哩，出个一差二错，倒成咱的麻烦。康平道长笑道，卦签的灵与不灵，也是相对的，不可绝对化，就包括那洞顶圆石的坠落，也是同样道理，它既然非得坠落，自然而然就不可阻挡，无非是坠落到谁人面前，而那人的反应才是关键，不当回事了那就啥事没有，太当回事了，或许本来就有事情。我刚才跟他说的，就是这个道理。看门道士连连称是。

原来，道观关门以后，没有了外人，道士们之间，免不了也要合计合计一天人事，老君洞的洞石坠落，也便成为当日话题，一下子人人皆知。康平道长说，好了，这下可以把门关上。

第四章

疯狂的渣土车，二十四小时不停清运广场垃圾。

马川这些天睡眠一直不好。手腕的伤，中间换过两次药后，随着疼痛感慢慢减轻，隐隐有发痒感，这是快好了。只是渣土车彻夜轰鸣，渣土车的路线就从长安苑小区旁边经过，白天倒还罢了，车声融入市声不大觉得。对马川来说，白天没有什么影响，白天他在单位，中午吃饭不回来，午休就在办公室破沙发躺一躺，胡乱翻翻书报。中午再困他也不让自己入睡，硬是扛着，怕晚上越发没了瞌睡。难熬的是晚上回到家，到了夜静，只听得渣土车轰鸣，地在震楼在震床在震。马川的睡眠本来就是个弱项，这下越发睡不着。

每天晚上，马川都要在外面瞎转悠，消耗到困倦难支，才上楼回家。他转悠到广场，天气炎热，尘土飞扬，挖掘机，破碎机，一辆辆大马力的柴油渣土车出出进进，机器声轰鸣，

　　　　　　　　　　　伴　狂 ｜

围观的人却是很多，大家似乎不怕噪音也不怕灰尘，都挤着看热闹。整个广场全部被蓝色的塑钢隔离板包围起来，只留出渣土车通道。马川看到，隔离板外围，有多名警察荷枪执勤。那隔离板上，隔一段就贴着一张粗黑大字的通告，要求任何人不得擅自进入广场隔离区，由于尽快完成广场渣土清理是一项重大任务，清运工作将二十四小时不间断进行，希望广大市民给予理解支持。

在围观人群中，马川又看见那位礼帽大叔，照例是跟那一胖一瘦两位大妈在一起，嘴说个不停。马川跟他们见过几次后，也便熟了，凑过去打招呼，开玩笑说，怎么几位老者每天不吸吸灰尘还睡不着觉啊？礼帽大叔瞅一眼他裹着纱布的手腕说，哈哈，你不是还带伤观战呢么？精瘦大妈说，回去也睡不着，嘈杂的。白胖大妈说，我倒是倒头就能睡着，就是这广场一封，广场舞跳不成了，晚上不蹦跶蹦跶，总觉着缺个啥，吃的饭都贴身上了。捏着自己的粗胳膊让精瘦大妈看。精瘦大妈说，你看你好的，能吃能睡，娃们都嫌我爱操心，就这操心命，不操心不由人么。礼帽大叔说，你还有心可操，我那儿女各管各，没人管我我也不管尿他们，咱这是一人吃饱，全家不饿。白胖大妈说，那舞皇后，这些天咋也不见闪面了？精瘦大妈说，人家跳黑曲儿挣钱去了，跑这儿干啥！白胖大妈捅捅礼帽大叔说，哎，听人说她是跟男人离婚了，你找人把她给你说个老伴儿咋样？礼帽大叔乐得合不拢嘴，忙摆手说，不要不要，你没看人家跳得欢的还当她十八岁姑娘呢，咱可服侍不起。白胖大妈说，你想要，人家还不跟你哩，人家年轻男人多得是！他们于是笑成一团。

老年人话多，一提起个话头就没完没了。马川其实想听听礼帽大叔的民间发布，半天才把话题转到这方面。礼帽大叔说，照这样昼夜清理，不出一月估计就差不多了。马川说，没有那么快吧？礼帽大叔说，咋没有？里面是拿破碎机把一块一块水泥破碎了检查了才装车的，要不然更快呢！那每辆渣土车不是都贴了编号嘛，我数了数，整整一百五十辆车，三班倒，始终保证五十辆车跑着呢！马川说，不过东郊垃圾场也是太远了。礼帽大叔眼一瞪说，咋远？噢，怪道呢，我前儿说的时候你没在，我不是骑电动车顺着渣土车路线跑了一来回，人家这回是在城南高速公路边专门开辟的新垃圾场，当时修路取土，不是留下一长溜大坑嘛，就往那里倒的，近得很！日了怪了，人家垃圾场那里，也有警察把守着，不让人靠近，垃圾么，还怕谁偷了不成？精瘦大妈小声说，哎，我今儿往过走，听人说，大楼里藏了好多金条呢！白胖大妈说，就是就是，我也听说了。礼帽大叔嘴一撇说，金条？金条金马驹倒好了，怕就怕是别的啥……嘻，咱可不敢乱说。前儿有人发微信，说长龙大厦底下是死人坑，有多少多少尸骨，不是让警察给抓了么。礼帽大叔四下瞅瞅，嘴上说是不敢说，憋不住还是往下说，反正那庞家五虎，失踪的失踪，抓的抓，如今搜出来啥就是啥，他们挡不住了。马川问，庞家五虎？礼帽大叔说，庞家五虎你都不知道？庞家兄弟五个，老大就是这长龙大厦老板庞志坚么，底下兄弟四个，叫志高志远志刚志强的，咱也弄不清到底谁大谁小，有当村书记的，也有开办砂场水泥预制厂运输队的，不是把南郊那庞家村霸着吗？那一年砂场打死三条人命的是老五，只坐四年牢竟然好端端出来了。这下倒好，大楼一爆破就传说老大失踪了，底下四虎那天气势汹汹扑过来，带了上百打手，嚷嚷说要清理垃圾也必须他们自己清理，让人家公安齐刷刷给抓了。精瘦大妈说，不是说人家有靠山呢么？礼帽大叔说，哈哈，靠山怕也有靠不住的时候呢。你们没听说吗，广场这块自从把那座大坟刨了，换过三个老板了，先是个姓穆的，再是那个叫铁成的，一个车祸死了一个失踪了，这就落到姓庞的手中。

有人还编了口诀呢，说是木（穆）不敌金，铁成没成，螃（庞）蟹横行，看这架势，螃蟹恐怕也横行不了几天啦！白胖大妈说，你一天就是个包打听，把啥事都弄那么清白。礼帽大叔拍拍肚皮，呵呵笑道，一天一大碗羊肉泡馍吃着，不包打听消化不了么对不对？包打听归包打听，咱可是遵纪守法的，不乱发那些微信让警察把咱抓了么，对不对？精瘦大妈嘴一撇说，一天闲得呻唤哩，也不说给人家儿女操点心，看把你个老家伙将来死了，还不让狗拉去！礼帽大叔说，狗拉就狗拉去，反正人死了也不知道。白胖大妈打起呵欠，说人都瞌睡了，走，咱该回了，一天闲心把人操的。精瘦大妈说，看你成天瞌睡多的，还嫌自己胖呢，不胖跑哪儿去？礼帽大叔说，瞌睡多是福气啊，一天三饱一倒，比当神仙还好。如今这时代，咱遇上英明领袖了，那些坏人恶人，凭着有权有势有钱，胡伴狂哩，常话说人狂没好事，狗狂挨砖头，这不眼看着都一个一个伴狂出事儿来，气数尽了？他们有人睡不着觉呢。要说啊，还是咱们这些本本分分的老实人日子安稳。白胖大妈说，唏，谁要把你个老家伙当老实人，天下就没有不老实人了，成天眼盯那些年轻漂亮女人，看人家没人理你，才回来跟我们混搭。精瘦大妈也跟着附和，连声说，就是就是。

看他们说笑离开，马川还站在那里发愣，心里回味"恶人""睡不着"之类的话。自己作过恶吗？想来想去，实在是连作恶的条件也没有，除非是年轻时那一点点风流事，也都早已成为陈迹。这么多年一路下来，混得恓惶，却为什么要睡不着？他慢慢往回走，等待他的，恐怕还是个难眠之夜。

马川回到自家楼口，刚要拐进楼梯，一只软绵绵的手突然拨了一下他的胳臂，马川差点吓死。回头一看，却是对面楼那个脑梗女人，仍然一身红衣，一双白鞋，背着剑，无声无息躲在楼口玉兰树影里，马川丝毫没有发现。马川说，噢……你，只觉得自己声音发颤。女人说，你是住几楼？马川只觉得她气若游丝，说话声小得蚊子叫一样。马川说，七楼，最高层啊，咋了？女人说，那女校长，是住二楼？马川说，好像是。他故意不作肯定回答，心想着别人住哪里与你有什么关系啊？女人指指楼上，凑近过来耳语道，元上楼去了，没看见坐车，一个人悄悄走进来的。其实耳语不耳语，都是蚊子样小声，无非因为凑近，让马川觉得一种病人气息拂在自己脸上。他莫名其妙，不明白女人说的是啥，就问，啥圆的方的？女人说，姓元的，元书记啊。马川这才听明白，噢了一声。女人说，姓元的天天电视上露面呢，咋会认错？马川说，噢……噢，转身就要上楼去。女人扯住他胳膊说，他们不是早离婚了么，还一起鬼混？这可不是第一次了，我以前就看见他来过，一闪身拐进楼道，不敢确定，这回可是看得真真切切，百分之百敢保险是他。马川说，噢，想笑却没敢笑出，这女人有意思，自己都到这种程度了，能活几天？还操别人闲心。只听女人又说，坏种害人精么，糟蹋国家钱，给学校操场铺毒塑胶。马川打断说，铺啥？女人不耐烦说，塑胶，塑胶啊，学校操场，红的绿的铺满了，你站你家阳台，看不见？马川说，噢，我明白了。女人说，成天还说什么全市第一，那塑胶，有毒呢，我孙子上学回来，老是流鼻血。仗着人势，家长们告了谁管？还有脸在大喇叭上成天吱哇，说得比唱得好听。马川听这女人说话清清楚楚，看来脑子并没有糊涂。怕这女人没完没了唠叨下去，他连忙说，噢……噢，我先上去了。女人说，你上，我得等着，看他姓元的啥时出来。

第二天一早，马川照例被小学校的高音喇叭吵醒，听见外面哗哗下着大雨。下雨天学生不能出操，女校长的训话却雷打不动。女校长在大喇叭上训话，要求班主任组织学生们坐在教室聆听。一校

伴 狂

之长的权威，从每天早操时段的话筒权开始。马川赖在床上，听上去女校长似乎有些感冒，说话带有鼻音，但不影响她声音高亢，并且像碎玻璃一样尖利。马川开始还听进去一些训话内容，很快，就和外面渣土车的轰鸣搅合在一起，混合成了噪音，嗡嗡地在耳边回响，隐约想起昨晚的事，分辨着夜里做梦了没有。没做梦，就算是好的。

马川没想到肖芳清早回家来了。由于学校大喇叭喧响，没听见她拿钥匙开门，直到推开卧室门进来，才把马川吓了一跳。马川急忙叫道，别往前别往前！肖芳一愣，说咋了，一低头，已看见一地闪亮的图钉。肖芳说，你看你，咋能这样作践自己？转身出去，拿了笤帚进来，把图钉全都扫开，然后才坐在床边说，你不是都好了吗，为啥还这样？声音就有些哽咽。马川说，是好了是好了，嘿嘿，我就是想再检验一下自己么。肖芳说，还笑呢，你别急别急，我看看你这手是咋了？马川说，没事没事，前几天跟第五剑去河滩玩，摔了一跤，都快好了。肖芳说，周末你没过去看我和孩子，打电话还说是到县里开会去了，我就想着你是有啥事了。马川说，没事真的没事……下雨呢，你还跑回来？肖芳说，下雨天公交车上倒是人少了，我今儿上午没课。马川撩开被子说，被窝没有藏着别人，快上来。肖芳笑道，藏着别人倒好，就用不着我来回操心了，哎呀，你手这样，还张狂啥呢，算了吧？马川伸长左手拽肖芳，说快点快点。肖芳说，看把人猴急的……我自己来。把外衣脱了挂好，这才走过来说，我回来是想着把毛巾被拿出来晾晒一下，天慢慢热起来，厚被子盖不住了……马川不等肖芳说完，已把她揽入被窝，两人抱作了一团。

完了两人躺在床上，听见学校的大喇叭里，女校长依然讲得慷慨激昂。高亢的鼻音加噪音，刚才只是被他们的亲热短暂屏蔽，这刚一停下，又立即侵入他们的空间。女校长可真是能讲！马川说，有多长时间没在咱这床上一起了？肖芳说，谁还记这个，反正又没让你打光棍儿。马川说，不过每次在你家，总觉得偷偷摸摸似的，放不开。肖芳说，不嫌臊，哪次倒是没放开，放开你还把人生吃了不成？马川嘿嘿笑道，还真是不敢冤枉老岳父岳母大人，他们到底是知识分子，细致入微的，每次我过去了，都找个借口把孩子带出去，给咱们创造时间呢。肖芳说，才知道啊，难得你还没乐昏了头。马川说，不过这回隔得时间长，还真是小别胜新婚呢。肖芳推他一把说，看把你能的。马川说，佳佳没念叨爸爸吗？肖芳说，成天念叨呢咋没念叨？马川说，都怪我，结婚前当单身汉时竟然没有意识到自己是有毛病的，你后悔跟我不？肖芳眼一斜说，人说冤家路窄么，后悔有啥办法？马川说，唉，要是咱佳佳落个跟我一样的毛病，真就遭罪了。咱原先不是也查过那么多资料，还咨询过专家，说是这种毛病一般是男的居多，但愿咱佳佳……肖芳说，咱佳佳啥都好着呢，越来越聪明了。小人精儿嘴跟个八哥样，我妈领出去，小区里比她大的娃还没她表述力强呢。你想过没有，假若我不是跟的你，那么，生的娃也就不是咱佳佳了，另换任何一个娃，对我来说都无法想象，哪有咱佳佳好？马川说，这就谢天谢地。肖芳说，老人带着孩子，到底比请保姆放心，把啥心都操到了。马川说，他们也年纪大了，太辛苦了。肖芳说，关键是还有个"隔代宠"的问题，我有时把佳佳训斥两句他们都不愿意。我在学校教的小学生中，就发现一个规律，凡是比较任性的孩子，大都是爷爷奶奶带出来的。再过一年，等佳佳能上幼儿园了，我们就住回来，把她送到小区的机关幼儿园，接着就在这实验小学上学多方便，我一个人来回跑就是了。马川说，唉，你听么，女校长还讲着呢，实验小学有这么个女校长，天天没完没了地训话，话比屎都多，还不把孩子们天性给摧毁了？肖芳说，都差不多，一个德性，我们那学校也好不到哪里去。马川说，不过，听女校长这歇斯底里的样子，该属于更年期的挣扎吧，到了咱佳佳上学，她说不定就该退休了。肖芳噗嗤笑了，推马川一把说，你够坏的！

肖芳回家了就仔细清理一番卫生，把床单被罩窗帘全都扯下来扔进全自动洗衣机，洗干净在阳台晾好，再把床上铺了草席，从柜子里拿出毛巾被。家里一下子变得清清爽爽。不过，那些被她收拾起来的图钉，到了晚上又被马川撒在床脚周围。马川必须继续"检验"自己。

离高老师三周年剩下不到一星期，第五剑一大早开车过来接了马川，一起来到长宁南郊的大唐学院，跟高老师儿子高尔升见面。高尔升如今也在这里当老师。第五剑说，我打电话他人在呢，咱得提前看看给高老师这事咋样办。马川说，就是就是。第五剑说，高老师家情况有些特殊，人家高尔升要是继续当着官，也就轮不上咱瞎操心的。高老师就高尔升这一个儿子，上面两个姐都各有各的家。高老师一殁，老家那个门就锁上了。农村过事那一套，啥都得从头准备呢。马川说，咱的好多同学这几天都打电话问具体日子，说是到时候一定要参加。第五剑说，唉，高老师人太好了，对我来说真如再生父母，想起来殁了才几天，一转眼就三年了。马川说，可惜这样的好人再也难找。第五剑说，想起高老师安葬时那么简单的，这也不敢那也怕，人心里真不是个滋味，这回咱看他高尔升怎么说，不行了他不出面也行，咱们同学凑份子也要给高老师叫一台大戏唱唱。马川说，这还不容易？我算了算，经常赞念高老师的咱这帮同学，咋也有二三十号人。第五剑说，咱班那个杨柱你还记得不？马川说，记得咋不记得，不是在深圳当房地产老板吗？第五剑说，就是，当年就属我俩穷，高老师经常送我们饭票和衣服，他前几天打电话说高老师殁的时候他都不知道，这回三年又正在国外考察，赶不回来，但他一定要表示一份心意，问我要的高尔升电话。

两人说着话，车子已到大唐学院。大唐学院是一家民营三本院校，正在举办二十周年校庆，大门口又是彩门又是气球标语又是宣传版面，还摆着一长溜桌子，由学生向行人发放宣传资料，一片热闹。车刚开进大门，就遇见耿亚红，马川探出头打招呼，第五剑便把车停住，上次吃饭都认识了，也打招呼。耿亚红说，马老师你也来参加校庆活动？马川说，我们是来找人。耿亚红说，你们停时间长短？马川说，应该不长。耿亚红说，那好，我一会儿坐你们车回去，这种活动华而不实的，纯粹烧钱赚吆喝，没啥意思，报社来的人多，我溜号呀。我先在校园转转，你们一会儿出来打电话叫我。第五剑笑道，那有啥问题，只要美女不嫌咱这车档次不够就行。

来到高尔升办公室，一推门看见他正斜靠在沙发看书，书封朝外，马川看见是《博尔赫斯全集》。这间屋的安静和校园内外的热火朝天反差强烈。高尔升把书放下，赶紧招呼他们坐下，递烟泡茶。印象中高尔升一头黑发，大背头兼偏分的发型总是梳理得整整齐齐，现在却是满头灰白，略显蓬乱不大讲究的样子。马川说，高老兄钻研博尔赫斯啊！高尔升笑道，谈不上钻研，就是再看看，过去上大学时读过一个选本。马川说，现在学生阅读风气咋样？高尔升说，根本谈不上，整天人人拿个手机，貌似啥都看过，一问却三不知。我不是教的阅读与写作吗，想着让他们先把十九世纪那一批经典作家读读，雨果巴尔扎克福楼拜陀思妥耶夫斯基托尔斯泰契诃夫这些，先把看家本领掌握了，谁知现在的年轻人，把那些都看作陈芝麻烂谷子，偏要谁怪诞谁时髦谈论谁，卡夫卡博尔赫斯卡尔维诺的挂在嘴上，仔细一交谈，大多数人又没有真正读过。不过也确实还有一些学生，是真心热爱阅读，可惜不多。

高尔升大学也是学汉语言文学的，跟马川谈起这些无须铺垫，张口就来。怕冷落了第五剑，他又递给了一支烟，说第五你喝水。高老师活着时，一直把第五剑叫做第五，高尔升也便延续着高老师的这种叫法。搞过行政的人，待人接物还是要得体些。第五剑说，高老师三年快要到了，我们过来，是想看看咋样办，还需要我们做些啥。话音未落，又有人来，是一个三十多岁精精干干文文气气的年轻人，高尔升介绍说，咱们坤州县父母官方县长。方县长忙说，不敢不敢，副县长方旭，大唐学院在咱们县不是有个农牧业实习基地么，这次邀请来参加校庆，一来肯定先要给老领导报个到。今儿安排一整天活动，我先参加大会去，中午就不参加校方宴会了，咱们自己吃饭聊聊。高尔升说，那当然好啊！方旭说，那我就先不多停了。送走方旭，高尔升回来说，是我原来在汉稷区的一个下属，后来提拔到咱们坤州了，很实在的小伙子。

高尔升说，对了，我想起一件事，深圳有个杨柱，也是你们同学吧？两人都说是的。高尔升拉开桌子抽屉，拿出一张汇款单给他们看，说杨柱前儿打电话，说他在国外赶不回来，但必须表达心意，问我银行卡我说心意领了，婉言谢绝，没想到昨天就收到这电汇单子，一下子汇来十万元。我还就说你们来了跟你们商量一下，这么多钱我得退回去。第五剑说，退回去？老兄你不想想退回去成啥事了，杨柱能接受？杨柱这些年生意一直不错，做公益动不动几百万上千万出呢，为老师出点钱他也是应该的么。高尔升说，出点钱是个意思就行了么，一下子拿这么多干啥？第五剑说，老兄你大概不清楚，我跟杨柱，当年算是班里最穷最可怜的两个学生，我是父母死得早，杨柱是抱养的，父母后来又生了亲生儿子，把他另眼看待，高老师为我们又是补贴饭票又是送衣裳，有几件衣服说是你开会发的，新新的没穿过，整套西服就送了我们。高老师是你老兄的父亲，也跟我们的父亲一样，他杨柱出个十万元算啥？我是没有钱，要有我也出这么多。第五剑说着，竟抹起眼泪。

高尔升又递第五剑一支烟，并且帮他点着，然后自己也点一支烟抽着，说老父亲三年这事，咱也就简单办办就行了，没地方花钱嘛。第五剑说，高老师安葬的时候，就是简简单单办的，比农村任何人家都简单，现在三年了，咱怎么也得办个差不多吧。我路上还跟马川说，咱把省上戏曲研究院的大戏给高老师叫一台唱唱，高老师生前不是爱吼个秦腔拉个二胡板胡么，咱也让他高兴高兴，老兄你现在远离官场了还怕啥？高尔升说，怕是不怕啥，十三年前我从汉稷区区长位子下来，本来降个虚职拿一份折旧费，苟且偷生地活着也可以，为啥要辞职了到这民办院校当个老师，就是为了远离，咱不配在那个队伍待着，就找个适合自己的地方嘛。马川说，后来揭出来那么多天文数字的，你那时候才是因为师母突然去世别人送了点礼金，高老兄你觉得委屈不？高尔升说，不委屈，这是我的心里话，咱毕竟是有错嘛。当然，要说内心不复杂那是假的，就是在咱下来以后，明明觉得有大问题的人却在步步高升。这么多年我从来没跟人谈论过这些话，马川第五你们也不是外人，咱高林你们也都熟，在清华拿到博士后不是就在北京一家研究所工作么，一直是租房住，结婚两年，搬迁五次，每次听说搬家，你林嫂子就跟我抱怨，说咱娃可怜的，多亏找了个他高中时的同学，要不然娃再优秀，连个媳妇都找不来，要找可以，你起码先得把买房首付办了，让娃慢慢月供也行，可咱哪有钱？要说想不通的是，人家原来跟我一块共过事的某人，儿子寻情钻眼算是混个二本出来，在北京跟人合伙开的公司，一去就在豪华小区买了房。某人后来不是又结了个二次婚么，那女人是电视台的一个主持人，女人带来的女儿，才是上海上学的一个大学生，在上海也把房买了。北京上海差不多的房子，一套怎么都得上千万，人家跟咱一样，家族中又没有人做生意当大款，哪来的钱？这话，你们就先当故事听听吧，至于这人具体是谁，也就暂时不问了。我想我后面会有机会跟你们说清楚，如今的反腐大潮下，真正的坏人他藏不住的。马川问，高林现在呢？高尔升说，去美国了。前几年就有机会，是我挡住不让他们去，后来该要小孩了，你林嫂跟我摊牌，坚决支持他们出去发展，说除非你帮儿子解决房子问题，她可不愿意看到他们小两口抱着小孩再搬来搬去的。这样就出去了，如今小孙子也生了，你林嫂子也过去了，帮着他们招呼孩子。第五剑说，出去是正主意，好得很。高尔升说，原来是挡着高林他们不让出去，这真的出去了，我一下子还是觉得头轻了。马川说，就是，出去了好，我平常也不大关心官场那些事，长龙大厦最近不是爆破拆除了吗，听他们私下里老扯到姓元的。高尔升说，从历史上看，一个国家一个社会，不会无限度容忍藏污纳垢。以我的判断，一个激浊扬清的时代如今是到来了，我是打心眼里拥护。眼看着那么多巨贪一个个弄出来，真正有大问题的人，谁要想存侥幸心理，恐怕也难逃，咱们且看着就是了。马川说，高老兄你如今干着一份教书的工作，好着呢。高尔升指着屋里的一张小床说，我现在基本上家都不用回，上食堂吃饭晚上也就住在这里的。好是好着，总觉得这还不是真正属于我的地方。我还有些想法，就看我最终能下决心不，后面再走着看吧。

扯了一来回，再回到高老师三周年的办理上，高尔升还是坚持两个字：简单。高尔升说，这个你们听我的没错。在农村办这类事，你怎么办都有人说闲话，铺张了人说我在位时大概还是把事弄了，藏着暗钱呢，可咱明明是没钱，又何必打肿脸充胖子？办得简单一点，人无非说咱没情况么，还能说个啥？再说了，老父亲当年把母亲名下的二亩多果树地退了，专门兑换了村里南西坡没人要的一架荒山梁，用自己的退休工资买树苗，栽种的三万多棵松树，我前段回去看，都长得一人多高，一下子成了气候。他活着不愿意铺张，死了如果有灵，也一定不愿意看到。你们是好心，但是听我的没错。至于杨柱给的十万元，第五说得对着呢，退回去的话，也确实有些伤感情，咱就先放着，等把三年过了再商量怎么用吧。

经高尔升这么一说，第五剑跟马川还能说什么呢。高尔升后面两节还有课，说你们在这儿休息喝水，也可以去校园转转看看，中午咱们跟方旭一起吃饭，也体验一下学校伙食。俩人都说，不了不了，时间还早，我们先回去了。

他们在校门口叫上耿亚红一起往回走。两人在车上免不了又感叹一番，耿亚红听他们说的是高尔升就说，噢，原来你们是来找高尔升的啊！那是个好人，当年在汉稷区当区长时我还采访过他，温文尔雅思路清晰的，后来为个那事，太可惜了。不过我这回来参加校庆，听到大家都反映他讲课讲得好，能人啊，放到哪里都能行！马川说，这社会不学无术的人多的，多得能把人绊倒，人家高尔升确实把书读得多。耿亚红说，那当然，这个是装不出来的。哎，你们领导这些天又在弄啥大作呢？马川一听耿亚红又扯到白小白，就淡淡笑笑。耿亚红说，人家不是以马栏县为生活基地么，后来又扩大范围了，包括马栏县在内，北部的七个山区县当年都是老区，她要给每个县都写一本书呢，你知道不？马川说，我不知道。耿亚红说，你知道人家写一本书拿多少钱么？马川说，不知道。耿亚红说，不知道我告诉你，每县至少三十万，你说老区县还那么穷，许多孩子连学都上不起，真是阎王不嫌鬼瘦呀，这种钱都忍心拿？马川说，哦，没有那么多吧？耿亚红说，咋没有？前几天跟那几个县里的宣传部长一起开会，他们亲口说的。马川噢了一声，没说啥。

耿亚红说，照她那样写书，也太容易了吧，找几个人做些访谈，找现成的照片往里一塞，一本书就成了，那也能叫书？马川还是笑笑，没吭声。耿亚红说，然后县上拿钱，印了书摊派给农家书屋再挣一笔钱，一个萝卜两头切，同样上班族，你说人家这事咋就这么美的？哎，马老师你知道不，人家那个小才女尤一白这些天跟同学说，她马上就要去演一部电影，要当小明星了。我女儿回来给我说的羡慕的，让我给狠狠训斥了一顿，我说你妈没有人家她妈有本事么，你给我老老实实学好功课，将来考不上个好高中好大学，你该干啥干啥去，我可帮不了你。马川只好附和说，对着哩，让娃还是先把学上好。耿亚红说，马老师我还真是服了你了，你领导整天扑得紧得都能把缰绳挣断，又是写书出书又是陪领导打球，你咋就不为所动，那么淡定呢？马川笑笑说，嘻，一人一个活法么。马川心说了，自己是个病人，只求平安活着，这话又能给谁说去？

车子往城里走，很快就裹入轰鸣的渣土车队伍，空车实车，来回穿梭，尘土飞扬。第五剑赶紧把车窗关上，说狗日渣土车欺人得很，轰轰得人头都大了。马川说，看来快了，已过了大半，我基本上每晚都到广场转转。耿亚红说，咱都盼快点完了就干净了，说不定有人巴不得永远别完，都说楼底下有啥有啥呢，咱就等着看到底有个啥，说不定真还有好戏看呢。

第五章

　　高老师三周年前一天，第五剑开车拉上马川，早早赶到高老师老家。高尔升先一天已经回来。

　　他们一进门先找孝帽戴上，到灵堂给高老师上香，高尔升和两个姐穿着孝衣，打招呼跟随进来。高老师和师母的遗像并排立放在"亭子"前，香烛映照，仿佛活人还在。老早的亭子都是纸糊的立体的，如今都简化成电脑喷绘，貌似立体实则一块平布。俩人上了香，大家一起跪下，磕三个头。两个姐一边一个蹲坐了，扯腔又哭一场，爸呀妈呀叫着，热泪扑面。马川跟第五剑扯劝半天才住了声。大家就拿了小凳围坐在灵堂前。大姐说，唉，你看快的，觉着才几天，就三年了。二姐眼里泪珠还在滚落，说汪汤汪水再哭这一场，就啥都没了，人这一辈子假的，不如墙上个钉子么。大姐说，咱爸人家把人也活成了，咱妈跟咱爸也没受过啥罪。你看一辈子要强的，退休你就歇着享享清福么，倒是比教书时还忙了，不投儿不靠女，没黑到明非要栽那些树，上回娃们数了，说是三万多棵树呢。二姐说，你说人家个男人家么，原先咱妈在世时，他从来都是衣来伸手饭来张口，后来剩下人家一个人，竟然蒸馍擀面啥都自己学会了。蒸的那馍，手劲大的面硬的，吃着筋道，比咱妇女家蒸的馍还好。大姐说，可怜的，就是把咱儿女们一天都没连累，殁的那天，谁知多晚才从沟边回家，给自己弄饭吃了，一个炕没爬上去就窝在炕脚，心里当时还清白着，摁了我手机却说不成话，我赶过来就不行了么，眼光都散了，一句话都没留下。说着泪珠又往下滚落。二姐说，就是呀，你说你躺病床上让人把你服侍个一月半月的，你走了人也难过少些……哽咽得说不下去了。高尔升没吭声，却已泪流满面。那时候，等他们夫妇从城里赶回来时，老父亲已经挺在床上，两个姐姐把老衣给他穿得整整齐齐。大姐抹泪说，咱爸好着呢，完完满满的，人都有这一场呢，好着呢，咱也都甭难过了。大姐二姐看上去都有些显老了，大家说了几句家常，大姐两儿一女，二姐一儿两女，都已成家，一伙外孙内孙的。

高尔升招呼说，咱到屋里坐吧。第五剑说，就看家里还有啥要准备的。一起出来转着看，大门口门幡已经挂了，请来的两个厨师正在院子里摆布锅灶。院子是用水泥花砖铺的，常年没人住，砖缝已长出草，一方格一方格像是画了绿线，一个小伙子正蹲在地上拔草。第五剑拿了烟给大家发，二姐在一旁叫道，小强你两个叔来了你也不招呼一声？拔草的小伙子这才站起，叫着叔打过招呼。二姐说，给你说那草不用拔，人一踩踏就没了。小强笑笑，说这阵闲着没事么。正说着大门口响起车声，一辆黑色桑塔纳停在门口，大姐迎出去说，你把花炮买回来了？大家也跟出来，大姐介绍说，这是我那个老大东峰。老二西峰，大学毕业不是在广州工作么，这回说是要回来我挡了，家里人多着呢，远的，跑回来能弄个啥。东峰身强力壮胳膊粗黑，赶紧上来打了招呼，把车后盖打开，里面满满当当塞满着花炮。二姐笑道，东峰你咋不把花炮厂给咱端回来呢，你爷喜欢安静，咱放点炮是个意思，让你爷你婆知道咱都没忘他们就行了，你看你买了多少？大姐也说，东峰一天尽胡整呢！东峰咧嘴笑道，咱花咱的钱呢，又不是偷来的锣鼓敲不得，怕他谁？不像我舅，怕这怕那的。这事有我呢，你们都甭管。大姐撇嘴说，前几年养猪赔得提起裤子找不着腰，贼是谁他是谁，如今张狂得没领子了，挣几个钱也不说先落住，立马先买个车胡跑。东峰说，哈哈，这就叫撑死胆大的饿死胆小的么，前几年他们都倒灶我就是硬撑着，这不是熬出来了？往后再好了，我还要换好车哩。我舅他风光了一来回，如今不是才开个小日本卡罗拉。高尔升掩嘴对第五剑马川笑道，东峰对我有意见呢，嫌他没考上大学那年我没有帮他安排工作。声音不大，东峰却是听见了，笑道，舅你说错了，我当初对你确实有意见，后来一点意见都没了。你是硬要把我往大老板路上逼呢我有啥办法。不过你看人家上堡子王世杰，官比你当年还小，人家把自家亲戚全都安排完了，连那个小儿麻痹的外甥都没剩下，你倒是讲清廉呢，落了个啥？大姐猛喝一声，东峰，就你话多得很！拿眼死瞪东峰。东峰吐吐舌头，赶紧跟小强一起往家搬花炮。大姐显然是怕刺激到高尔升。第五剑也打岔说，我跟马川是带了些烟酒来，十条烟十件白酒二十箱啤酒，也不知够不够？高尔升说，烟酒我都买了的。第五剑说，反正咱农村过事人多人也杂，预备宽裕些。他走过去把自己后车厢掀开。东峰说，叔你们跟我舅快屋里去坐，我跟小强来搬。

　　高尔升和第五剑马川到上房喝茶。高尔升低头抽着烟，说刚才大姐二姐和外甥说的话，你俩也都听见了，古人说忠孝不能两全，可我这情况，是忠孝两头，一头都没落住；老的小的，谁都没照顾上。不提倒还罢了，一说起就惭愧啊！第五剑说，你老兄如今好得很，咱又没犯啥法么，对不对？他有些人难受日子在后面呢。马川说，就是的，两位老人圆满善终，儿子又有出息，啥都好着呢。高尔升说，这回的事，我本来说是要简单，你看东峰先放不下么。东峰订了一台皮影戏，小强情况弱些，订了一场电影。第五剑说，按我原先想法，咱把省上戏曲研究院的大戏叫来唱一场，高老兄嫌排场大。如今叫个皮影戏也好，高老师爱秦腔，吼一场，好得很。你没看如今农村过事都扑腾大的，乐队歌舞都整上来了，胡整呢么，咱这不算个啥。高尔升说，乐队歌舞那些，我给东峰说得清，坚决不能要，把个悲事弄得像喜事样，味道都变了。马川说，就是的，不过电影现在没人看。高尔升说，我也这么说，他们说没人看也得放，图个热闹就是了。第五剑说，我记得咱这家族很大吧？高尔升说，是大，但也就剩下不多的一些老人，还有妇女娃娃了。咱这高王村两千多人大村，下堡子上堡子，高家王家两大姓，整个都没剩多少人，青壮年都去了城里打工。正说着第五剑手机响了，他进到里屋去接电话，出来了说，从长龙大厦地基里把铁成遗体挖出来了。啊！高尔升跟马川都叫出了声。第五剑说，听说是前两天就挖出来了，警察一直保密着，现场取证把 DNA 做完了，今儿才给火葬场移交，没事，我安排别的几个人去抬了。高尔升猛拍一下巴掌说，看来真是不出所料，快了！

这时门中一帮知客都来了，十几个人，由高尔升一个远房七叔总管，商量诸事。招呼大家坐下，高尔升急忙递烟，马川和第五剑帮着招呼倒茶。七叔虽然没当过村干部，却属于村里的能人，经常帮人说事了非解决纠纷，不单本村，十里八乡的外村人时常也请他。大家先说些闲话，高尔升问七叔一些农村的情况，七叔说，像咱这方圆种的苹果，虽说一年好些一年差些，总归都能卖出去。一年到头，一家少的一两万多的八九万上十万的也有。猪肉这二年价上去了，咱农村人吃肉少，不像你们城里人天天少不了，问题也不大。现如今要说最明显的，就是国家把当干部的管住了，不敢胡吃滥喝胡作非为，社会上偷啊抢啊的少了，这好得很。高尔升问七叔家去年的苹果收成，七叔笑笑，说差不多差不多。大家说，人家老七恐怕是咱这高王村拔稍的呢！七叔说，算不上算不上，然后扳指头说谁谁谁都比他家收入多。大家扯了一阵就言归正事。七叔问，还非得杀个猪么？按厨师开的菜单，咱鸡鸭鱼肉都买了那么多了。高尔升说，我把东峰叫进来你问他。东峰一进来先给大家发一圈烟，说肯定杀么，猪我挑了个最欢势的，清早都拉过来了，在外面树荫拴着。七叔开玩笑说，猪如今贵得跟啥一样，如今农村这酒席，又用不了多少猪肉。东峰说，七爷看你说的，它再贵总是咱自己养的么，前些年我爷还活着，猪贱得狗屎样，我爷成天替我操心哩，这下也告诉他老人家，猪价上去了，别再替我发愁。再说了，咱用不完还有猪肉在么，给卖肉的打个电话，八个腿跑来要呢。七叔跷跷大拇指说，咱东峰这外孙够人，爷听你的。一时间，搭台的烧锅的抽水的杀猪的，分工明确，七叔用毛笔在大张白纸上写了，张贴在院墙，各司其职。

　　厨师收拾好锅灶再把午饭做好已经晚了，大家抓紧吃罢。客人们穿白戴孝，挑着成串纸扎，带着礼馍、炸饭，陆续来了。晚饭是八凉四热的菜，再加豆腐汤，客人来一拨吃一拨，流水席从半下午吃到天黑。高老师的学生来了二十多个，参加晚上的祭奠活动。大家吃饭喝酒时，皮影戏的锣鼓家伙已咚咚锵锵敲打起来，电影也同时开映，一下子进入农村过事的气氛。挑皮影师傅七十岁过了，还是个独眼，因为高尔升从家里翻出来一瓶近二十年前的茅台酒，是他当年拿回来父亲舍不得喝，放在柜子里的，七叔他们喝不了酒，让皮影师傅喝了个尽兴，说是看得起他，这一喝就来了激情，碎步在幕后过来过去跑个不停，一边挑动着皮影一边扯开嗓子吼。农村的夜寂静辽阔，声音便四面八方传开。直到皮影师傅唱得声音嘶哑，才换上两男两女跟班接唱，他们也受了师傅感染，唱得人人卖力。但他们只会唱，挑皮影一直还是老师傅一个人。东峰在旁边吆喝说，老师傅加油，今晚给力得很，好好唱，我给你们加钱！高尔升却觉得师傅们太辛苦，劝了几回才让他们歇了一回。高尔升说，老师傅，这挑皮影的，就没带个换手的？皮影师傅说，唉，咱自己三个儿呢，都没人学，别人谁还学这个啊！再过些年，咱这老艺门在年轻人手里恐怕就断送了。这时高尔升的手机上传来高林从美国发来的微信视频：高林母亲抱着小孙子，高林和妻子站在她身后，高林说，敬爱的爷爷奶奶，我们永远怀念你们！大姐二姐接过手机传看，东峰抢过去，对着手机也录起视频，说高林兄弟，你的路子走对了，哥坚决支持你！一摁发了过去。大姐看看弟弟高尔升，见高尔升只是低头苦笑，就拿眼翻着东峰说，你少胡侍狂！师傅他们歇了一阵接着又唱，一直唱到快十二点方罢。东峰没有食言，他给师傅们加了二百元、一条烟，连夜开车送他们回去。

晚上祭奠完了，把那一帮同学都送走，已是后半夜了。马川跟第五剑高尔升三人歪在一铺大炕上说话，到很晚才睡下。早上一起来，却觉得有精神，深呼吸几口，肺活量似乎也大了，比在城里好得多。看来还是农村空气新鲜，氧气充足。

早饭是浇汤面。先一晚厨师就熬好骨头汤；备好的鸡蛋漂花儿，是把鸡蛋摊得薄纸一样，然后切成一厘米大小菱形块儿。早上再剁好葱花和新鲜青菜韭菜，一盘八碗端上桌，黄的白的绿的漂在碗里，香气盈盈。一碗面其实只是一筷头，一人得吃二三十碗。吃这种面是费事，但谁家过事若是图省事想简化，就遭人失笑了。以前过事靠知客端饭，大家叫苦不迭，如今是厨师带来的服务队，七八个年轻妇女统一着装，省事多了。

招呼客人都吃完已是半中午，得去上坟了。所有纸扎，包括门幡、亭子，这下也都不再留，要带去坟上烧掉。高尔升端盘走在前面，盘里是香烛饭菜酒茶，男男女女、穿白戴孝的队伍紧随其后，浩浩荡荡。

一到南西坡，高尔升看见一架坡梁上一望无际的松树林，不禁感慨万端，内心震撼。父亲一个退休老人，十几年如一日在这架荒梁上种树，一棵树一棵树栽，一担水一担水浇，如今竟是成了气候，当初一尺来高指头粗细的树苗，如今全都长得一人多高，一把已握不住。一个人的力量原来可以这么大。葫芦沟大水库就坐落在这南西坡底下，犹如一面偌大的明镜，使得这北方的梁坡有了亮色也平添了湿润的水气，一坡松树掩映在水面，一片静绿。葫芦沟大水库葫芦形地环抱着高王村，使得村子像个半岛，只有北边与外接壤，一条连接秦始皇兵马俑和唐昭陵乾陵法门寺的旅游专线就从村北穿过。

父亲和母亲的坟紧挨着，两座坟相差十几年，看上去竟是没有多大区别。时间不知不觉，把一切作旧。烧完纸祭奠完，按农村的讲究大家就都脱了孝衣收拾起来。对一个亡者的纪念，也算告一段落。从此，亡人不被打扰地归入历史。

大家都往回走，高尔升和第五剑马川留下来，在松林里走走看看。高尔升说，我小时候，这葫芦沟只是个干沟，在咱这高王村围成大半圈，再往东北方向，葫芦吊线还有很长，后来修了引渭（河）渠，沟里蓄了水，才变成水库的。第五剑说，高老师在的时候，我们也没少来过，那时还真没想到会成这么大气候。马川

　　　　　　　　　　　　　　　　　佯　狂｜

说，就是的，人说有山有水，山水总是相连的，再加上高老师给这荒梁上栽满绿树，一下子不一样了，真成了风水宝地。第五剑说，确实是，风水宝地一点也不虚说，你说城里人成天开车往那些民俗村跑，有个啥尿意思？把好好的老房子拆了把老树挖了，再造些水泥树假古居的，真是胡伴狂哩。高尔升说，上回跟你们也说过，我是有些想法的，真想着住回来呢。第五剑说，你回来回来吧，咱支持你！马川说，在城里生活那么多年，回来怕是不好适应。高尔升说，就看我最终能不能下决心吧。

正说着来到了梁顶的小护林房，房子不大，却是砖墙机瓦，建造得结结实实。高尔升说，这是父亲不在以后建的，父亲过去是从水库担水浇树，现在安了水泵，还把上堡子一个年轻小伙子王选民雇了，每月给他工钱，让他闲了过来照看一下，天旱了给树浇浇水。话音未落，王选民竟从护林房出来了，还把人吓一跳。他小声跟大家打招呼，一说话就脸红。高尔升说，选民没事了你就回家去住么，还在这里守着干啥？王选民嘀咕道，回去也是一个人么。大家进护林房，发现里面竟收拾得像一个家，有锅灶碗筷，一张活动床上有铺盖还扣着一本书，马川一眼看见是白小白的所谓纪实文学。高尔升说，你还会自己做饭吃啊？王选民嘻嘻一笑，说跟沟里喂鱼人熟了，成天给我鱼吃呢。高尔升笑道，那还不错嘛。浇树的水费电费，我这回给你留下，你给人家都结了去。王选民说，没有多少，先不结。今年雨水多，加上树慢慢长大了，土里能保住墒，不像树小隔天就要浇呢。高尔升笑道，那好，反正你随时说，没钱了我让东峰给你送来，别弄得没饭吃了。顺手拿起床上的书翻翻，说你喜欢看书啊？王选民说，没事么，从咱村农家书屋借的。高尔升把书放回床上，说爱看书是好事，但要看好书，别看这种垃圾书，我下回给你带些书回来。咱家过事，一忙也没顾上叫你吃饭，走，中午在家里吃饭。王选民挠头说，客多的，我就不去了。高尔升拍拍他肩膀说，快走快走，你收拾一下咱一块走。几个人先出来，走开一段停住等，高尔升说，娃是父亲死了母亲另嫁，家里剩他一个，就是一只左手先天有点毛病，手指撮着动不了，除了那个瑕玷啥都好着，又聪明又实在的。要不然他也出去打工了，村里现在基本上没有年轻人。大家等了一阵，还不见人出来，高尔升就喊，选民你快点！王选民这才出来，锁了门，隔开一段距离跟在他们后面往回走。

午饭是三餐的主体，蒸煎炸炒，七碟子八大碗，白酒啤酒，全都要上，客人是吃一拨走一拨，吃完了走完了，下来是村里行礼人吃，然后是族人吃，最后才是知客家人吃，一直要到太阳西斜方可完毕。农村的过事就是这样，大家都是来捧场的，必须招呼人吃好，大家都吃好了事也就算过得好。白事这样过，红事也一样，席面上演绎着的，却是死生契阔的人间。

趁着大家吃饭，第五剑把高老师学生们的行礼给高尔升移交，这部分是由第五剑负责收集的。一沓一沓的百元钞，还附着一张清单，第五剑说，一共是十万多一点。高尔升说，啊！这么多？不是说每人限定在一二百，有个意思就行了么？第五剑说，我跟人家都说了，不依么。指着单子，说你看这拿出一万的，就有好几个人，他们都是这几年做生意赚了些钱的。高尔升说，谁挣几个钱都不容易，加上杨柱那十万，这不就二十万了？第五剑笑道，你前几天还说给杨柱退回去呢，你看这钱退得成？都是大家对高老师一片心意么，退了岂不是落个瞧不起大家？高尔升说，咱又不需要钱么，这咋办？第五剑说，礼金这事，说白了也是个来回钱，以前我们这些同学谁家里遇事时，高老师也没少行过礼。高尔升说，唉，真是却之不恭，受之不能说是有累，实在是有愧了。那就先放到东峰跟前吧。说着喊东峰进来，说这些钱你给咱先保管着好了，我那里，还有杨柱汇来的十万。这些数儿，让你妈跟你姨也都知道一下，先放着再说。东峰说，舅，那你把你身份证给我，我给你拿到镇上银行去先存个定活两便。高尔升说，你用你的不就行了？东峰嘿嘿一笑说，舅，你不怕我贪污啊？你还别说，要是放前几年，养猪赔钱，人渴得吃雪呢，我真会把你这钱给挪用了，如今不需要，咱车走车路马走马路。高尔升只好依了他。东峰开车去了一趟镇上，没多大工夫回来，把存单交给了高尔升。高尔升跟第五剑和马川说，我如今干的教书那事，你俩觉得还可以？第五剑说，好得很，踏踏实实凭本事吃饭，睡得没谁香啊？马川说，就是的，好着呢。现在这形势，一旦来真的动硬的了，确实有人惶惶不可终日呢。高尔升淡淡一笑说，说内心话，在大唐学院教书，轻省是轻省，没有啥压力，但不知为什么，在我自己总觉得那不是我的落脚。我昨儿也说了，我有一个基本估计，看来，应该是快了。我后面真还有些想法，咱们到时候再具体商量。

马川和第五剑似乎能感觉到高尔升在等待什么，但高尔升却什么也没说出来。当过领导干部的人到底还是不一样，口风紧的。高尔升招呼他俩吃饭时天已黑了，吃完了他俩开车回城，高尔升留下来还要住一天，把家里再收拾收拾。

回到城里，马川上楼回家，走到二楼女校长家门口，又闻到刚烧过纸的味道，没扫净的碎纸灰因脚步带出的气流而飞舞。这女人神神道道，家里又没有死人，成天烧纸也不知什么毛病？看来，这世上有暗疾的人，并非自己一个。这么想着已进了家门，刚准备脱衣冲澡，却听见有人敲门，打开一看正是女校长，气喘吁吁的，身边立一个大旅行箱。女校长说，哎呀，我把钥匙给锁家里了，进不了门，这箱子，想麻烦先在你家放一下。马川迟疑道，好吧。女校长便把箱子往进推。马川帮着把箱子拎进来，真够沉的。女校长在身后把门掩了说，我成天丢三落四的，钥匙记好好地拿在手里，出门时却顺手放在了鞋柜上，哐当一下竟把门给锁上了。马川跟女校长一个楼道住多年，成天擦肩而过，只是偶尔打个招呼。女校长矜持，马川也没有必要跟她套近乎。除了是在路过小学门外宣传栏时，看到过女校长神采焕发的大照片，马川还从来没有如此面对面近距离看过她。这一看却吓一跳，头发散披，面色憔悴，眼袋鼓胀，脖子枯瘦，黑色圆领衫中，暴露着两根锁骨，让人把这么一个女人，怎么也跟每天早上学校高音喇叭里那个高亢凌厉的声音联系不起来。平常矜持的人一旦求到别人，即使一个小小的帮忙，也会显得殷勤过度，女校长此刻就是如此，站在那里连声说，那就谢谢了谢谢啊，随便放个背眼处别碍你事就行，谢谢啊太谢谢你了。女校长一离开，马川顺手把那旅行箱拎到阳台一角放下。

马川冲了个热水澡躺下。这两天下来，确实乏了，但愿今晚能睡个好觉。

伴　狂

第六章

马川有多闲，白小白就有多忙。

白小白这几天正参加一个"走近边区"影视编导采风团。活动是由省里新影视研究会组织，白小白跟研究会会长巨也天以前认识。白小白带着女儿尤一白一起参加这次活动，主要目的是要给女儿创造条件。尤一白爱好写作，最大的梦想却是想当影视明星。尤一白提前好些天就在专卖店在网上给自己选衣服鞋帽，按照韩国的欧美的女明星范儿，买了一套又一套行头。娘儿俩一人一个拉杆箱，尤一白还背着个双肩包，到约定的省城宾馆集中。巨也天正在宾馆大厅跟人说话，迎上来跟白小白打招呼，眼睛却紧紧盯住尤一白，从头到脚还不够，竟然绕尤一白转着圈儿看，连声说，漂亮，完美，好苗子好苗子，名字是叫个啥来着……翻起手里名册。白小白说，叫尤一白。巨也天说，噢……噢尤一白，尤物绝对小尤物，这下一定记住了，一白同学今年是十几？尤一白看着巨也天头顶几乎秃光满脸满腮却是胡须蓬乱，下巴也翘着山羊胡，有些替他热，语速很快说，十五，初三。巨也天说，很好很好，先签到领一下资料吧。俩人领了资料翻看，在二十几人名单中，很快找到她们，娘儿俩名字排在一起，白小白名字后面写着：著名女作家，长宁市文联副主席。尤一白名字后面写着：少年作家，潜力影视演员。尤一白把名单挨个看过，小声跟她母亲嘀咕说，乱七八糟一个都不认识，没有张艺谋陈凯歌冯小刚么。没想到巨也天就站在她们身后没有离开，立即接话说，他们那些过气的老家伙，就是想来咱还不要呢，咱们搞的新影视，就是要把他们全都打倒！明白了吧，小美人？说话时举举拳头，拳头一松把尤一白长发一撩，顺势把手搭在她肩膀上。尤一白拨开手说，热的。巨也天拿开手时又撩拨一下尤一白长发，哈哈笑道，小美人有个性，有个性就越发难得。

还在等人来齐，母女俩坐在沙发上，尤一白跟母亲耳语巨也天，说额窄眼小，硬是拿满脸乱毛罩着装腔作势，脏兮兮的，讨厌这人。白小白抿嘴一笑，用手戳戳女儿，制止住她说。

一行人坐高铁先到的陕北。尤一白近几年参加各类笔会也是不少，或者跟母亲，或者母亲疏通好了她自己去。那帮文人十个有八个半都是天为大他（她）为二，一个个你原先不知其名的，自己都能给自己说出一河滩成绩和半河滩荣誉，然后把那些当红作家砸个一文不值。但那些文人的狂傲，也仅限于三五人之间的私下交谈，其影响力实在不比谁突然放个响屁更让人在乎。而这帮影视人就不一样了，一坐上高铁，男男女女，扮演角色口念戏词，并且有人导演有人摄像，把车厢当成自己工作室，把其他乘客视为空气。这让尤一白感受到了明显区别。

尤一白跟母亲看得津津有味笑不拢口，巨也天走过来说，你娘儿俩也不能只当观众，要进入角色。尤一白说，咋进入？巨也天启发说，把你们日常生活中某个情景演出来。尤一白初生牛犊不怕虎，嘴一咧说，这个还不容易？跟母亲商量道，上次我又买一双鞋，你不是嫌我买了么，咱就演那个。没等白小白回答，巨也天说，好好好，有没有戏剧性冲突？尤一白眼一斜，半怨半媚说，你看了就知道呗。巨也天说，我这里可是有摄像师录像的，要有镜头意识，但不要被镜头拘束了，预备——尤一白于是拿了她的双肩包走到车厢一头说，准备好了。巨也天说，开始——

尤一白拎着包（鞋盒）走过来，拿钥匙开门动作，兴冲冲把包（鞋盒）捧给白小白看：妈，这双我最喜欢的鞋子，今天终于到货了。

白小白（沉着脸）：又买鞋？

尤一白（喜滋滋的）：上回不是就说了我看上这鞋，店里断码，好不容易才来货了。妈你看看这鞋有多漂亮！（打开鞋盒拿鞋动作）

白小白（头拧到一旁）：我都不想说你，你自己到你房里数数去，看摞了多少鞋？有没有三十双？

尤一白（把鞋盒掼到地上动作）：咋了吗咋了吗？我还不能买双鞋了！嫌我买了你拿去退了去！

白小白（继续头拧到一边，不吭声）

尤一白（跑回自己房子抱一摞鞋盒出来，掼在母亲脚下的动作；如此重复三次）：嫌我买了都还给你，给你，你去退了把你钱收回来，去呀！（把自己脚上鞋子也甩下来的动作）这个也给你，都给你！我以后打光脚行了吧行了吧！

巨也天说，好，停！太好了太好了！他让助手把录像机连接到平板电脑上，然后坐在白小白旁边尤一白的座位上，说咱现在回放了看，整个表演十分自然，毫无痕迹。咱再看看镜头细部（在尤一白一个面部镜头上定格），我还没发现，尤一白嘴巴真是又大又漂亮啊（回头看一下站在旁边的尤一白），也许对一个十五岁小姑娘不应该用性感这个词儿，但真是太性感了，就像栗原小卷那张嘴巴一样。（又播放一段动态画面）更为难得的是，这尤一白是个十足的动态小美人，大家都知道，如今美女多如牛毛，但十有八九只局限于静态美，一开口说话就侉就蠢就丑。还有这双腿，多直多修长啊！（回头摸一下尤一白的脸）小尤物，真是太完美了！（转向白小白）白作家你最值得骄傲的不是你写了多少本书，而是生了个尤一白，好苗子好坯子，我们得好好打造她！

　　不知不觉已经到站，地方宣传部门组织一帮人接站，住到当地最好宾馆，稍加休整，便是隆重的宴会。一进宴会厅，迎门先是一只站立姿势的烤全羊，小牛犊般大，嘴衔一撮青菜犄角缠着红绫，焦黄流油香气扑鼻。巨也天跟负责接待者客气了一下，说太隆重了嘛！对方说，没啥应该的，借着你们来，我们也跟着贴贴膘，现如今机关单位吃喝是煞死了，但对咱们文艺工作者却是优厚的，人民喉舌嘛应该的！

　　尤一白来时还准备了几双户外鞋，估计这次边区行少不了要到山区实地走走，没想到只是在陕甘宁一个接一个大小城市间周转，去看过一些革命遗迹，也都是当天往返，晚上还是回到城里宾馆住。户外鞋没用上，衣服却用上了，带的近十套衣服一天换一套不重样。换下来的衣服，反正有白小白及时给她洗。每走一地都领取一个装有劳务费的信封，两千三千不等。这种日子跟那枯燥乏味的上学相比，真是天上地下。尤一白前不久参加中考，考得一塌糊涂，要说情绪不受影响那是假的。但一到这天高云淡之地，全都抛在了脑后。尤一白不断把自己照片发到微信朋友圈。

　　尤一白每换一套行头，巨也天必少不了评头品足。这天一早尤一白穿成一身爽白出来，露脐衫，七分裤，高跟凉鞋，独自在院子玩自拍，巨也天凑上去，前后打量一番说，这一身好，只是穿得有点小缺陷。尤一白说，咋了？巨也天说，女人穿裤装，最忌讳露出阴影线的。尤一白说，什么叫阴影线？巨也天说，看来你还真是不知道，阴影线就是裤子提得太高，把那隐秘部位的沟槽都勒了出来。尤一白脸一红说，多管闲事！但还是背过身去把裤子往下扯了扯。巨也天说，这怎么能叫多管闲事呢？对于演员来说，既然鱼纹线要讲究，阴影线当然也有讲究，作为编导，不但鱼纹线阴影线要管，客流量还要管呢！尤一白更是一愣说，啥客流量？巨也天说，就是女人来客的周期啊！你要是该来不来不该来却来，来了又滴滴沥沥不得零干，那当然会影响动作甚至情绪的，要知道我现在可是以优秀演员标准要求你的。尤一白眼一斜说，操你的闲心，我准确得跟北京时间一样。巨也天说，那好那就好。

采风团到银川，白小白突然决定要提前回去，她跟尤一白商量说，剩下也没几天了，要不咱一块儿坐飞机回？尤一白说，为啥呀为啥吗？人家正玩得高兴着呢！你晚两天回去又咋了？白小白说，不行，领导那里有要紧事，叫呢。尤一白说，那你先回，我跟大家一块儿回去。白小白只好依了女儿，她向巨也天托付说，那就拜托把尤一白招呼好啊！巨也天说，放你一千个心吧，这么多人保护着她呢！

就在这天晚上，中考成绩出来了。尤一白虽说早知道自己没考好，但面对网上公布的坠底成绩，情绪还是掉入谷底。巨也天去房间看她，她说你走你走让我一个人静一静好不好？巨也天盘问半天，才知道是中考成绩的事，就说，那算个啥事吗？我这下为你量身打造一个剧本，你本来就有文学才能，理解力表现力肯定高于一般演员，保证能让你一夜走红，升不升什么重点高中，难道还用在乎吗？说着手揽住她的肩膀。尤一白拨开他，猛地站起来，说，我想喝酒，走，咱夜市喝酒去！

　　俩人出门挡了出租车，巨也天跟司机说，哪家夜市最大最好就往哪家开。这里的夜市确实让人开眼，一个夜市的牛羊肉数量，恐怕要比内陆一个城市所有夜市加起来还多。他们要了烤肉烤筋烤肚烤鱼，巨也天又特意要了一对羊外腰。尤一白问，羊外腰是啥，羊肾？巨也天说，比羊肾要好得多，是羊卵子，这个你不要怕腥臊，一定要吃，是大补！一人一个，看着尤一白不辨滋味竟然吃了，巨也天竖起大拇指说，就凭这一点，你未来的可塑性要多大有多大！但尤一白喝着酒还是喝哭了，说我这下……这下没退路了。巨也天说，啥退路不退路的，咱的退路像飞机跑道样宽敞。于是俩人继续喝。要了一箱青岛纯生啤酒，说是喝多少算多少，最后竟然一瓶没剩全部喝光。尤一白喝得不省人事，巨也天自然也是喝高了，好在还能把尤一白抱上出租车弄回宾馆。

　　驱使白小白急匆匆赶回来的原因，正是长龙大厦那里的事。她跟女儿说的领导叫她，不过是个借口罢了。长龙大厦地基里挖出尸体，当晚已是网上头条新闻，铺天盖地。女儿因为玩累了跑乏了，在旁边的床上正睡得十分香甜，白小白却望着宾馆房间天花板，几乎是一夜无眠。挖出不挖出什么，按说与白小白无关，但这么一来，已经失踪多日的长龙公司老板庞志坚即使重新出现，也是涉嫌犯罪了。白小白关心的，是自己的钱投在长龙公司，参与着集资。不是一点钱，几乎是她全部的家当。

　　白小白一早赶往机场，先给秦伊力打了电话，说是一回去俩人先见个面。秦伊力说，我上午正好没事，去机场接你吧。白小白下飞机一坐上秦伊力的车，就先说到长龙大厦那事，白小白说，看网上说的，挖出尸体都有几天了，咱咋就一点都不知道呢？你没看领导是个啥态度？秦伊力说，领导都有一个星期多没来打球了，元老大跟鄢，一个都不见。白小白说，伊力你在他们那里还放着多少钱？秦伊力说，我本来就不多，连本带利算下来，一百万多一点吧，我妹不是在三亚么，上个月要买房借我八十万，剩下也就二十来万了。白小白叹道，你倒问题不大，我这回怕是栽得深了，咱一直也没有具体说过，我一开始不是放进去三百万么，看到人家长龙公司财务部那孔部长信誉好的，每月月初准时把利息结清，咱俩不是还一起取过几次利息么，后来分两次又入进去有个五百万，再后来把我家老尤手里的将近一百万也要出来，他成天没事在家炒股，如今股市跟过山车一样，挣个钱也难，又加上给咱的利息，全都入进去了，下来有一千一百万呢，全部的家当。秦伊力说，天哪，你这么多！元老大咱不知道，反正鄢通过贾宝民也是集资着的，不知人家的钱退出来没有？嗜，都怪我，给你介绍的这个。白小白说，不怪你，你也是为好来，还是我自己心太贪了。秦伊力说，人家庞老板，是元这些年一手扶持的民营房地产企业，鄢又分管着城建，庞老板以前不是也一起来打过球么，三人之间那关系绝非一般，咱就想着牢靠得很，谁知道……白小白说，唉，咱还是缺乏经验，起码也该留些余地。秦伊力说，我前些天还去找过孔令枝部长，她说公司账户现在整个封了，所有员工按时出勤待命，不得随意离开。咱们这不是跟着领导集的 A 组么，月息至少也是二分多三分，她说 B 组一分左右利息的属于大众集资，还占大头呢，都只能等以后再说了。白小白苦笑道，咱不就是图着跟领导多得些便宜么，这下倒好，贪吃狗肉把铁链也没了。这不行，利息咱不要了，她只把本钱给咱算了，一次给不完先给多少算多少也好啊，走，咱再找她孔令枝去！

　　秦伊力显然觉得徒劳，犹豫了一下，还是把车开往长龙公司。

到了长龙公司却是铁栅门紧锁，俩人下车，手把住铁栅门正朝里观望，门卫出来说，你们找谁？她们说找财务部孔部长。门卫说，现在还找啥空部长实部长呢，你们没看这公司楼门都让警察封了，里面每个房门也都封条封着，快走吧快走吧！摆摆手，又回了门房。

她们愣了半天，才回到车上。白小白说，不行，我得给孔令枝打电话问问。说着就拨起电话，电话铃一直响着，却没人接，直到语音提示声出来：您拨打的电话暂时无人接听。白小白不甘心，又摁了重拨，这下是接通了，孔令枝在电话里问，谁呀？孔令枝以前跟秦伊力白小白熟得啥似的，就像是认识八辈子的亲人，现在却问是谁，白小白报了名字，孔令枝说，你啥事？白小白开门见山就说退集资款的事，能退多少退多少，没有多有个少也行，并且编了个理由，说是孩子想出国等着用钱，孔令枝没有听完就打断说，现在人命关天的事摆着，哪里是谈钱不钱的时候啊？白小白怕对方挂断电话，赶紧说，孔部长你现在在哪里，要不我们过来咱见面说。孔令枝说，我告诉你，我的行动包括电话，也许都被监控着，你不要见我，也不要再打电话。说完立即把电话挂断。

车就停在长龙公司门口，俩人在车上呆坐半天，白小白不吭声，秦伊力也不吭声。最后还是白小白打破沉默，她说，走，咱到绛云观去一趟。秦伊力开着车说，你是……想问问康平道长？白小白说，不问他，不是说绛云观老君洞神签灵验么，我想去抽一个。到了绛云观，白小白让秦伊力在外面等着，她一个人溜进去，绕过大殿直奔后面老君洞。有一对男女正在磕头抽签，白小白在一旁等了等，等他们一走赶紧上去，先往功德箱里塞入一张百元钞，想起上次来时落在贾宝民面前的圆石，她跟秦伊力当时还咋咋呼呼，又是叫好又是照相的，现在看来，究非祥兆。这么想着，点香磕头时就生怕再落下石头，还好没有，连磕三头，坐守老道敲了三声铜锣。她把香支插在香炉，双手捧了签筒，刚一晃就跳出一根竹签，递给老道换了一片纸签，看也不敢看一眼，手里攥了就往出走。

秦伊力老远迎上来说，咋样？白小白说，还没看呢。俩人一起来到边上的老柏树树荫下，又看看跟前没人，白小白这才小心展开纸签，一看立即愣住：

水底捞月　下下签

皓月一轮照水中，
只见影儿不见踪。
占者逢之事非轻，
利来利往利成空。

白小白叫了一声，妈呀！脸色比死人还难看，一下子瘫靠在了老柏树上。秦伊力赶紧安慰说，这些东西也不可全信吧。白小白说，我是信了，今儿是我自己要来的，来了就是信的，信了就是准的。我妈在山里面就一直信这个，她说当人坐不住找着算卦时，事就在前面等着你。秦伊力说，都怪我今天没挡你。白小白说，你挡也没用，挡了一张签，却挡不住事。秦伊力不吭声。白小白说，伊力咱俩在一起也几年了，你是城里长大从小没受过啥苦，我从陕南那大山里出来，一切全靠自己打拼，我的经历你也就知道个大概，内里的艰难、挣扎、血汗、眼泪，还有屈辱，只有我自己知道。我是想着能给我女儿尤一白创造点条件，让她不要再像我一样遭受磨难，好让她人生的路顺当一些，可是……可是这下完了，而且这种民间借贷法律未必保护，就是保护，咱还敢敞扬去？秦伊力说，看你说的，它长龙公司那么大个公司呢，总还在么，真的还不了钱，还有楼盘抵呢么。再退一万步说，那些钱就是真的退不回来，他们总得给咱有个说法么，对不对？白小白说，伊力你一路平平顺顺的，还是太天真了，比咱这钱大的事多得是，一嘴说没了就是没了，你把谁能咋？秦伊力大大咧咧说，最不行，咱不是还有一份工资，难道不活了？你看都快半下午了，走，咱快吃饭去。死拉活拉把白小白拉到车上。

第七章

马川难得睡了一晚好觉。睁开眼一看快八点了，一觉竟然睡了八个多小时。又觉得哪里好像不对，想了想是实验小学的大喇叭今早没响。以往都是在困倦中被学校大喇叭吵醒，今儿不是周末，大喇叭倒是破例沉默，算是把人饶了。女校长，旅行箱……隐约想起似乎昨晚做过的梦，马川赶紧下床去找那旅行箱，却是在阳台一个角落实际存在着，看来不是梦。一觉睡到自然醒，并且一夜无梦。这对马川来说，真是有些奢侈。

马川打开手机，一连跳出几个未接电话，是第五剑刚打来的不久，马川把电话一回过去，第五剑就吼起来，你他妈的尿朝上睡得倒是美啊！马川说，咋了？第五剑说，咋也不咋，那姓元的在办公室上吊，死尿了。马川说，啊！真的假的？第五剑说，还有啥真的假的，害得我一晚上没眨一眼，刚弄尿完塞冰柜，这才从塬上下来。你赶紧往过走，我又困又饿的，肚子猫抓样。就在你单位对面这惠风楼，快来吃羊肉泡馍。

马川草草洗漱过，就赶紧往过赶，出小区挡个出租车，在车上拿出手机看新闻，元兴国自缢身亡的消息网上已曝出来了，与之并列的还有一条：据中纪委转省纪委消息，长宁市委常委、市人民政府党组成员、副市长鄢静之涉嫌严重违纪，目前正在接受组织调查。

惠风楼在人民公园大门旁边，是长宁最著名的一家清真牛羊肉泡馍馆，由于就在群艺馆对面，马川跟第五剑没少在这家吃过饭。大餐厅里迟早都是顾客熙攘，后门出去却是有一方从公园隔出来的小院落，知道的人就不多了，石桌石凳，他们每次就坐这里吃饭。第五剑已经吃上了，只顾往嘴里刨着，头也不抬说，我给你要了，绞好的馍，你自己送去煮。马川端了碗送进去，回来了急忙问，到底咋回事？第五剑嘴里塞着饭说，让我先吃完再说。

一大碗泡馍吃完，第五剑抹一把额上汗，点一支烟说，日他妈咱一天干这啥事嘛，昨晚回去本来说好好睡个觉，咱先一天晚上在高老师家说话，不是没太睡吗，谁知刚躺下殡仪馆值班电话打来了，说是让立即就往市委赶，我知道不是啥轻松活儿，就想着推给其他几个伙计干去，狗日的竟然商量好了似的，一个个都早早关机了，打一圈电话好不容易搜来个小吴，瘦得蚂蚱样，没尿个力气，最后还得我爬上去把人往下弄。办公楼那窗子又高又大，人就从那窗框顶上吊下来的。正说着服务员把马川的饭端上来，马川边吃着边说，那应该早早就完了么，咋还弄到早上？第五剑说，嘻，你不知道那程序有多啰嗦，他妈的死了还比老百姓复杂，二十多警察在那里，出出进进，电话打个不停请示汇报，又是拍照又是录像，整整折腾了大半晚上，要不是上面要求必须赶在八点上班前清理完，现在还不得毕。马川问，你往下弄，那警察呢？第五剑说，警察闪得远远的，一旁看着啊！然后指挥我怎么摆放怎么翻身让他们来回拍啊照啊的，小吴个货啥忙都帮不上。马川嘴里嘟囔着，吃个不停，他平常很少吃早餐，突然发现人睡得好了也有了食欲。第五剑说，狗日的肥头大耳把我没挣死，人家咋想到用那种军用背包带上吊，一厘米宽那种扁的，脖子都快勒断尿了，舌头吐出有半尺长，马川赶紧打断说，别说了快别说了再说我就吃不下去了。第五剑嘿嘿笑道，他妈的没见过个啥了，照你说我都该饿死了？

吃完饭马川说，咱得给高尔升说一下。第五剑说，肯定要说么。说着就拨通高尔升电话，简单通报了情况。高尔升在电话那边说，我早上醒来，躺在床上一开手机，就看到网上消息了，呵呵，看来咱们对形势的判断是对的，感觉着是快了，却没想到竟然如此之快！也好也好，长龙大厦底下既然挖出了尸体，一只鞋子落了，第二只早落早安然，上上下下，大家都安然。只是这个结果，未免酷烈了些，多少有些出乎意料了。你俩都在一起就好，我跟马川也就先不说了。这样吧，我午饭后就赶回城，下午还有两节课，咱们晚上见面好好聊。第五你一夜没睡，快回去好好休息。

打完电话，第五剑伸胳膊打哈欠说，就是的，我得赶紧回家窝一觉去。马川于是到办公室上班。

下午五点多，马川接到高尔升电话，说马川啊，我考虑这样，咱们晚上放到大唐学院这里聚吧，这里的食堂如今也有包间，跟学生食堂隔开着，挺安静的，饭菜也还干净可口。我刚才给第五把电话也打了，他不要开车，你俩打车过来，这样咱们就可以喝点酒，咋样？马川说，好的。电话刚挂，第五剑电话就来了，说咱们现在就动身吧，你坐车往过走，我已经出门，在我们小区门口等。马川于是挡了出租车，过去拉了第五剑，一起往大唐学院去。

他们一到高尔升办公室，看到屋里拥满着学生，男男女女有十多个。高尔升坐在办公桌前，学生们站一圈把他包围住。高尔升站起来招呼他俩先坐，俩人在床上坐了，立即有一男一女两个学生主动到饮水机那里接水泡茶，一人捧一杯递上来，俩人忙欠身说，谢谢谢谢！现在的孩子都挺聪明挺懂事，即使大唐学院这种民办院校的学生，也不例外。

学生们围着高尔升是在恳求什么，只听一个男生说，高老师您就再考虑一下我们的要求吧！另一个女生的声音带着哭腔说，就是的高老师，也替我们着想一下啊，好不容易有一门让人喜欢的课，你却要走，真是接受不了呢。高尔升说，这学期也剩下不多了，我肯定会把课上完的嘛。又有学生说，我们要求高老师不要走，下学期还给我们上课。高尔升站起来说，好了好了，你们是我的学生也是我的朋友，如今通信这么发达，不管我在与不在，咱们随时都还可以交流可以讨论问题嘛，同学们赶紧去吃饭吧！大家七嘴八舌又说，高老师一定考虑一下我们的请求啊……这才陆续离开。

高尔升过来招呼第五剑马川，笑道，都怪我今儿上课时跟他们说了我要决定离开，也不知为什么，人思想一放松，迫不及待似的，就说了。其实课前碰上校长，也已打过招呼了。马川说，还真的要离开？高尔升说，肯定。在这儿教书这些年，虽说从领导到同事再到学生，都待我不薄，如今大学评职称不是都要求硕士博士学历么，我这样本科的，之前又没有教学经历，校方硬是想方设法做工作，算是给我弄了个讲师职称，职称虽不能代表实际水平，但总归好看些。可是对我来说，因为那么一个挫折再来这里教书，总觉得是一种避世，一种偷生，有一种被生活抛弃的感觉。我不幻想什么东山再起，因为咱毕竟犯过错，是抹不掉的，但教书肯定不是我后半生的选择。第五剑说，那老兄是啥打算？高尔升说，住回咱老家去。马川说，那不就等于没有公职没有工资了？高尔升笑道，大唐学院教书这工作，其实也不是个公职，没有就没有了，我想着问题不大，农村生活成本还是低得多，咱就是养个鸡养个羊，也不至于饿着，哈哈实在不行，就给咱那大外甥东峰打工去也可以嘛。第五剑说，这个……老兄还得好好再想想吧。马川说，就是的。高尔升说，想好了。哎，第五你说说姓元的那事儿。

　　第五剑就把昨晚的过程细说了一遍。高尔升说，我是多年不见他了，他成天上电视，但我又不看电视，第五你这么一说，算是我也间接地见了他吧。确实有点出乎意料，不是说对他出问题出乎意料，他那问题大得很，迟早都要暴露。我是对他的这种了断方式很感到惊讶。元那个人，我多少还了解些，过去机关干部每年不是做一次全面体检，他却最少要多做两三次，差不多一季度就去做一次，是比较在乎自己珍惜自己的，谁知临了却是这样。马川说，高老兄，听说你以前跟那元共过事？高尔升笑道，岂止是共过事，当年我汉稷区区长他副书记，把我弄下来以后他顶的区长，接着当区的书记、市委副书记、市长、市委书记，一路就上去了。马川说，哦，这样啊，虽说咱这么熟，你不说，也从来没敢问过。我上午看网上，这么快都有文章发出来了，就像是早都写好了伺候着往出发呢。说是弄了多少多少钱，还用了个"搭档杀手"的说法，历数他以反腐手段搞下去的同僚，有六七个，也提到你名字了。高尔升笑道，噢？那我回头可得看看，看来还是有人替他记这笔账啊！他过去就是靠这个排除异己，树立自己形象的，为了提升，把年龄改小五岁，甚至连爹娘老子赐给他的姓都可以改呢。第五剑马川都惊讶道，他不姓元啊？高尔升说，北塬上袁家村人嘛，全村都是姓袁世凯的袁，怎么就元角分元了？第五剑说，对着哩，我那帮伙计有几个就是袁家村的，都是姓袁。姓啥就姓啥，胡尿改啥？高尔升说，不是还有个选举程序么，要按姓氏笔画排名候选人，这个元比那个袁笔画少，排名就可以排到前面，得票就有可能占便宜么，唉，一路下来可谓机关算尽，谁知人算不如天算，如今国家动真的动硬的，大刀阔斧砍到了他这种埋藏很深的老病根，这其实也是迟早的事。第五剑说，狗日的心也太黑了，广场原先是那铁成老板开发，你要争夺，撵他走就行了么，非得把人弄死还要浇铸在水泥块里干啥？高尔升说，以我想，这事恐怕未必与元有直接关系，具体还是庞的事吧，但元当保护伞，庞胡作非为，现在看来明显是涉黑了。庞虽说失踪了，他几个兄弟都押着，应该不影响案子进展。马川说，元一死，贪的那么多钱也就不好追究了。高尔升笑道，也许吧，这个不好说。对了，咱们前两天在老家时，我说到的"某人"，就是指姓元的，结果没出来之前，咱一直也不愿提人家的事。应该是从他儿子在北京开公司起，就在洗钱了，人说死亡是最有效的洗钱方式，就看后面事情怎么发展了。马川说，其实你现在教个书好得很，无是无非安安然然的，还非得走？高尔升说，必须走。我是早都打定主意要走的，似乎只是在等一个时机，究竟等什么时机其实我也不知道，元的结果一出来才恍然明白：我等的就是这个。如果说高林他们出去了不再为买房熬煎只是让我头轻了些，元的这个结局，却是让我心灵深处真正松弛了。咱们也没有挑明说，其实我心里很清楚，你们一帮同学借着为家父行礼，实际上也是在同情和怜悯我，这越发让我不安，怎么能老是窝在这学校里？这下，就让我好好活一下自己，说不定还能干出点事情。对于姓元的，我也不是幸灾乐祸，我只是觉得谁都该待在自己该去的地方才好，元的最合适去处就应该是监狱，他却要选择更酷烈的方式逃避那个去处，别人也就没办法了。愿他从此安息吧，咱这下就算把他撂过手了，走，咱吃饭去！

高尔升从书柜底下找酒，问咱们喝啥酒，我这里可都是老同学和朋友送来的好酒。挑了两瓶茅台带上，一起到餐厅包间。

这种学校餐厅没有复杂装修，看上去却清清爽爽干干净净的。高尔升把菜谱推过来让第五剑和马川点菜，俩人又推过去说，老兄你熟悉你点几个就行。高尔升说，那我就随便点了，这里菜没有多高档次，但有几样拿手菜不错，也挺实惠。于是点了荤素十个凉菜，马川第五剑都说太多了太多了，高尔升说，咱喝酒呢凉菜得多些。然后又点了葫芦鸡清炖羊肉和一条清蒸鳜鱼，说是这里比较拿手的菜品。第五剑说，绝对太多了老兄，把那鱼去掉。高尔升于是又换了酸辣肚丝汤。

凉菜上齐，高尔升举杯说，来，两位兄弟，咱们今儿可得好好喝喝。于是一起干了。稍吃了几口菜，高尔升已经提议下一杯了。如此一连提议六杯。高尔升说，六顺么，咱们今儿也从俗一次。因为高老师，第五剑马川跟高尔升早早就认识，高尔升十六岁考上大学，是坤州县文科状元，毕业后在行政机关又是少年得志一路顺风，在家乡一直是他们后面历届学生的榜样。只是过去高尔升在职时，相互见得少，这些年见面多了，虽然时常说说笑笑，却总能感到他笼罩在某种无形的阴影里，走不出来，脸上的神情也很少看见舒展过。今天却不一样了，他们一下子看到了高尔升完全疏朗豪放的一面。高尔升说，人生啊，想起来挺感慨的，前些年我出了那事以后，真是死的心都有了，父亲说，世上官该谁当么牢该谁坐？如今才是显你娃真本事假本事时候，你死一个死十个也不顶啥，你还有两只手呢么，天塌不下来。他说你当着官我也不占你便宜，不当了我也不觉得见不得人。他这么说也这么做，你看他累死累活栽那么多树。马川说，就是，高老师活得有尊严。第五剑说，我父母死得早，在我心里，高老师真是再生父母，我跟杨柱这辈子穿的第一身西服，都是高老师送我们的。高尔升说，人一辈子就那么多年，死了啥都没有了。有你们这帮同学时常赞念着，他也算值了。不过父亲去世这三年，我晚上睡觉前经常还有意多想想他，希望能梦见，大概只是在半睡半醒幻觉中看见过几回，正儿八经却一次也没梦见。马川说，他是相信你吧。高尔升笑道，也许是对我失望了。第五剑说，我倒是常梦见呢，清清楚楚跟活着一样……

正说着包间门推开一道缝儿，探进来几个脑袋，高尔升认出正是自己的学生，连忙说，来来来快进来，你们怎么找这儿了？门一开大，男生女生呼啦啦竟然拥入七八个，高尔升说，既然来了，就一起吃饭。他们绣成一堆，都说吃过了。高尔升笑道，吃过了再吃点，每人还得喝点酒，完了我跟你们辅导员老师说。遂招呼服务员过来，加凳子让大家坐下，然后添菜。

学生们开始还推辞着喝不了酒，渐渐也便放开，一人提议，大家响应，都端了酒杯，齐刷刷站起来一圈说，我们敬高老师酒，要求老师留下来！于是能喝的不能喝的，竟然全都喝了酒。高尔升喝了酒说，大家快都坐下吃菜，这下咱们不要再统一行动，按照个体条件，谁能喝适当喝点。一个戴眼镜女生说，高老师那你答应我们不要离开。高尔升打岔道，呵呵快吃菜大家快吃菜。

到底人多力量大，两瓶酒没觉得已经完了。高尔升拿出钥匙说，你们谁去我房子，在书柜底下再拿两瓶酒来，找一样的，应该还有几瓶。一个男生接过钥匙说，老师不怕我们把你好酒全给拿走？高尔升笑道，全拿走也无所谓哈，我那酒是老同学和朋友送的，反正我走时也不会带走，跟同学们既然是朋友了，剩下的咱们后面一起喝完，怎么样？那男生去取酒，戴眼镜女生说，老师看来还是要走啊？高尔升说，走的事，我确实决心下定了，咱学校如今新来的文学博士都好几个了，年轻有为，你们跟着他们上课，应该能学到更多东西。戴眼镜女生说，正是因为听高老师课，我这一年阅读学习外国文学的收获比任何时候都大，高老师把那些名著讲活了，觉得外国人的生活就像咱们身边人和事一样生动亲切。另几个男生女生附和说，就是就是。

　　取酒的男生又拎来两瓶茅台，高尔升本来是要招呼第五剑和马川，他自己却成了重点，学生们一个挨一个，轮番给他敬酒，他是有敬必喝，酒量简直了得！高尔升说，你们别光给我敬酒，这两位老师是我的好朋友，这位马川老师还是位作家呢，也得给他们敬酒啊！学生们这才顾及到了第五剑马川。高尔升说，诸位同学在这里，我也不隐瞒我的观点，说实在的我现在对所谓文学有点逆反。年轻上大学时，那时候不像你们现在有手机有网络，那时候只有读书，读起那些名著来，真叫一个狂热，白天晚上不释手地看，《堂吉诃德》《安娜·卡列尼娜》《卡拉马佐夫兄弟》《群魔》那种两卷本的，一个星期啃完；《战争与和平》《静静的顿河》《约翰·克利斯朵夫》那种四卷本的，两个星期啃完。毕业后搞行政，从给领导写材料熬起，慢慢熬到点职位，可是工作再忙，每天翻翻书的习惯竟然没有丢，以至于人家挖空心思磨刀霍霍了，咱还没放弃读外国小说。呵呵，现在回头看，这不是很可笑吗？出事后，我的那帮大学同学就跟我开玩笑，说是我的名字和职业错位了，高尔升明明是高尔基的兄弟，偏要搞行政，尔升尔升不就是你升我不升嘛。惹得大家哄堂大笑。高尔升说，因此混到如今，什么都不是了，高尔基不认这个兄弟，行政上又没有了位置，只好躲到这大唐学院来教教书。有学生说，高老师教书有啥不好，你教书可是我们的福气呢！马川说，高老兄你们当年确实把书读下了，到我们上大学那时候，读书学习风气就远远不如了。高尔升说，哎，马川你当年写东西势头那么好的，记得有几个小说我还看了，写得相当不错，怎么后来就不大见写了呢？马川不好意思，说这些年主要是谋生了，呵呵，也不知为啥，突然就觉得没意思了，非但不想写，就连省里的长宁的那些所谓文人见也懒得见，一个个天为大他为二，三丈高两丈远的，除了自我膨胀就是大话空话，我有时没事了，倒是宁愿跟那些卖菜的钉鞋的修伞的聊聊，还能听到些真实生活感受呢。高尔升给学生说，你们都听到马老师的话了吧？咱们这阅读写作课只是个副课，你们还有你们的专业呢，未来面临着找工作，先得把工作生活搞好了，到时候如果仍然还爱好这方面，继续发展也可以，切不可本末倒置的。学生们连连点头。

大家说着喝着，一共四瓶酒竟然全部喝干。高尔升喝得最多，即使没有一斤，七八两也是有了，但由于情绪好，喝到底都是清清楚楚，说话有条不紊。大家九点多散了，第五剑跟马川在高尔升办公室又喝茶聊天到十一点多。

回去时在出租车上，第五剑说，真还从来没见过高老兄状态这么好过。马川说，就是啊，他这下真像是放开了。第五剑说，他说没说他回去到底弄啥？还是我喝黏了没听见？马川说，好像没说，他那人，口紧得很。第五剑说，如今农村那种样子，尽是剩下些老汉老婆碎娃，我就不知他回去能干个啥。难道是在那山梁上接着栽树？马川说，谁知道呢，不过看样子他好像有啥想法的。第五剑说，咱真是弄不懂人家高老兄整天凉房底下坐着，一星期上那么几节课，一月下来咋不咋也是万把块钱工资，咋说不要就不要了呢？马川说，他内心想的，恐怕不只是有一碗饭吃吧。第五剑说，唉，人跟人比不成，马比骡子驮不成，像咱这号粗人，也就是拿着人肉换猪肉哩，成天靠着抬尸糊口，男人女人好人坏人上吊的跳河的浑全的稀烂的，反正摊上啥你就得抬啥。最要命就怕高层楼上有横死的，警察一去满楼住户都醒动了，把个电梯口围住就是不让死人进，嫌不吉利。有一次我们三个人换着，把一个大胖男人从三十一层背下去，人死重死重的，把人没挣死。正说着只见出租车司机不断回头看他们，很有些神情紧张，脚底一乱，车子似乎也抖了几下，马川赶紧戳戳第五剑，第五剑说，没事没事，师傅你好好开车，我们是胡诌呢。

第八章

　　学校放暑假前，高尔升递交了书面辞呈。当天下午，唐校长来他房子聊天。高尔升泡一壶普洱茶，两人边喝着茶边聊起来。

　　唐校长说，看来还真是要走啊？高尔升笑笑点头。唐校长说，你跟其他那些知识分子不一样，上次口头打过招呼我就知道留不住了。高尔升说，呵呵，十分感谢唐校长在我最困难时候收留了我。唐校长摆手说，老兄不能这么说，你更是支持了我啊！把一门副课教得有声有色，你没看多受学生们欢迎。高尔升笑道，唐校长过奖了，我也只是尽力而为罢了。唐校长说，至于说我照顾你，其实还很不够。我这民办院校跟官办的不一样，完全可以不照顾什么关系，只是照顾人才。你当初来时，我内心是想着让你帮着搞行政管理，那是你的长项。可是你坚决要到教学第一线教书，说实在我那时候真是捏一把汗的，地方行政官员我打交道也多了，能不念白字把秘书写好的稿子念下来，

　　　　　　　　　　　　　伴　狂┃

就算很不错了，看你那么坚持，又想着反正是副课，就先试试吧，谁知这一试却试成了咱学校的王牌课目之一。高尔升说，不敢当不敢当。我那时候之所以执拗，也是想试一试自己当了那么多年的万金油干部，到底还有没有一技之长，可不可以自食其力，有点自己跟自己较劲的意思。

唐校长报纸包着两条烟带来，又从自己口袋掏出烟递给高尔升一支说，我最近就抽的这个南京雨花石，说是细支烟危害小些，你可以品尝品尝。俩人抽着烟，唐校长说，高老兄其实你要是自己办一个民办大学，一定会比我管理得更出色。高尔升说，唐校长过谦了，跟你们当时一前一后办院校的，像服装学院、烹饪学院、汽车学院等，在汉稷区地盘上的好几家都是我手里报批的土地，那时候土地开发空间还相对较大，现在土地越来越少，是没有那个条件了。唐校长笑道，这就叫卖油的娘子水梳头，生活中充斥着悖论。高尔升也哈哈大笑，说其实我也没往那方面想过。唐校长说，中国的事情就是这样，一趟车没搭上，后面就没有同样的车了，所以我常常提醒自己，不要把运气当本事，像我们这一批民办院校，也是沾了政策的光了。高尔升说，长宁市这一批民办院校来看，目前还算咱大唐学院走在前面的。唐校长说，多靠大家支持，算起来老兄到咱们这学校，一晃都十几年了。高尔升说，十三年，非典那年来的。唐校长说，看时间快不快，都十三年了，来时才四十左右，如今咱们都是五十过了的人，老兄算是把黄金年华奉献给了咱们大唐学院。那些太年轻的嘛，学历再高，阅历啊社会感悟力啊毕竟不行，年龄太大体力却慢慢就弱了。让我遗憾的是把你职称没有解决好，一直还是个讲师，按说早都超过教授水平了，这个是人家上面管着，用学历卡，咱实在无能为力。高尔升说，这个我理解，唐校长已经十分关心照顾我了，非常感激的。

高尔升换了一壶普洱茶俩人喝着，唐校长说，我想是这样的，你既然要走我想着也是深思熟虑了的，我也不挡你。依我想法，你的工作关系还继续留着，这样的话，养老保险、医疗保险就可以续上，机关那么多年，在咱们学校转眼又是十多年，该给国家缴的咱都足额缴着，即使作为人生的折旧金，将来退休了，属于咱的待遇咱就理直气壮享有它。要论物质，老兄这么多年吃亏大了，但最起码，别人多吃多占，咱也把分内的拿上，至于拿上以后，自己哪怕再捐给穷苦人或者社会公益事业，那是另一码事，对不对？还有，咱学校房子也多，这间办公室还是你的，仍留着，往后你随时来我随时欢迎，大唐学院姓唐，我说了算数。再一点，我想把你聘任个客座教授，这个咱能做主。人在的时候不是教授，人离开反而是了，这听起来有点荒唐，这也是中国国情下的产物。许多院校把那些乱七八糟人员聘一大堆，咱们这里我不是一直控制着么，但这一次想把你聘了，这是我的一份诚意，希望你不要推辞。

　　正说着唐校长手机响了，校办公室打电话说是来人找，唐校长站起来说，那就这样吧，我喜欢跟够人的人打交道，也相信你能干啥啥成。高尔升确实感动，说，惭愧惭愧，高某人何德何能，受唐校长如此厚待，再有推辞，就是不识抬举了，那便恭敬不如从命，先这么着吧。

　　第二天下午，学校为高尔升举办了欢送仪式，并且把一个红缎面的客座教授聘书郑重颁发给他。一帮学生闻讯赶来，竞相抢着要求发言，表示对高老师的恋恋不舍，有几个女生发言中竟然泣不成声。仪式之后大家合影留念，最后还办了两桌欢送宴。至于办公室，高尔升基本腾空了，其实也没有多少东西，自己的铺盖和一些书籍带上，别的属于学校配备公物资料，都还留在里面就是了。后面可以随时把钥匙交出去。高尔升这种经历这种年龄，虽已没有了

"好马"的优势，不吃回头草大概是一定的。

　　学校一放暑假，高尔升就回到老家。他给东峰打电话，东峰很快开车过来。东峰说，舅你放暑假了？你如今过的神仙日子，一年寒暑假加起来有三个月，工资照拿。不像我这农民，一年三百六十五天天天得干活，不干就饿死了。高尔升笑道，你没谁高还是没谁壮，并没见饿死啊！这一向忙啥？东峰说，除了猪还是猪么，还能忙啥。高尔升说，看行情还是居高不下吧？东峰说，舅，我还就说问你呢，这猪肉价如今疯了，前些年贱的时候人发愁，现在一个劲儿涨价人也害怕，就怕哪天一夜之间，突然就往下砸价，咱的规模又大，跑都跑不及。高尔升说，你现在不是家里有网络、手机也上网么，这就得靠你认真分析判断市场。东峰说，咱能分析个啥，反正现在好着呢，抓一把是一把。

　　高尔升问东峰，你觉得咱南西坡葫芦沟水库那里，能弄些啥事不？东峰说，那是狼吃娃的地方，能弄个啥？人家水库对面大坝那边，三县交界，还可以。水库是水管站管着，包给四川客了，水库里养鱼，在大坝开了个鱼庄，一开始三县人都来吃，我们这帮养猪贩猪的，给那鱼庄真没少撂钱。后来才知道，四川客拿化肥喂鱼哩。高尔升问，为啥要喂化肥？东峰说，咱也不知道，听人说鱼拿化肥喂，成本低，还活蹦乱跳，反倒是喂饲料长得慢，又爱得病。四川客一开始还心轻，一半饲料一半化肥地喂，狗日后来心瞎了，全拿化肥整，趁天黑没人看见，整袋整袋化肥往水里撒，他养出来那鱼，人吃着一股化肥味道，谁还敢吃？高尔升说，靠鱼庄能卖多少，大量活鱼卖到哪里了？东峰哈哈一笑说，当然是你们城里啊！就像猪肉一样，死猪肉如今还有没有咱不敢说，反正病猪老母猪肉，都卖到了你们城里，城里人不是喜欢瘦肉、瘦肉排骨吗，那老母猪肉又瘦又红的，不是正合适？跟那帮贩猪的说起来，他们一本账呢。高尔升说，你给我老老实实的，少学那些邪门歪道。东峰哈哈笑道，舅你放心，咱绝对守法经营。

俩人又扯了些闲话，高尔升说，东峰我要是回来，你看能做个啥事？东峰正坐着喝茶，满不在乎说，你回来干啥？高尔升说，我确实决定回来了。东峰跳起来说，舅你不要吓我！高尔升笑道，吓你干啥？我已经跟学校辞职了。东峰又坐下说，舅，那我听听，你先说你回来想干啥。高尔升说，初级目标的话，南西坡那里，你爷不是栽了那么多松树吗，进一批青脚鸡的幼鸡放养进去，青脚鸡就是老早那种土鸡，我小时候你婆养的那种。东峰说，我能知道。高尔升说，林子养鸡，可以防热隔冷，目前北山那边就有成熟经验，我还去参观过。咱也不说赚钱，靠鸡和鸡蛋，最低限度养活我跟你妗子俩人，总该没有问题吧？东峰说，舅你说你说，我先听你说完。高尔升说，如果情况再好些，就可以考虑中级目标，把水库承包接过来，养殖生态鱼，综合发展。东峰说，舅你说完。高尔升说，如果情况更好些，那就可以实施高级目标，把葫芦沟那里打造成生态养殖基地、优品农牧业集散地。咱离旅游专线那么近，每天人流量那么大，把旅游观光和餐饮也就可以带动起来。现在不是到处搞那种重建古村落的乡村旅游点么，咱不搞那一套，主要靠原生态自然风光，还有生态农产品吸引人。东峰站起来说，舅你说完了？那你听我给你说，你这些想法，都是坐办公室空想出来的，到咱农村一实施就寸步难行，十有八九是把钱往沟里扔。你没看咱这农村如今有啥人嘛，稍微能行能动的人都出去打工，剩下的不是年龄大妇女，就是碎娃病老汉，牛拉马不拽的，能干个啥事？舅你是不知道，我爷人家为作好，殁了来人那么多，如今农村死人，说不好听话，连抬丧下葬的青壮年都凑不够。东峰坐下，继续说，我是上了养猪这贼船把我给拴住了，要不然我也去城里打工，一年挣个五六万元轻轻松松的。弄啥都别养猪啊鸡啊这些张嘴子货，前些年猪贱得狗屎样，卖不上价不说，每天还得贴赔饲料，一顿都少不了。你就说你养鸡吧，一个禽流感过来，一死一大片，你紧埋慢埋都来不及。你现在教个书，放假了跟我妗子到美国去一逛，神仙样的日子。人家都挣死巴活要拔离农村，你还真要回来趟这浑水啊？

高尔升抽着烟，半天才说，葫芦沟水库这块，县上好像有考虑，列入优品工程，搞成生态农牧业基地，准备在水库上建一座桥跟对岸连接，把咱高王村这个小半岛往南边打通。东峰说，这说法没有五年也有三年了，谁知猴年马月的事。高尔升说，咱县上方旭副县长不是分管农业么，前一阵去北山参观养鸡，就是他带我去的，说是马上就搞。一听说我打算回来，就表示他可以督促着再加快些。东峰跳起来说，舅那你早说啊！县长给咱投资几百万过来，你当总指挥我给咱具体干，保证没问题！高尔升笑道，别想这种美事，我跟他说的，只要把桥修了把硬件搞好，属于国家政策明确规定的，扶持到位就行，多余一分钱都不要，剩下全部靠自己干。东峰说，照这么说来倒像是还能弄。高尔升说，我这回要弄，就必须弄好。鱼要养的话，一粒化肥都不能喂。到时候鱼由专门销售商代理，土鸡给它打上商标打上编码，网上也可以查询。还比如说生猪、猪肉这块，到时候严格筛选一些养殖户，确保生态养殖，优质优价，我供应的大肉就是品质好，就是价格高，打上品牌标志往出批发。东峰说，这太好了，舅我也可以跟你发市了。高尔升笑道，东峰，咱可是挂面调醋有盐（言）在先，你到时候要想加入进来，也必须靠质量竞争，不要想着找我照顾的事。东峰笑道，舅你放心，我不会给你丢人。听你这么一说，好像是把啥都安排好了？高尔升说，那还没有，确实没有，许多事情都是初步设想，真要实施，都还得细化，还有个过程。东峰说，舅现在无官一身轻又不怕啥了，放开干点事也对着哩，我看网上说的，咱长宁市那个元啥啥上吊鄩啥啥调查了，你现在怕啥？高尔升说，咱干咱的事，管人家别的人干啥，那些大事国家有人管着，用不着咱操心。

东峰一走，高尔升转悠到七叔家，把县里规划和自己一些想法谈了，七叔倒是没问他为啥会回来，农村人一般不多问，说那好得很么，把咱洪升叫来说说。高洪升是高王村书记兼村长，高尔升门中堂弟，一打电话很快过来，坐小板凳上一听就高兴得直拍大腿，连声说好得很好得很，哥你关系通把这事给咱拿下来，高王村日子就好过了。咱这村子，说起来两千多人口，如今留在村里的，也就几百号人，越来越没个神气，该有点起色了。这事就靠哥给咱承头，兄弟给你帮下手跑腿没问题。高尔升说，不过这事如果要弄，咱严格按照股份制来经营，虽说现在还不能作出什么承诺，弄得好了，肯定让群众受益。高洪升说，哥咋说就咋办，只要把咱这高王村开发起来了，肉都烂在锅里，现在这样灯死火灭的，可实在没劲。

七叔非得留下一起吃中午饭，高洪升骑了摩托去镇上，不大工夫拎回来几个凉菜，高尔升回家取了一瓶陈年西凤老窖，三个人竟然干完了。

高尔升然后把王选民叫来家里，跟他说，选民我这回回来，给你带了些书，只要你喜欢看，好书多得是。王选民把那些书一本一本小心抚摸，爱不释手。高尔升说，平常动笔写点啥不？王选民羞红了脸说，也写哩。高尔升笑问，都写些啥？王选民低头道，记些事也记些人，胡写哩。我没爸没妈，手还这样子，有人总欺负哩，心里有些啥委屈了，一写下来，也就好受些。高尔升说，噢，言语上的小伤亏，那也不要紧，农村人历来就是这样。要是骂你打

佯　狂

你了，那就是另一回事，可以找你洪升叔解决。王选民不吭声。高尔升说，你会打字不？王选民摇头。高尔升说，你平常用手机能发短信，也就会打字么，你来看。领王选民到房子，打开笔记本电脑，示范文档打字，然后让王选民试验，说你心里想说什么话就敲出来。王选民一只手摁键盘，开始还生疏，渐渐熟了，竟然打得不慢。高尔升把电脑与激光打印机连接起来。因为想着要用，他这回把电脑和打印机全都带回来了。

很快打印出一张，王选民捧着看，惊喜不已说，哎呀，清晰得就跟书一样！高尔升说，这下会了吧？王选民说，会了。高尔升说，就这么简单。下来我想让你给咱起草个文件，我说的，你先拿纸笔记下来，然后在电脑上打字整理就行了。

于是两人坐在沙发上，高尔升说，王选民用笔记。高尔升伸头看王选民的字，写得还蛮好。说完了记完了，高尔升说，选民你成天在沟边，葫芦沟这几年淹死过人没有？王选民说，淹死过，年年都淹死人哩。高尔升说，今年也有？王选民说，今年咱村倒没有，就是沟那边朱村两个娃，刚参加完高考放松了，到沟里凫水，一个淹水一个去救，都淹死了。高尔升说，噢，多可惜！王选民说，听说那两个娃学得都好，估计都能考上大学的。高尔升说，你可不要凫水。王选民说，我一个手刨不动，不敢去。高尔升说，那就好，咱这回的事如果弄好了，我要修个游泳池免费给大家开放，搞成国际标准的室内游泳池，晴天雨天都能游，咱农村有地有水，可怜得却让娃们一个一个淹死。王选民高兴地说，那太好了太好了。

到吃晚饭时间，高尔升给王选民钱，让他到村里小卖部买一箱方便面回来。热天昼长，天黑还早呢，王选民到商店，看到上堡子一帮年龄大的闲汉蹲在商店门口，用小石子和柴棍儿摆围棋玩，王选民抱了方便面出来，那帮人嘻嘻哈哈说起怪话，有的说，"一把手"如今头发上拴辣椒呢，抢红了，把方便面整箱端啊！有的说，狗日的咱王家叛徒么，给人家高家人干事哩。王选民低头只顾疾走，只听又有人说，"一把手"，小笨蛋，他妈忙着嫁野汉，四仰八叉干得欢，把娃撂在沟岸边……竟然是临时编的顺口溜，说完他们一片哄笑。王选民把方便面箱往地上一蹾，顺手抓起一颗石子扔过去，接着又一颗，又一颗，一只手竟然十分灵活，连发三弹，弹弹砸准棋摊，那帮人叫嚷着，抱头四散。王选民站在那里说，狗日谁再嘴欠试试？看那帮人不敢吭声了，才抱起纸箱离开。

高尔升发现王选民文字基础真还不错，到底是读了些书，他鼓励说，我给你带回来的书，都是些世界名著，你这下好好读读，喜欢哪本书，就反复读。喜欢哪个作家，就读他更多作品。这样不知不觉，文字能力就会不断提高。王选民一脸害羞，低了头说，叔你人好，我跟着你干事，你把我带上。高尔升笑道，万一搞砸了，赔进去，跟我饿肚子咋办？王选民说，我反正跟你，搞不砸，保险能成。高尔升笑道，只要有这话就好，咱们一起干，争取干成功！材料修改打印好，高尔升按照事先跟方旭副县长商量好的，第二天一早让高洪升骑摩托呈报到县里。

傍晚太阳弱了，高尔升让王选民陪着到南西坡，沿着葫芦沟岸边走，往南，往东，又转向北，走了一大圈。高尔升记得，葫芦沟蓄水之前，沟底只有一股浅浅的溪流，沟里长满着芦苇和荻子，秋天芦荻长成时节，穗花盈盈，花絮飘飘，满沟里一片银白。这种景象从什么时候延续下来的，无人考究，只知道祖上传下来的织席手艺，由来已久。圈粮食的粮囤是芦席，年轻人结婚装裱新房，顶棚是芦席，就连烧炕扇火也是一张二尺平方的小芦席。方圆十里八乡使用的，全都是高王芦席。而那些荻子，也都织成荻箔，用在了盖房上。葫芦沟蓄水变成水库以后，芦荻就没有了，高王村织席的手艺，也便慢慢失传。

比起高尔升小时的印象，葫芦沟如今是宽阔了许多。由于冬春之间，起冻消冻，两岸的土崖便哗哗垮塌，使得葫芦沟越来越宽。高尔升一路指着沟里说，我们小时候凫水，从这些地方经常游到对岸，把衣服鞋子用裤带一扎，用一只手举着另一只手刨水，游过去再把衣服鞋穿上玩耍。沟那边种的梨瓜西瓜，我们经常偷人家瓜吃，吃饱了再游回来。王选民说，水性那么好！谁教你们凫水的？高尔升说，没有人教，自己在水里扑腾会的。王选民说，那时淹死人不？高尔升说，年年都淹死好几个。那时候沟里刚蓄水，咱这儿的孩子，哪见过这么多水？一下子都疯了样，热天提个草笼子到沟边，说是割草，一钻到水里就不知道出来。淹死的那些娃，我到现在还清楚记得他们的模样，要是活着，也都我这么大年龄了。王选民说，可怜的。高尔升说，有一次我们正凫水，我妈不知怎么知道了，在沟边跑着喊着让赶紧游回来，我们反倒得能了，越发往远处游，我妈跑不动了就瘫坐沟边哭。大人成天说会水的鱼儿浪打死，小娃们哪里听得进去？所以能活下来都算是幸运的。王选民低了头，不吭声。

他们从沟边转到村里的老庄子，天擦黑了。因为沟岸垮塌，高王村后来是整体向北搬移过，就把这老庄子撂下，过去是一街两行住满着人，如今只剩下残垣断壁，有的人家把房子全拆了，留下空洞洞的院落。有的人家旧厢房还留着，左右邻家一拆，土坯墙和椽檩裸露，看着又破旧又孤单。高尔升说，这老庄子现在没人住了吧？王选民说，有呢。高尔升说，谁家还住？王选民说，就剩些老年人。看到一家有微弱灯光，高尔升决定进去看看，穿过黑魆魆门道拐进有亮光房子，一下子看见四个老妇人围坐在炕上，半截柜上一个很小的黑白电视机开着，闪着雪花点的屏幕上人影模糊晃动，这样的"古董"如今还真是难找。高尔升认出来是二婆、七婆、三妈、六婶，打过招呼自我介绍一番，她们半天才记起来，一个说，嗳，街上见了咱都不敢认呢。一个说，记得还是个娃呢么，转眼也都中年了，你说我们这些老鬼能不老么。另两个附和说，可不是是啥呢。高尔升跟几个老人说着闲话，悄悄拿出二百元给王选民，让他到小卖部去买些老年人能吃的小食品来。高尔升问，咱这老庄子还住着多少人？一个说，从东头到西头，满共就十来个人，我们四个离得近些，成天没事在一起，晚上熬瞌睡了再回各家。一个说，人家你爸你妈福分大的，可怜的都殁了，我们这些老鬼不死么，把人害到啥时去？高尔升问她们年龄，大的七十刚过，小的还不满七十，就说，如今条件好了，活个八十九十的都不算啥。几个人忙说，唉，活啥呢活啥呢，活着白吃都是娃们的累赘呢，又给人家娃们帮不上个啥忙。正说着王选民拎一堆食品袋回来，他还心细，买的时候就分了四个塑料袋装着，每人一袋。高尔升说，我是到咱老庄子来转转，事先也没带啥，让选民去买点这小食品，是一点心意。她们说，看这娃好的心长的，花这钱弄啥吗。又说了说闲话，高尔升告别出来，几位老人非要送到门外，站在那里看着他们走远。

走远了高尔升问，这几个老人，娃都咋样？王选民说，人家情况都好着呢，新庄子的房，一个比一个盖得好。然后就一个挨一个数落起来，谁家几个儿，老大老二老三又各盖了几层楼。高尔升说，那为啥不把老人接回去一块儿住？王选民说，有的是几个儿，一个推一个，都怕管老人。就一个儿的，住一块也跟媳妇淘气，她们干脆就自个住了，还安宁。高尔升听着，抽烟，没吭声，只是在心里感叹这些老人的生活清苦，而比清苦更可怕的是精神孤独。

转眼走到新庄子，一街两行都是砖墙瓦顶的新房，你一层我两层，你两层我两层半，谁家也不愿意比别人低。高王村这些年种苹果，因为一个葫芦沟水库，使得这里形成相对湿润的小气候，早晚温差大，苹果品质好销路也好，家家收入上去了房子也便越盖越好。王选民问，新庄子咱还进去看不？高尔升说，不看了，你这下也回去歇着吧。

高尔升话音未落，手机响了，是马川打过来的，马川说，老兄，在咱老家啥都好着吧？高尔升说，好着呢，你们都好吧？马川说，都好着呢，我俩在一块喝啤酒，让第五跟你说吧。第五剑在电话上问候一番后说，那个庞志坚，就是长龙的庞老板，尸首下午找到了。高尔升惊道，哦，在哪里？第五剑说，从长宁湖找到的，在湖的西南角，那里不是没有监控么，身上缠着铁链，铁链上拴着一串哑铃，折腾一下午才弄完。高尔升说，噢，没听是自杀他杀？第五剑说，警方确认是自杀。高尔升叹道，嘻，自己造的湖，自己再沉进去，世上这事想想也有意思。话题一转又说，第五我给你说，咱农村还是凉快，晚上睡觉要盖被子的，娃们不是也放暑假了么，你啥时跟马川一起带上老婆娃过来，在咱家住上几天。第五剑说，好好好，我们一定来，弟兄们隔段时间不见，还就是想了呢。

第九章

　　马川手腕伤愈以后，留下一圈发红的疤痕，像是不规则的齿轮，高低不平。但愿这是他最后的"光荣"吧。但愿。

　　指甲啃光过，手腕咬成了这样，下来可供自己啃噬的还有什么？总不至于自己把自己鼻子咬掉。这段时间，马川睡眠要好得多，由于实验小学大喇叭一大早不再吱哇，每天都能睡到自然醒。马川觉得，自己的睡眠与这大喇叭之间，一定是有关系的。每天晚上躺下，不再担心大喇叭突然响起，不再担心会从困倦中被吵醒，这本身也是一种心理暗示，不知不觉睡得竟然好了。

　　马川从家里出来，一下楼又碰上对面楼的脑梗女人，照例的红衣红裤白鞋，只是大白天没有背剑。照例是在两楼中间绿化带周围长方形的走道上缓慢绕圈儿。马川一出楼道跟她走了个迎面，点点头算是打过招呼，忙着就要赶去上班。女人却停住了，"哎"一声叫他。看马川没听见，女人又提高嗓子说，哎，跟你说话呢！马川这才转过身来说，噢，噢你说。女人指指楼上说，那个坏种，被警察带走了。马川明白她指的是女校长，就说，噢，我就说这一向大喇叭里不讲话了。女人说，看你糊涂的，不讲话是早都不讲了，姓元的一上吊，她就不吭声了，还有啥脸乱吱哇？她是昨儿才让带走的呢。马川说，噢……那是牵连上了？女人嘴一撇说，姓元的一上吊，啥事就抹了，能牵连个啥？听我给你说，是她自己事发，给操场铺那毒塑胶，吃回扣，出事了。马川说，噢……这样啊！女人说，姓元的要在，谁敢查？这下没人包着，看她还张狂？昨黑儿，连夜把那毒塑胶揭了车拉走，这下我孙子就不流鼻血了，把这害人精一除，我觉得病都轻了。说着竟摆手抡胳膊起来，脚底下也跟跟跄跄动作着。

即使一个如此微弱的生命，也在见证着自己的时代，这让马川不禁心生感慨。

马川好不容易摆脱女人去上班，一则替女校长惋惜，一个处在更年期的离婚女人，拼着力气天天大讲特讲，也无非是像树上知了一样，想要证明自己的存在，这下又遭遇这份打击，要说也怪可怜的。一则却是不由得一阵轻松，因为大喇叭看来要彻底歇了，对自己的睡眠越发有了信心。马川目下，最低目标和最高目标，只是渴望着一个正常人的睡眠而已。想起来确实有好长时间没有看见女校长了，可是她的一个旅行箱不是还在自己阳台放着么？

马川买了早餐带到办公室吃，睡得好了人早上就有食欲。正吃着白小白过来，捧着茶杯转一圈说几句闲话。马川发现，白小白这一段没有去马栏县深入生活，而是每天早早地来上班，成天就在办公室坐着。

白小白确实闲了，在办公室一闷一整天。秦伊力有时会过来，她们关门叽咕半天。

　　与其说白小白闲了，不如说她被这过山车一样的生活颠蒙了。从银川坐飞机赶回来，白小白就进入这种过山车般的节奏。那天跟秦伊力东跑西颠，要钱没要成，抽签又不利，秦伊力带她到一个她们常去的锦阳茶秀，要了她平常喜欢吃的生煎小牛排、罗宋汤、甜面包圈，算是多少吃了点。俩人在包间的拐角沙发上，脚顶着脚躺着，有搭无搭说说话，更多却是无言，各自躺在那里闭目想心事。直到晚上十点过了，秦伊力才开车把她送回去，并且陪她上楼，一直送到了家门口。白小白清楚，秦伊力是怕她出啥事儿。

　　回去了家里却空荡荡的，老尤不在家。白小白给他打电话，第一次没接，再打，半天才接了，白小白却故意不先说话，听出有隐隐的音乐声，等到老尤喂喂喂了几声，她才问了一句，你这阵干啥呢？老尤说，我在家啊，还能干啥？白小白问，家里热不热？老尤说，热么，咋能不热。放在平常，白小白肯定就发火了，今天却没有了发火的力气，她说，我回来了，在家里。说完也不等老尤反应，就把电话挂断。

　　工夫不大老尤回来，白小白已躺在床上假寐。虽说困倦已极，哪里又睡得着。老尤推开房门看看，又准备退出去，白小白说，你别走。老尤干笑道，你不是在宁夏么，咋提前回来了，一白呢？白小白说，我跟姑娘一走，你又去歌厅了？老尤说，没有没有，在家闷了几天，今儿那帮驴友叫出去喝啤酒了。

　　老尤比白小白还小四岁，当年他在深圳打工，做产品维修的小技术活儿。白小白那时一方面发展着自己的事业，一方面也没有忘记要找一个乡党结婚，在同乡会上认识后，不久就结了婚。白小白调回长宁，老尤回来没工作，除了炒炒股，就是跟一帮驴友经常外出爬山。男人本来就比女人耐老，何况老尤年轻兼常年运动，看着还像个小伙子。不过这个家如今是靠白小白养活，白小白也便占有着控制权，放以往她会刨根问底弄个清楚，此刻却没有这个心思也没有这个力气了，她摆摆手说，好了你走吧。老尤问，一白呢？白小白说，她晚两天回来。老尤见事色不对，也便不敢多问。去另一个房子电脑上打游戏，打到很晚独自睡下，把那小别胜新婚的事也免了。

白小白辗转反侧，到天快亮了才迷迷糊糊睡着。没想到秦伊力一大早又来家敲门了。老尤呼呼睡得正香，白小白刚浅浅入睡不久，一惊就醒来了。秦伊力一进门就说了元的事鄢的事，白小白说，天哪，真的？顿时惊得睡意全无。匆忙去洗漱了，就跟秦伊力说，走，咱走。老尤这时才被吵醒，睡眼惺忪走出来说，先吃了饭么……白小白撂下一句"有事"，就跟秦伊力急忙往出走。

她们来到白小白办公室，打开电脑一看，元的死讯以头条新闻发布，已是满网络都是。相比之下，鄢被调查的消息倒是微不足道了。更让人惊奇的是那种网络文章，这么快就发了出来，把元的从政经历，他的历任搭档纷纷落马他却平步青云，因此而称之为"搭档杀手"，他跟庞志坚老板的密切关系，都说得有鼻子有眼。文章最后，也提到了鄢，说她的被调查，与元与庞有着分不开的关系。平常不都是连篇累牍的正面报道吗？而这种文章，真不知道什么时候写的，莫非是早都写好在那里放着，只等时机成熟就立马抛出？

她俩一时都傻在那里，老半天谁也不吭声。

白小白说，咱俩最后一次见他们是什么时候？秦伊力说，有十几天了吧，那天晚上鄢先来的，我不是陪她打了两局网球，元来得晚，来了两人只打一局就一起走了，那阵子就觉得他们都心事重重的，像有啥事。白小白说，那么平易近人有亲和力的人，让网上这文章一说，都没个人样子了。秦伊力说，就是啊，真真假假的咱也弄不清了。白小白说，这么一看，咱那些钱的事倒像是小事了。秦伊力说，可不是是啥？白小白说，可这么一来，咱那钱就越发没多大指望了，原来还想着有领导在就不至于全打水漂，那贾宝民不是也入钱了么。秦伊力说，只能是走着再看了。实在不行，长龙公司还有房子呢么，就看能不能抵给咱。白小白说，你倒是剩下钱不多了，抵一下还可以，我那么多怎么抵谁给你抵？再说这么大贪腐案出来，我那么多钱，一路下来靠汗水靠血泪积攒下的，要让我一笔笔再说清来路，我自己也说不清了。弄不好人还以为咱也贪赃枉法了呢，跟谁说去？秦伊力不吭声，俩人于是又陷入沉默。

那天之后，隔了两天秦伊力又是一早来到白小白办公室，说元的遗体昨晚火化了。白小白说，哪有晚上火化人的，你听谁说的？秦伊力说，沈晶一个侄女小沈，去年不是调到体育局了么，她早上跟我说的，绝对可靠。白小白说，哦。秦伊力说，她说是除过一二十亲属，机关没去几个人，韩霄校长和沈晶去了，元的儿子从北京赶回来，沈晶的女儿没有回来，市委办一个副主任介绍的生平，只是个简历没有一句评价，五分钟不到就介绍完了，元身上也没有覆盖党旗。上面好像有要求，警察很多控制很严的。白小白说，哦，这样呀！秦伊力说，那天从你这儿离开后，贾宝民还给我打过电话，向我打听省里的市上的几个人，看来他也是情急之下胡乱挖抓呢，等我下午再给他回电话时，就关机了，再打都打不通。小沈给我说，贾估计也给控制了，让我不要再打电话，说她姑沈晶这几天都是一直关着电话，免得惹啥麻烦。

白小白貌似闲着，内心里的熬煎却是度日如年。

在宣布调查一个月后，网上公布了鄢静之的查处结果：

经查，鄢静之在担任××县县长、××县县委书记、长宁市副市长及市委常委期间，利用职务便利，为他人谋取利益，非法索取、收受他人财物，且数额巨大，情节严重；收受礼金；与他人通奸。其上述行为已构成严重违纪，其中受贿问题涉嫌犯罪。依据有关规定，经省纪委审议并报省委批准，决定给予鄢静之开除党籍、开除公职处分；其涉嫌犯罪问题移送司法机关依法处理。

白小白看了"与他人通奸"这话，心里咯噔了一下。正在面对电脑发愣，秦伊力打电话问她在不，说是很快就过来了，却是等了半天才来。秦伊力说，正准备出门呢，顾若虚跑去了，在那里汤汤水水啰嗦个没完。白小白说，他们最近还是往企业跑么？也不见叫咱了。秦伊力说，就是给我来回解释这事呢，说是现在廉政风刮得紧，暂时不敢往企业跑了，得先停一停看看形势再说。白小白说，那人势利的，估计这下就是去，也不会叫咱们了，领导一出事，他肯定觉得咱们用不上了，躲都躲不及呢。秦伊力说，就是的。鄢的事，网上你看了么。白小白说，看了。秦伊力说，看样子国家如今确实动真的，给女人把那种事儿也写上了。白小白说，可不是，就看将来能判多少。秦伊力说，听他们议论说，一两千万呢，估计得判些年。白小白说，那么低调个人，真是想不到。秦伊力说，听他们说都是那贾宝民瞎显摆惹的事，鄢低调，想藏着掖着不顶啥，贾宝民在外面来回炫富呢。白小白说，看来，贾宝民也是难脱干系。那个韩校长跟沈晶最近有啥情况么？秦伊力说，韩霄前段也给弄进去了，后来听说，倒不是元牵扯的她，是她给学校操场买的那塑胶跑道，质次价高，是回收材料做的有毒产品，热天暴晒下有毒物质就释放出来，学生头晕发烧的，流鼻血的都有。去年，体育局跟教育局联合发过文件，不允许再铺塑胶跑道，实验小学不是早几年都铺上了么，并且满操场都铺了，当时新闻还报道了，说是全市第一家。这回公安打假，从厂方倒查过来，说是吃回扣受贿了。白小白说，哦，真是啥事都出来了，那沈晶呢？秦伊力说，她像是还上着班，可能好着呢吧。你这几天没看电视？白小白说，电视咋了？秦伊力说，长宁电视台那个晶晶私房菜节目还播着，只是没见沈晶出镜，换了个新人主持，她改在幕后配音了，那声音一听就是她，但干巴巴的，过去看她的节目总能把人看馋，现在一点感觉都没有了。白小白说，噢，我一向都不看电视了。秦伊力说，外面现在说啥话的都有，就连顾若虚都说，鄢的与人通奸，不单是指她与元的事，她在县上时就跟几个年轻警察乱搞，把谁谁谁还调到了市公安局，说得有鼻子有眼，就像是他亲眼见的。白小白说，哼，你没看上次他在贾宝民跟前殷勤的，还书法家呢，变脸比脱裤子还快，他那老×嘴还说别人呢，小心一条老命甭搭给霞子了，没看霞子那货虚荣成啥了？秦伊力说，听说霞子男人吸毒，给关在强制戒毒所里。

白小白却转了话题说，唉，咱现在也是借着别人灵堂，哭哭自己委屈，谁犯的事谁就得兜着，咱的疼还得咱自己受。前段找出了庞老板尸体，这下鄢也定性了，一切都明明白白摆着，我前面说的你还不信，总想着房子抵债的好事呢。树倒猢狲散，一笔勾销，谁还管你集资不集资的事？我这段时间把不想的都想了，你说是咱傻吧，啥事都没少算计过，想来想去还是命。只是怎么也不甘心，青春、血汗、屈辱，换来的财富转眼全没了，人生只有一次，谁也不可能从头再来，我这半斤八两自己是清楚的，做梦也不敢想再能积攒那么些钱。呵呵，水底捞月一场空，可不是应了那卦签上的话。

白小白说着，泪流满面。秦伊力知道劝也无用，只在一旁瓷着。上一次，知道庞老板尸体找到的消息，白小白已是哭过了一场。

晚上下班了白小白也不急着回去，跟秦伊力一块去锦阳茶秀简单吃点东西，呆坐一阵。秦伊力没事了，总喜欢拿手指挑着汽车钥匙环儿，不住旋转。白小白说，伊力求你别转那个了，烦不烦啊！秦伊力赶紧把车钥匙收起来。

这时白小白的电话响了，一接是女儿尤一白，白小白说，妈还有点事，很快就回来。尤一白说，你就成天有事啊？难不成长宁领导死的死逮的逮，你给顶上缺儿了，日理万机啊！我给你招呼清，我从现在开始计时，一小时内不回来，你直接在楼底下收尸。白小白突然脸都变了，一片惨白，抖抖索索说，马上，我马上就到家。挂了电话说，伊力你赶紧送我回家。

这段时间，让白小白心烦的，不只是那些钱的事，女儿尤一白一直都在跟她闹。白小白晚上迟迟不想回，也就是想在外面躲一阵清闲。一回去，头都大了。

第十章

秦伊力开车送白小白急急忙忙往回赶。白小白因为满脑子都是女儿"收尸"的话，一到自家楼底下，先打量一番没有动静，这才让秦伊力回去，自己上楼。一开家门，看见老尤就坐在地板上，客厅一片狼藉。饮水机倒着，一摊水渍。抱枕、沙发垫、衣服以及大包小包扔满一地。白小白小声问，人呢？老尤抬下巴朝女儿房门指指，压低声说，在她房子。白小白就要过去，老尤说，先别去，刚睡下。

白小白跟老尤到卧室，关上门。老尤说，晚上回家，一直都在闹呢。白小白说，为啥？老尤说，还能为啥？就是她自己的出路问题么。听那样子，下午大概是见到同学了，受到冷落，说是以前她作为少年作家，照片往校门口宣传栏一贴，大家都以羡慕眼光看她，如今人家都考上重点高中，有的还成了省级重点高中择校生，一个个见了她待理不理的。白小白说，咱也没想到她成绩会那么差，市区里加上企业子校，一共十一个高中，按她那成绩，最多只能上纺织厂子校之类的学校。我不是也托人跟长宁中学校长说了么，人家一听成绩就摇头，你花多少钱都不想要，最后好说歹说，算是留了个活话：等开学后再说。我上次不是跟她也说了这情况的。老尤说，她现在不行么，说是三个条件，第一去演电影电视，第二出国念高中，第三到省城上重点高中，反正是不在长宁待，她就是要高过那些同学让他们看看，非要让她在长宁上高中，她就死给咱们看，边说着就边砸东西，打滚，碰头，把额头都碰紫了，我拽都拽不住，闹到后来手脚僵硬，翻白眼吐白沫还把自己舌头死死咬住，脸色发青一时气也闭住，我掐住人中才哭出了声，真能把人吓死。好不容易等她平静了，我这刚抱到床上去的。白小白呆住，不知说些什么。老尤叹息道，这娃，到底该咋办呀？

自从参加那次影视编导采风活动，尤一白一回来就是情绪忽冷忽热忽高忽低，她从早到晚捧个手机，跟巨也天聊微信，一阵子喜形于色，缠住白小白和老尤说，小公主和八路军女战士，你们觉得我演哪个好看？一阵子又嘟着个嘴跑过来说，他说先让我演个山里女放羊娃，给八路军送情报，到最后参加八路军了，丑小鸭才变成白天鹅，这样好不好？哎呀想想都丑死了！就从前些天，尤一白情绪突然一落千丈，在家里忿忿然走来走去，嘴里念叨说，王八蛋还给我玩失踪，把老娘气躁了，看我不告他流氓罪。老尤坐在那里一时傻眼。白小白知道她大概还是说的巨也天。白小白到女儿房子，说一白你跟妈说，是那个巨也天吧……到底咋了？真要有个啥，不行咱该报案就得报案。尤一白一听就跳起来，没咋没咋，报案我还活不活？你走你走，让我一个人静一静。见白小白还坐着不动，又吼起来，走呀，快往出走！白小白不敢多问，只好出来。尤一白哐的一声把门关死。

白小白也拨打过巨也天电话，却是停机。思量来思量去，白小白决定找巨也天谈谈，一则问问女儿拍影视的事到底有没有指望，二则也想试探一下，自己那次提前离开后到底发生过什么？尤一白嘴里说出的"流氓"二字，刺痛了她的神经深处，让她不安。白小白没有跟女儿和老尤说，第二天一早，一个人赶到省城，找到上次那家宾馆，新影视研究会就在后面的宾馆办公楼上。白小白上到二楼，看到房门紧锁，敲了半天没有动静，又发现门口那方铜制招牌也不见了。她到楼那头的宾馆办公室去问，一个年轻女的一听找巨也天就说，我们也找他呢，不声不响搬走，还有几个月房费没结呢。白小白哦了一声，一下愣住。女的说，我们查了一下，他那什么新影视研究会，根本就是没注册的，宾馆老总现在还要追查我们办公室责任呢，你要是能联系到他，让他赶紧回来结清手续，不然我们就报警了。白小白噢噢应付着退出来。那天回去后，她也没提过这事。

两口子在屋里说了一阵话，老尤要去收拾客厅，白小白挡住了，说明天再弄吧。白小白蹑手蹑脚到女儿房门口，耳朵贴在门缝，听了半天才依稀听到女儿睡着了的声音，然后才回到卧室。躺下了老尤说，我一直也没敢问你，咱那些钱，你是放在长龙公司搞的集资吧？白小白嗯了一声。老尤说，全部？白小白又嗯了一声。老尤说，这下好么，恐怕是……喉咙发出咕噜的干咽声，顿了一会儿又说，反正是你当家，那些钱也是你挣来的，我这些年没个收入也说不起话。白小白说，咱先不说这个了，你没看我这些天也失了魂一样。老尤平常不敢吭声，吭声了白小白也会把他呛个半死，今儿既然说开，便继续说，我没事炒个股也就是消磨消磨时间，股市亏了赚了总还有个过程，我想换个车也不让换，这下倒好……白小白说，你不说了行不行！老尤于是不吭声。隔了一会儿白小白说，眼下最要紧的，恐怕还是咱一白，这样子咋个行，我都不敢往坏处想，她该不会是癫痫症吧？老尤说，小时候又没有，那种病不是遗传的么，咱们都好着的。白小白说，光是这一段时间，已不是头一次犯病了，只是前面几次，没有你今儿说的情况严重，我其实还在网上查了查，也有后天的，病因很复杂，不行了咱明儿带她到军医大学附院去查查，得做个脑电图呢。老尤说，就看能把她弄去不。

第二天老尤早早起来，不声不响已把客厅收拾整齐，还做好了早餐。把尤一白叫起来，她却没事人一般，像是昨天什么事也没发生过。但看上去，总觉得脸色苍白，眼窝也似乎陷深了些。吃饭时白小白跟尤一白说，咱今儿一块到省城去一下，妈最近老觉得身体不舒服，给你也顺便检查检查，你爸前段查过好着呢，现在不是讲究定期体检么。尤一白说，我年轻轻的体检啥？要去你们去，我不去。白小白说，还想着，看能不能再见见影视界有关人……尤一白立即打断说，又是巨也天个王八蛋啊？那是个流氓混蛋货，他还玩失踪呢，他现在要见我我也不见他，看他等着有好果子吃。白小白说，不见他就不见，还有其他人呢么。

好不容易把尤一白哄上车，到了省城又跟她说先得去医院，去晚医院就下班了。到医院装模作样先给母女二人都挂了号，让老尤招呼着尤一白排队等候。看排队还长，白小白去别处转了转，约莫半小时回来，说自己已经检查了都好着呢。

轮到尤一白，医生让她躺在床上，把连着仪器的一撮电线扯开，把电极贴片一个个卡在头上，医生说这下躺好了不要动，转身调试仪器。尤一白突然一警觉说，大夫这是查啥？医生说，脑电图啊。尤一白说，查这干啥？医生说，大脑系统神经系统的问题，非查脑电图不可嘛。尤一白喊道，我不查，猛一抬头就要起来，白小白跟老尤在旁边扶住她，白小白说，咱查一下也就放心了。尤一白怒目圆睁说，弄半天你们是怀疑我神经病啊？你们才是神经病呢，白小白，你认识那些所谓作家啊编导啊的，哪一个不是神经病？白小白耐心说，乖乖地听话噢，咱坚持一下就完了。尤一白声嘶力竭喊叫起来，我不查我不查我不查……眼看着嘴角白沫泛出，头一鼓一鼓挣扎着要起来，把桌上的仪器都扯动了。医生慌忙拔掉连线说，别把我仪器弄坏了。白小白只好说，好了好了咱不做了，跟老尤扶女儿起来。又对医生说，大夫，实在不好意思。医生已开始卸掉尤一白头上的电极片儿，说这没法做，你们还是商量好了再来吧。

人说家丑不可外扬，白小白还是忍不住把女儿的事跟秦伊力说了。不说，憋在心里真要憋出病来，简直都要崩溃了。白小白说，每次她一犯性子，死呀活呀的，就由不得她自己了似的，让人看着揪心，说实在的，我真是觉得死的心都有了。秦伊力安慰说，小孩么，能有个啥病，慢慢就好了。白小白说，嘻，人说祸不单行，真是应了。一白这孩子，一直是老尤带的，我成天跑来跑去，跟孩子在一起的时间没有多少，后来良心发现了就想着弥补她，想着给她创造一条捷径，这样反倒把她害了，要是像别的娃一样好好上学，别去参加那些乱七八糟的成人活动，就不至于这样。这些天思前想后，我这么多年其实是很失败的。一白这样子，我都不敢往后想，到底该咋办呀。白小白说着，泣不成声。秦伊力说，要不，去看看中医也行，中医学院那个杜茂生教授不是很权威么，享受国务院专家津贴的。白小白说，你认识不？秦伊力说，我爸我妈早都认识他，自小就一直带我找他看病。白小白说，那好吧，病急乱投医，咱先去问问情况也行。秦伊力说，让我先打电话看他在不，他不是早退休了么，自己开的诊所。电话一打，说是人在呢，她们于是便去了。

佯　狂

诊所外面排队的人还有十几个，秦伊力带着白小白直接进去，等杜教授给一个妇女看完，走上去搭腔说，杜教授我们过来了。杜教授大眼睛大鼻头大耳轮大而厚的嘴唇，一副五官啥都是个大，满头白发，连眉毛也是白的，寿眉往两边伸出有半寸长，把秦伊力上下打量一番说，小秦这女子又胖了，搞体育人，咋不好好锻炼呢？连我这八十岁人，每天早晚走五千步，雷打不动，小党她有时想耍狗熊也不行，说是给我当助手呢，倒是我成了她助手。小党是一个三十来岁女人，桌子靠门口放，跟杜教授桌子摆成丁字形，负责登记写处方，听杜教授这样说，朝他做个鬼脸。杜教授说，不服也不行，每年去北戴河，游泳就是游不过我嘛！所以现在有人大肆否定中医，我都不用开口，我小党拿她另一张嘴都能说过他们。小党撇嘴瞪眼，假装不高兴样子。杜教授笑道，好了好了咱说正事，目光转向白小白问，是给你看？白小白说，是我女儿。接着就大概说了病情。杜教授说，是不是在大医院折腾一来回才跑过来的，多少人都是这样。白小白说，也没有，就是想做个脑电图，还没做成。杜教授说，小孩家做啥脑电图，姑娘人呢？白小白说，我跟伊力先过来看看，要是能行了再领她过来。杜教授说，有啥行不行的？你要看，就今天领过来，我明儿去北戴河，高铁票都订好了，去一个月。大热天再鏖战，小党还不把我这老助手给辞了，对不对？惹得大家都笑。

　　白小白赶紧坐秦伊力车去接尤一白。白小白回家，尤一白刚睡起，看来今儿情绪还好，就说，我咨询了一下，咱啥都好着呢，你伊力阿姨认识中医学院个教授，是全国著名专家，他给咱开点补药吃着，身体抵抗力也就强了。尤一白说，我不去。白小白说，今儿咱去啥仪器检查都不做，他就给咱开点补药就行。人家杜教授明儿去北戴河一去就是一月，今儿运气好还在，咱赶紧去，你伊力阿姨

119

开车在楼下等着呢。白小白真担心尤一白要坚持不去，自己啥办法也没有，还好最终是同意去了。

她们到诊所等着，等剩下的人看完，刚招呼尤一白坐到杜教授面前，急匆匆又进来四五个人，说是他们远道赶来，没有挂上号，请杜教授关照一下，路远来一次不容易。杜教授说，我一周坐堂三个上午，每次看三十个病人，一个都不能多，多一个就能多十个二十个。那些人说，看外面贴那告示，你一走要一个月才回来，我们给你多加挂号费行不行？杜教授说，不行。白小白贴在尤一白耳边说，你看杜教授影响多大！小党好不容易才把那些人劝出去，关上了门。杜教授这里早已把注意力放在尤一白身上，端详着她的脸说，娃好端端的嘛，有个啥毛病？来，伸出手来。把她两只手交替抚摸了，这才切脉。问道，开始行经了么？尤一白一愣，没听明白。杜教授说，就是月经，有了么？尤一白脸一红说，有。杜教授问，正常不？尤一白说，正常。切完脉杜教授对白小白说，娃好着呢，你所说的情况，只是一种孕产调养不当导致的命脉伏邪，我这样说你可能不懂，说白了就是你胎里给娃带来些胎毒。白小白说，杜教授那怎样才能治好呢？杜教授往靠背椅一仰，来回摆动着手说，中医认为，人身上的病，不外乎风、痰、火、瘀、虚，兵来将挡水来土掩，都好办，平肝泻火，活血化瘀，祛痰开窍，熄风定神，排毒固本，调理调理就好了。杜教授然后口述药方，小党写处方。完了白小白问，那看需不需要开些啥滋补药？杜教授说，正气亏乏、虚象明显者，才需培元扶正，娃鲜活的小鹿样，补啥补？说着又抓住尤一白手，边抚摸边翻转说，你看这小手长得好的，指甲颜色多正，还有指甲上的月牙儿，一个个多清晰。杜教授抓住尤一白手半天不松，盯着她脸说，好好的非要给娃做啥脑电图呢？这么漂亮的姑娘，放我疼爱还疼爱不够呢，再甭惹娃，啥都好好的。

伴　狂

取了药三人离开诊所，尤一白一下子得意起来，跟白小白说，哼，这下知道了吧，都是你的毛病，还想给我找事呢！白小白笑笑，没说啥，姑娘就算真的没啥病，性子在那儿放着，家人一直小心翼翼宠着哄着她，社会难道也不惹她？尤一白说她要吃肯德基，她们就一块去了。白小白对秦伊力说，成天把你麻烦的，本来还说中午请你好好吃顿饭呢，那就后面吧，今儿先凑合一下。秦伊力说，嗨，咱俩还客气啊？

　　也许是受到杜教授去北戴河的启发，也许又是一次良心发现，白小白考虑，大热天的，让老尤带上女儿也能出去转转才好，找凉快地方避避暑散散心。白小白这些年跑东跑西，着家时候也少，家里一直都是老尤留守，招呼姑娘。这一回，关键还是考虑到女儿的情况，出去一趟，或许对她的身体和精神状态都能好些。

　　白小白先把这想法跟老尤商量，老尤摆摆手说，大热天的，哪儿都是个热，胡跑啥呢。白小白说，从深圳回来这些年，你基本上都是在家窝着，出去转转看看吧，社会发展快的，外面如今变化大着呢。再一个，也是考虑到一白的情况，出去散散心对她也有好处。老尤松口说，就看她去不去。

　　说实话，白小白也担心一白会不去，没想到一说她却同意，轻松表态说，那好啊！白小白说，北戴河啊，东北那边大连啊，都可以考虑。尤一白说，那你就不用管了，要说凉快地方，那可多了，新疆西藏不凉快吗？既然是我们去，就由我们决定，你是当家的，只管把银子拿出来就行了，老爸你说呢？白小白说，西藏还是以后再说吧，高原缺氧，就怕身体适应不了。

　　尤一白立即到自己房子去查电脑，不大工夫出来说，我看了看，有两条路线可以考虑，一个是去东北，先直奔黑河，还可以出境游，到海参崴看看，然后由远到近，跑不动了或者厌烦了，就回来。另一个方案，既然不去西藏那就去新疆，先到伊犁，同样的由远到近。老爸你意见呢？老尤笑道，你给咱定，爸听你的。尤一白说，我爸这人还是够哥们儿，那咱就去新疆咋样，天高地阔的，我就想去新疆看看。

于是就这么定了。尤一白在网上订好机票和宾馆，决定第二天就出发。收拾行李时白小白说，一白你别忘了把杜教授开的药带上。尤一白迟疑了一下说，好的好的。把一包药塞入行李箱中，那都是杜教授配制的丸药，也好带。

第二天白小白要往机场送，尤一白硬是挡了。临走时白小白叮咛老尤说，记得让一白按时吃药。两人一坐上出租车，尤一白就做鬼脸说，谁吃他那破药啊！爸你都没见那个杜教授，八十岁人了还是个老色鬼，抓住人手不放，眼睛色眯眯的，当着人面还不停跟他那女助手眉来眼去，生怕外人不知道他们啥关系。老尤说，呵呵，药开了就先吃完，肯定是没坏处么。尤一白说，我不吃，老爸我给你交代个秘密，在家里我也一口药都没吃，全给冲马桶了。

他们到机场，在办理登机牌交付行李前，尤一白打开行李箱，拿出那一包药说，杜教授你玩你的我们玩我们的。扔进了垃圾箱。回来跟老尤说，咱这下轻装出发，老爸你得替我保密哦！

第十一章

马川晚上再转到时代广场，发现广场舞已经恢复。广场清理一新，先前长龙大厦留下的地基坑，被两米来高的蓝色金属护板围住，外侧又设置一圈金属围栏，以防止人们靠近金属护板。广场还是那么大，因为没有了长龙大厦，视觉上却像是阔大了许多，人也比以前明显多了。放音机里播放《小苹果》和《凤凰传奇》之类的歌曲，满广场的男男女女排成松散队列，随着乐曲扭动，伸胳膊扬腿。

马川一眼就看见礼帽大叔，在靠近围栏的那一角上。与其说他那礼帽与众不同，不如说他的舞姿更引人注目：撅屁股拱腰的，臂肘甩动夸张，脚底却是猫步乱绕。马川擦边走到他跟前，看见白胖大妈和精瘦大妈就在他旁边。精瘦大妈动作利索，白胖大妈也毫不显得累赘。礼帽大叔跟马川招手说，来呀，来嘛！马川笑笑摆手，礼帽大叔也便停下来，双手叉腰站到马川跟前。马川问，最近还有什么新闻？礼帽大叔说，嗨，哪有那么多新闻呢？新闻一过去都是旧闻，老百姓生活天天才是新的。上吊的上吊，关的关，沉湖的沉湖，咱继续跳咱的广场舞么，对不对呀？正说着，只见从刻写着广场名称的大卧石那里，射出一对跳交谊舞男女的身影，从广场舞人群的边缘斜切过去，礼帽大叔拍手说，哎呀哎呀，开始了舞皇后又开始了！一时间跳广场舞的男女全都停住，目光齐刷刷追随着舞皇后俩人。精瘦大妈和白胖大妈站过来，数说起礼帽大叔。白胖大妈说，你看你个老眼看进去拔不出来了！礼帽大叔嘴里呵呵着，眼睛却没有离开舞皇后，眼看着他们绕人群一大圈转过来，礼帽大叔嘴巴都张开了，直到他们一闪而过，转回到卧石那里，还眼巴巴往那里看着发瓷。白胖大妈说，耶耶耶，小心涎水流出来了。礼帽大叔下意识抹一把嘴说，没有么。精瘦大妈说，没有也快了。白胖大妈说，自己笨得狗熊样，还不好好学，半天是等着过眼瘾呢！礼帽大叔说，你还别说，我今儿是看清楚了，那女的脖子长得跟雁一样，皱巴巴的，确实是不年轻了。白胖大妈嘴一撇说，你还当她十八岁大姑娘呢！知道脖子长为啥吗？礼帽大叔凑近问，为啥？白胖大妈说，是上吊没死成，知道了吧。精瘦大妈说，哟，又说上吊，怪吓人的！我光是看见那女的大裙子一张开，白裤头都露出来，不嫌臊的。礼帽大叔说，是白裤头？嗨，可惜我只顾看脸了。

　　跳广场舞的人群好一阵才平静下来，恢复他们的跳舞。礼帽大叔不时还往卧石那里巴望，嘴里念叨说，人家又走了。白胖大妈说，你咋不撵去呢？精瘦大妈说，人家每天就是来拉风呢么。白胖大妈说，看把你心牵的，她去跳黑曲儿了，你也豁出去一回，掏上几十块钱摸她拧她一把去，去呀！礼帽大叔嘿嘿笑道，咱才不去呢。白胖大妈说，好日鬼，怕下水。大家都笑。白胖大妈说，咱再跳几曲老早回去睡觉，人都瞌睡了。于是跟精瘦大妈跟在队列后面，礼帽大叔要往她们里侧插，精瘦大妈说，你往边上去，那坑里有鬼呢。礼帽大叔说，有个啥鬼嘛，咱活人住的地方，要往前推，哪里不是坟地嘛，对不对？说着还是站到靠围栏一侧，随着音乐，他们一起扭搭起来，礼帽大叔的动作依然那么夸张。

马川退出广场，打算回家早点睡。眼看暑期就要结束，学生、老师们马上开学，他跟第五剑商量，明天两家人一块儿去高老师老家玩，他们跟高尔升也打电话说好了。走到广场边上，碰见对面楼住的那个脑梗女人，红衣白鞋，还背着剑，全副武装的架势，由于脚底下不利索，就站在那里随着乐曲摇晃身子甩动胳膊，马川跟她点头打招呼，她立即停住说，你看我得是好多了？马川附和说，就是就是。女人说，那害人精，检察院已经批捕啦，我女婿就在检察院呢。马川知道她说的还是女校长，就噢了一声回应着。马川平常不关心这些，女人不说他还真是不知道这些事。女人说，社会这么好的，我觉得我一定还能活三十年。马川拱手笑道，一定一定！怕这女人再啰嗦个没完，马川说，那你在这儿锻炼，我先走了。

马川跟第五剑商定，带两家人一块儿回一趟农村。

第五剑先一晚一说，素娥一早已买好一大筐鲜菜。肖芳更是从昨天就在张罗，跟她母亲炸丸子炸排骨的，炸好在冰箱冻着，今天都带上。因为有孩子，怕农村的饭菜他们不适应，打算去了自己做饭吃。车子一出城，最高兴的还是三个孩子，第五剑一男一女两个孩子，红红和强强，红红上小学二年级，强强六岁上学前班。而马川四岁的女儿佳佳，一直是肖芳父母带着，一开始还有点胆怯，很快他们就混熟了，在车上来回打闹。

路上扯着闲话，马川就说到了女校长的事。肖芳说，那么逞强个人，可惜了。马川说，确实，不过再一想，她这下不当校长，咱佳佳以后就可以放心在实验小学上学了，我原先不是老担心么，让那家伙每天训话，把孩子不教育成呆子也是弱智。肖芳说，再凑合一年吧，咱佳佳到时就回来上幼儿园学前班再上小学，我父母那里就一室半，房子太小，他们也太辛苦了。唉，说到那韩校长，一个楼道住几年，我其实也没跟她说过话，那人是有点傲气呢。现在想想，一个离婚女人，硬是要给外界证明她的存在她的坚强，有意识不断发声，想来也怪可怜的。马川说，她是可怜，人家现任妻子沈晶没事，她倒有事了，不过给学校操场弄那种毒塑胶，她一出事终于揭掉了，学生家长却是直叫好呢。肖芳说，我们学校也打算弄塑胶跑道呢，就是这事一出，校长才不敢再提了。也不知现在这人都咋想的，好好的操场，不让它污染环境就不甘心似的。马川说，主事者有利可图么，当然要弄呢，至于娃们头晕流鼻血啥的，谁管啊！不过韩校长这一倒，却是把我救了，过去晚上睡不着时，老幻想着学校大喇叭会突然响起，这下没有了那份担心，一觉睡到大天亮。第五剑边开着车边笑道，你也是女人不生娃，给床找不是呢。你睡你的觉，与人家有啥关系！我咋就从来都不知道啥叫个睡不着？从来都是睡不够。马川笑道，你这就叫饱汉不知饿汉饥，现在为什么那么多人得抑郁症寻死觅活呢，就是睡不着，生不如死啊！哎，对了，韩校长还有个箱子放在我家呢，好像就是上次高老师三周年，咱们回来那天晚上的事。接着就说了那个过程。第五剑说，啊？你小心弄个窝赃罪。马川笑道，那倒不至于吧。第五剑说，你没看看，那里面肯定是金银珠宝呢。马川说，人家箱子密码锁锁着，我往阳台一撂，就再没管过。素娥和肖芳都说，说她忘钥匙肯定是个借口，里面装的应该是值钱东西。第五剑说，那女的怪贼的，放咱谁能想出这种主意？肖芳说，当然是个人精，口齿伶俐的讲话一讲多长时间不说重复话，都能把死人说活。你是没见，她年轻时肯定是个大美女，老了型还在呢。马川笑道，不过我这回打算把好人当到底，一直给她妥善保管着，她或者她儿子，总要来取的，虽说以前没啥交往，就凭她把睡眠还给我，我也得报答她。第五剑说，马川还是个大善人，胡萝卜调辣子呢，可真是吃出没看出啊！这么一说，我也想起贾宝民个贼日货，让人家弄进去这么长时间，也没个消息，那天我们几个伙计还算了算，他跟那姓鄢的结婚，满共还不到三年呢，狗肚子盛不住渍油的货么，硬是让他给张狂坏了。肖芳说，网上把鄢的处理结果一公布，底下都炸锅了，原来都觉得那种事是男人干的，没想到女人如今也摊上了。素娥说，就是的，咱原来还不知道，到我店里来看鞋买鞋的人都在来回说呢。女人家么，白纸黑字把那种事写上，听着咋就比杀人放火还难听呢。马川笑道，男女男女，有男人就有女人么，也不奇怪。第五剑说，嗜，咱原来还觉得，贾宝民狗日的，叫花子捡了金镶玉，得着大便宜了，没想到他是奔着一顶绿帽子去的，娃也可怜。

说着话不知不觉到了，高尔升出门迎接他们，他看上去明显晒黑，却明显更精神。第五剑解释说，本来说是早几天就来，都是我那破事多拖着大家，这都马上开学了呢。高尔升一看他们从车里拿出那么多蔬菜食品，连忙说，哎呀，这简直是物质的逆向流动嘛！招呼大家进门，指着门厅的一大堆东西说，这都是东峰清早送来的，啥都有呢。大家一看，有西瓜、梨瓜、红薯、毛豆、嫩苞谷棒子，全都是新鲜的。高尔升说，厨房案板上还堆着肉菜蛋呢，东峰说那肉是今早才杀的猪，最新鲜的。咱们快先里屋坐吧！三个孩子率先冲进院子，一看这新环境既觉新鲜又是兴奋。

大家喝着水，高尔升就说起这段进度。高尔升说，县上的硬件部分已经开始实施。咱们这边，松树林子里，我先期已经投放了一万只青脚鸡。第五剑说，啊！鸡都养进去了，这么快啊？高尔升说，咱是从北山青脚鸡养殖户那里全套引进的，他们提供的幼鸡，围栏、鸡舍也是委托他们给定做的，人家的养殖技术已比较成熟。咱比他们先进之处，是把全覆盖的监控设施也装上了。目前看来情况还行。大家一听，就想去现场看看。几个孩子这时候却围着那一堆吃食打起主意，才半上午，他们一看见吃的就喊饿了，这个说要吃苞谷，那个说要吃红薯。高尔升说，那就给娃们煮些带上吃。

厨房有罐装煤气有高压锅，两个妇女剥好苞谷，洗好红薯毛豆，很快一锅煮熟，孩子们等不得就要吃，于是拿筷子把苞谷棒扎了，一人捧一个，大家一块儿往南西坡去。在街道上走着，高尔升说，咱小时候，生活条件艰苦，家家是一铺炕上挤一家人。如今社会发展，条件好了，房是一家比一家盖得高盖得好，一家比一家宽敞，却是没人了。马川跟第五剑都说起他们各自的村子，如今也都是没有多少人了。马川说，不过咱这地方偏僻也有偏僻的好处，要是在城市跟前，开发啊拆迁啊，说是每人能分些钱，但人没了土地也没了根基不说，打闹甚至流血，那份罪也不好受。第五剑说，你没看城跟前那些货，村子地卖光了分些钱，年轻人一人先买个好车胡尿扎势，啥事不干，整天就是弄一帮人吃喝玩乐打牌，将来光是剩下吸风屙屁了。

一到松树林，王选民听见声音便迎出来，高尔升说，选民如今是咱的鸡司令，你给大家介绍一下。王选民有点害羞，说青脚鸡就是咱农村老早那种土鸡，鸡腿鸡爪子都是青的。几个孩子嚷嚷着要看鸡，王选民咕咕咕一叫，立时跑出来一群，屁股秃着，都还没有长出尾巴呢。高尔升说，由于初次养鸡，咱们这次进的都是两个月小鸡，成本虽说高，要好养一些。现在的快速养鸡，两个月三个月都出栏了，最多也不超过四个月，但咱们这青脚鸡要长够十个月三百天。

　　　　　　　　　　　　　　　　　　伴　狂

孩子们一看见就要进去抓鸡，王选民在围栏门口挡住说，这不能进去，要防止病菌感染哩！高尔升说，选民这段管得非常用心。第五剑问，现在给鸡喂的啥？王选民说，林子里有自然生长的虫子，然后我还用麦糠醋糟沤出很多虫蛆给它们吃，再下来就是补充点杂粮、苞谷糁和荞麦。高尔升说，咱们小时候北山荞麦是最不值钱的杂粮，如今价钱比小麦还高。王选民继续介绍说，荞麦主要是能增强鸡的抵抗力，咱们不用配合饲料。第五剑问，咱这儿现在还有没有啥动物咬鸡吃鸡？王选民说，有哩，主要是野狐、黄鼠狼，都是晚上才出来，我晚上在鸡舍门口下的夹子，夹死过好几个，现在少了。高尔升说，下一步我还准备搞基地加农户的养殖方式，同样的鸡，各家各户有兴趣了也可以养，养足三百天了我全收购，到时候咱给每只鸡都打上防伪腿环，上面有养殖时间、编号，网上也可以查询到。这个我已经让人去做了。马川说，没想到老兄这节奏太快了，一下子就有模有样的。高尔升说，呵呵，自己干事就是有这好处，认准了的就干，不用来回开会啊研究啊的。

　　几个孩子已经把目标转向大水库，急着要下去看。两个妇女赶紧跟上，大家也都一块往下走。高尔升指着葫芦沟对岸说，按照县里规划，对岸将建设优品肉禽蛋批发基地，你们看那边的市场，工人们正在建着呢。水库上的大桥也已设计好了，是一座实用兼观光的铁桥，施工方正在组织生产，这样下来会比整体水泥浇铸的桥快一些，预计明年上半年就可以建成。水库养鱼这块，原来是四川客承包，现在也到期收回了。咱们这边，我打算先做出总体规划，然后逐步建一些设施，比如餐厅，比如水库边缘搞个观光长廊，就看资金组织情况吧。对了，一定还要搞个室内游泳池，咱们小时候把多少同伴淹死了，如今不断还有人淹死。农村有地有水，却眼看着人在水库里淹死，也太不公平了。这一直是我的一个梦想。往后发展好了，我肯定还有些想法，咱一步一步往前走着再看。第五剑说，哎，对了，杨柱那天电话上说起来，还说他想给咱家乡投资呢。高尔升说，他跟我也打电话说了，我说要投资肯定欢迎，让他啥时回来看看。县里那边，方旭副县长的想法是让我把这一摊整个管起来，我说我管可以，必须以股份制原则来经营，比如说以合作社的方式，这样共同约束，对双方都好。以官方名义让我来管，我肯定是不干。我一心想摆脱的，不就是那种东西么，咱最低限度把这些鸡养着，也足够谋生了。马川和第五剑都说，这样好。

　　两个妇女领着三个孩子在水边玩，孩子们高兴地喊叫起来，有鱼有大鱼！大家走过去一看，果然有成群结队的大鱼在水里游动。孩子们叫道，爸爸快捞鱼！第五剑说，唉，咱今儿忘了带鱼竿了。高尔升说，选民好像有办法。就打手机跟王选民说了，他拿着竹竿鱼线很快下来。高尔升问，选民你不是说四川客拿化肥喂鱼，现在的这些鱼也是他们遗漏的？王选民说，人家用网箱圈着，走时捞得干干净净。那种鱼化肥味儿重得吃不成，喂鱼人是雇咱沟东的，后来白送我鱼我都不要。前段不是浇地抽水，把沟里水都快抽干了，后来另放的水，这鱼是自然长的，好着哩。说着在竿头绑好鱼线，鱼线末端竟是一撮鱼钩，足有十几个。选民让大家闪开，也不见往鱼钩上挂鱼饵，弓着步猫着腰单手举竿让鱼钩垂在水面上方，看准一群鱼游过来，逆着鱼头方向猛地一甩，竟然挂住了三条鱼上来，每个都在一斤以上，一时间小孩拍手跳跃连大人也一片惊呼。第五剑说，哎呀哎呀，这娃真是神了！高尔升说，呵呵，选民这一套本领确实是个绝活呢。马川说，这就是真正的"钩鱼"啊！第五你还记得不，咱们那一年作文竞赛，杨柱就写的钩鱼，语文老师坐大教室集体阅卷，同学们不是都围在窗外看吗，有几个老师把杨柱的作文边念边笑话，最后还是高老师提出来，把杨柱叫到当面问他，你为啥把"钓鱼"写成"钩鱼"？杨柱说，我明明就是"钩鱼"嘛，还给老师比划他钩鱼的过程，在高老师坚持下给了他高分。第五剑说，记得么咋不记得。杨柱跟我一样是穷汉娃，高老师经常帮助我们，给我们饭票衣服，每次一打电话，他都说一辈子记着高老师的恩呢。高尔升感叹道，是啊，人家杨柱如今亿万富翁，谁就是给个啥也不稀罕的，当初父亲也就做了那么一点微不足道的事，对一个人的成长却产生了作用，这也是我现在常想的问题，雪中送炭比锦上添花重要得多呢。正说着几个孩子又喊叫起来：还要鱼还要鱼！选民说，老地方再钩不到鱼了，鱼一惊都跑光了。于是换一个地方，又是一竿下去，钩上来一大一小两条鱼。孩子们这下满足了，一人拎一条鱼，大孩子拎大的，小孩子拎小的，大家高兴而归。临走时高尔升说，选民你一会儿回家来吃饭，咱们今天人多饭菜丰盛，饭好了我给你打电话。

回到家两个妇女下厨做饭，三个孩子在院里玩耍，高尔升和第五剑马川坐上房里说话。觉着还没有多长时间，两个妇女已经备好了一大桌饭菜。肖芳说，嫂子还是麻利，不像我成天是我妈做饭，基本上不大动手。素娥说，主要还是你带来那些菜都是半成品了，做起来就快，一样样都弄得好的。肖芳说，那主要是我妈的手艺呢。在门厅摆上大桌子，满满当当摆了一桌。高尔升提前给选民打了电话，选民来回推辞，还是骑着他那破自行车来了。大家坐齐，高尔升又翻出来几瓶陈年酒，挑出来两瓶剑南春说，第五这上面有你"剑"字，咱喝这个咋样？平常老是第五第五地叫，把个剑藏着也不好，今儿不走你又不用开车了，马川本来就是能喝的，咱好好喝喝，选民你也要喝点。选民说，我喝不成，一喝脸红的。高尔升说，喝不成只喝一杯咋样？这酒我看了，生产都二十年了，跟你年龄差不多，所以这酒要喝呢。两位女士喝的果啤，孩子们则是酸奶饮料。大家碰杯，几个小孩子也把胳膊伸得老长，要把手里饮料杯跟大家碰响。门厅过堂风吹着，让人惬意。第五剑说，我还是觉得咱农村好，这自然风吹着比啥都舒服。高尔升笑道，既然喜欢咱农村，那你干脆也回来干？第五剑说，那有啥问题，我干的那事……看到孩子在，顿了一下又说，有个啥留恋的。高尔升说，这下我心里就有底了，又多了个得力的后备人选。马川你是文化人，单位要坐班，到时候空闲了，也住回来读书写点东西，咱这地方有山有水，到底还是地气足啊。马川说，那肯定少不了。肖芳跟素娥说，嫂子，咱们跟孩子到时候一起开车来，马川不适合开车，可是我现在已拿到驾照了。素娥说，那好啊！马川对肖芳笑道，看嘚瑟的。肖芳得意地做个鬼脸说，那当然，你以后也得叫我师傅呢。高尔升怕把选民冷落了，就说，别看我们选民没离开过农村，也是个小秀才呢，喜欢读书，文字能力也不错。王选民害羞，加上喝了一杯酒，越发满脸通红。高尔升说，选民这下不让你喝酒了，快多吃菜。

吃完饭收拾了桌子，正说要切西瓜，门外来人了。一辆电动自行车停在门口，骑车的是个年轻女子，坐车的是个中年妇女。年轻女子苗壮，一摘下蛤蟆镜红光满面，中年妇女却是高挑清瘦面容白净。高尔升一看是傅秀云医生和女儿傅丽叶，王选民早已迎了出去，招呼说，傅大夫你们来了。傅丽叶说，我们直接到的葫芦沟那里，一看没人又拐过来了。高尔升迎上去说，哎呀不好意思，让你们多跑了一趟，今儿是来了些朋友，叫选民回来吃的，快进来坐，你们还没吃饭吧？傅秀云说，吃过了。高尔升说，那就吃西瓜。傅丽叶倒是不客气，一连吃了几块。她母亲傅秀云只吃两块，就找水管洗手也洗一把脸，不用毛巾擦就那么晾干，顺手把松了的发髻绽开，竟然是齐腰长发，一把撮了，拧几圈再重新绾好，并不见使用任何发卡发钗之类。高尔升毕竟在城里待得久了，一看见这一套娴熟的动作，觉得熟悉而又陌生。农村人看似不讲究，却可以干净利索。傅秀云说，那就赶紧去把防疫做了吧，赶天黑就做完了。王选民说，好好好我先过去，骑上自行车就先走。傅秀云母女随后也赶过去。

高尔升说，咱们回来时公路拐弯处那块三角地，傅大夫就在那里开的诊所。第五剑说，噢，那是很大一块地方，记得那里最早有人开过饭店，这次回来看那新盖的楼，气派得很么。高尔升说，那就是她家的房子，看那架势是干得不错，在咱这方圆，专业性兽医站就她们这一家，挺有名气的。咱的鸡苗一买回来，就让选民去跟她们签的合同，不用打招呼，定期就来做防疫。第五剑跟马川都说，对着哩，养鸡这是个关键。

三个小家伙玩累了，都在房子凉凉快快睡着了。素娥跟高尔升说，还有这么多鲜肉和菜呢，干脆我们全给你包成饺子，冻冰箱里，随时要吃了也方便。肖芳说，对对对，这个主意好。高尔升说，不用包了，都歇着吧，忙活大半天了。两个女人说，反正闲着也是闲着。叮叮当当切菜剁肉，就干了起来。

正吃晚饭东峰开车过来，说今儿又走了一车猪，他晚上跟猪贩子刚吃过饭。高尔升说，你开车呢，没有喝酒吧？东峰笑道，咋可能喝酒嘛，舅你放心，违法的事咱不干。早上急急火火的也没顾上停，我两个叔他们回来，我肯定要过来见见么。

吃完饭三个孩子要找萤火虫，两个妇女就领他们出去。高尔升跟大家围坐在院子聊天。马川望着星空说，小时候大人教的口诀就是青石板石板青，青石板上钉银钉，在城里多年都看不到了。东峰笑道，人都说城里空气不好，还都往城里钻呢。高尔升笑道，我这不是迷途知返了么？下一步，把你第五叔也动员回来。东峰说，舅，我两个叔今儿也在呢咱好好说说，我看你说要弄这弄那的，还说要建游泳池，到底都想弄啥呢吗？高尔升说，建了游泳池不说，下来情况要好，我还想在咱高王村建个敬老院呢。我那天跟选民到咱那老街走了走，破墙烂房里竟然还住着老年人，我让选民算了算，说是那种情况的老人有三十几个呢。东峰说，舅你解决咱村老年人问题，我那个村也有，每个村多得是，你解决不解决？高尔升说，我起码先把看得见的解决了么。东峰说，舅你听我说，假如说哪个老人确实是无儿无女，或者儿女实在没有经济能力，你办个敬老院把他们养起来也好。现在问题是，人家两三个三四个儿，个个枪杆样，人五人六的，他们不养自家老的，靠别人养啊？再说，你把敬老院办起来了，哪个老人要是病了，他们的儿叫不到跟前来，是你给他们看病还是谁看？再假如说把谁死了，咱这儿讲究在外面死的人是不能抬回家的，一家几个亲儿，你靠我我推你，就是没人上手，谁替他们埋人？高尔升说，这还不至于吧？东峰说，就是至于，咱这方圆遇到的多了。你想么，活着都不管老的，死了能管吗？高尔升说，不是都管了么，把谁剩下了？东峰说，那是放在他们家他们没办法了，不管总不能烂在家里么，要是有个敬老院试试看？高尔升笑道，东峰你说你说，我看你这还是一套一套的么。东峰笑道，平常哪敢在你跟前放开说话，今儿也是趁我两个叔在呢，壮着胆把啥话说说。咱再说你那游泳池，你就是花钱建了，就是不收钱，有没有人游还是两回事呢，该淹死的照样淹死。至于他公家要建就是另一回事了，游泳池呀、敬老院呀，那都是社会应该办的事，咱自己咋能包办？高尔升笑道，东峰你说下去。东峰说，这回公家在咱葫芦沟修桥建市场，当然是大好事。将来什么效果我也不敢说，反正我养猪这些年，谁要是说他的猪是纯粮食喂养没用一点配方饲料，不顶啥用，贵一毛钱客商就是不要，人家哪怕用沙子水泥喂呢，便宜那么一毛钱就卖得快。咱就说葫芦沟承包养鱼那四川客，都说人家拿化肥喂鱼呢，人家反正是把大钱挣了，腰里缠得满满的走人了。高尔升说，照你这么说，咱就没法弄了？东峰说，弄还是能弄，就看怎么弄法了。舅我看你这么多年也确实是没弄下钱，有些赌气，反正我不靠你谁，非要自己站起来不可，有些理想化。我那天还跟我妈掐指头算呢，你想你从上大学起，毕竟都离开咱农村三十来年了，如今咱农村，事情猴得很呢。要弄，每投进去一分钱就得想着能不能回报，多长时间回报，起码是盆扣住瓮，一步一步慢慢往前走着再看。高尔升笑道，东峰你具体说说。东峰说，具体说么，土鸡咱买回来了，就先养着，这个事应该能成，下一步情况好了，那个林子里扩大到五六万只甚至八九万十万的，都没有问题。然后把水库养鱼包过来，就看按你说的生态养鱼行不行，反正人家都说投了化肥，鱼反倒欢势，这个我也不知道。慢慢地如果旅游专线那边有游客过来，把餐饮也就带动起来。如果我第五叔能回来，把这一摊帮你管起来，估计就成了。至于水库对面那市场，他让你统一管就管，经营个啥样子是个啥，咱不沾光肯定也不能倒贴钱。舅我再说一句你不要生气，我知道你是把钱看得轻，弄这事肯定不为挣钱，但最低限度，也不能让我高林兄弟将来替你背债么，对不对？高尔升笑道，哎呀，舅还真是没看出来，我家东峰这些年出息这么厉害，要刮目相看了，这真是给我上了一课呢。东峰摆手说，别别别，舅你把我吓死了。高尔升说，我是真心话，你说的这些，我确实得好好考虑考虑。不过你说的公家市场那一块，我不管不说，管了肯定要弄好，不能放任自流，这也是我的性格决定的。

　　几个孩子跑回来，很失望地说，没有找到萤火虫。东峰说，哈，咱这儿好像多年都不见萤火虫了，虽说咱农村空气好，农药成年都用着，到底还是有污染呢么。

大家又说了一阵话，天不早了，东峰告别，开车回去。

这一夜，马川睡在床前没有撒满图钉的大床上，为了约束自己，他有意识睡在最里面，肖芳把边，佳佳居中。哄孩子睡着，马川说，咱佳佳啥都好着呢。肖芳说，那当然。马川说，那种毛病，给你说传男不传女的。肖芳赶紧捂马川嘴。农村夜静了，真是万籁俱寂，静得让丁点声音都没法藏匿。两人于是无声地亲热在一起。完了马川很快睡着不说，竟然是一觉睡到天亮。一切担心完全多余。马川觉得，等到孩子住回家上学前班时，自己就完全可以是个健康的正常人，那些作为疾病隐喻的图钉，将一扫而光。他醒来了还听见第五剑在旁边房子里鼾声如雷，那个从不知道失眠的家伙，回到农村自不待说睡得更美。但马川不知道，高尔升却是失眠了，他在想着东峰的话，心里来回琢磨：有些事，恐怕真的非一己之力就可以办到的，还是一切稳妥的好些。

第二天上午，孩子们还要到葫芦沟水库玩，大家一起去了，选民又施展了他的绝技，钩到了几条鱼，其中最大的一条足有三四斤。中午吃完饺子、红烧鱼，等几个小家伙睡了一觉醒来，大家才启程返回。车子出村子，走到公路拐弯的三角地那块，第五剑减慢车速，指给大家看傅大夫家的楼，大家正赞叹这楼在农村算是挑梢的，他的电话响了，停下车接听半天，完了跟马川说，咱昨儿来时还一路说贾宝民呢，狗日的昨晚出来了，说是弄了个免予起诉。马川问，他打的电话？第五剑说，他才不敢给我打电话呢，怕我骂他狗日的，是另一个伙计打的，说是大家晚上一起聚聚，贾的意思一定要把我叫上，我都不想去。马川说，这你要去的，人总算是遇了一场难么，好歹一块儿搭档过。第五剑说，我说马川是个善人真还

　　　　　　　　　　　　　　　佯　狂｜

没说错，那好，要去你跟我一起去。马川说，我不去，我跟他又不熟。第五剑说，跟他不熟其他有几个伙计你都熟么，怕啥？你去了事色不对也可压压火么，我就怕我气急了又跟那狗日的上墙。马川问，在啥地方？第五剑说，他们说是定了地方另通知。

第十二章

　　他们回城刚把女人孩子送到家，那帮伙计电话来了，说是晚上吃饭地方定在朱蹄坊。一听这话，第五剑又躁了，说我真不想去了，贾宝民这狗日娃，你出来了就悄悄然然的，弟兄们要聚，找个僻背小馆子聚聚也就行了，还非得要去个朱蹄坊扎势，自己是把啥赢人事做下了么？是给谁把大头孙子×下了么？马川说，一人一个想法，他也许是想着让大家都知道他出来了。第五剑把车路边一停说，我不去了，走，咱回。点一支烟抽起来。马川说，去还是得去，既然都答应了去的。第五剑把一根烟抽完，嘴里嘟嘟囔囔骂着狗改不了吃屎之类的话，这才重新启动了车子。

　　到朱蹄坊，白小白和秦伊力正站在门口，朱老板跟他们说着什么。大家打过招呼，只听朱老板指着一侧板子上顾若虚的名字说，又砸又烧的，你看给弄成啥了？大家一看，"顾若虚"三个字果然坑坑洼洼，有些笔画已经模糊，还明显有火烧痕迹。大门口人出出进进，朱老板跟大家往一旁站站说，昨晚闹到一两点，我门都关不了么。秦伊力问，他们是一起来的？朱老板说，哪里！顾若虚跟霞子先来的，一来就坐个小包间里，要一份清炖穿山甲边喝汤边吃，自从上次咱们上了这个，知道是滋补壮阳的，他们就上瘾了，隔几天就过来吃一次。他们吃着也是消磨时间哩，每次都坐到十点十一点，中间要让厨房加热好几次。谁知昨晚九点多，店里快关门时，一下来了五六个男的，服务员跟他们说要下班了不营业了，他们理也不理，径直上楼奔那小包间，把两人堵在里面，后来才弄清是霞子男人带的人。秦伊力说，那男人出来了？朱老板说，听那样子出来一段时间了，老顾跟那霞子躲来躲去，那男人成天是跟踪着他们呢。霞子要离婚，男人不离，一口开价五百万。你想么，堵在里面能有啥好事，又是打又是撕扯，热汤凉啤酒的，把两人浇成了落汤鸡。你想这事我咋能出面呢，我出面把我也就黏进去了，就让服务员上去阻止，说是再不然就要报警了。那男的说，报警好啊，立即报，等警察来之前，我先把这对狗男女灯给摘了，一人只摘一个。秦伊力问，摘啥灯？朱老板笑道，灯就是人眼么，人两眼不是跟车灯样，这都不知道？当时一听这话，老顾首先急了，说别报警千万别！那帮人把他俩身上钱和银行卡全都搜出来，然后又逼着老顾写欠条，那男的说，快写，五百万，一分不能少。老顾捏着圆珠笔，手哗哗抖，恳求说，这，这太多了。那男人说，太多了？你俩成天××咋不嫌多呢？她是我老婆我知道她是个烂×，你非要当金×呢么，金×就值这个价。你说你写不写？说着掂起啤酒瓶又往头上浇，不忘给霞子也同时浇上，说再不写我就拿酒瓶砸了。顾若虚只好说，我写我写。他们拿到欠条又纠缠半天才离开，走到门口就拿酒瓶砸老顾名字，还拿烟头拿打火机乱烧一气。老顾跟霞子下楼时都软瘫了，把我饭钱没结不说，还是我给他们掏的出租车钱。白小白跟秦伊力嘀咕说，看咋样，我说那霞子非出事不可呢。

第五剑问朱老板，贾宝民来了么？朱老板说，早都来了，在楼上包间坐着呢，瘦得没个人形了，戴个墨镜还捂个大口罩，那就能捂住吗？孙悟空放屁呢，早臭到天宫了。嗐，咱普通人就找普通人么，找个那女人，图人家当官哩，这绿帽子戴的，猪尿泡打人，疼倒罢了，臊气难闻的。见没人接话，又说，快都上楼去吧，里面凉快。

大家上楼进到包间，贾宝民的墨镜口罩早已摘掉，赶紧迎出来，嘴里呜哝着听不清字味，只是跟大家握手，把第五剑的手紧紧握住摇晃半天才松开。贾宝民本来就瘦小，这下越发瘦得腰似乎能两把拃住，比瘦更突出的，是那脸色霉青一脸的憔悴和疲惫。坐下了第五剑扔过去一根烟，说我这烟不好。贾宝民赶紧接了点上，苦笑一下说，这段啥烟都抽，急了还揪干树叶卷了抽呢。秦伊力问，鄢市长现在情况咋样？贾宝民说，我也是出来才打问了些情况，具体也不大清楚。白小白说，我们还就说想去看看鄢市长呢，看她需要衣服啥的送上些。贾宝民说，只能等有结果了再说。白小白说，没事，人生么，谁还不遇到些挫折了。秦伊力说，就是的，想开些。然后两人一递一合地扯起了人生、挫折、苦难、坚强这些词儿，没完没了说着轻飘飘的安慰话。贾宝民低着头一个劲儿抽烟。马川坐在一旁似听非听。第五剑则干脆面朝了窗户，给大家个背身，只是抽他的烟。

一帮子弟兄陆续到了，一共又来了六个人，都是跟第五剑和贾宝民一起干过同样事情的人。这帮人都是粗人，大家围坐了桌子，除了寒暄没有多余话，只是个喝酒。白小白和秦伊力喝不了酒，话却不少说，不外乎还是那一套鸡汤式安慰，翻来覆去。马川作为局外人，几乎不吭声。他发现第五剑今晚也是很少说话，因为开车他没有喝酒，饭菜也吃得不多，只是个抽烟。而贾宝民，一开始还想控制住情绪，渐渐喝多了，鼻涕眼泪的，还是要继续喝。

马川看到第五剑出去了一阵，回来后说，弟兄们，我跟马川还有点别的事，就先走了，咱们改天另聚。单我刚买过了。那帮人都挽留着不让走，贾宝民更是抱住第五剑，舌根发硬说，老，老兄，你……你不要走。

好说歹说，第五剑和马川才一起离开。坐上车马川问，你今儿是咋了？第五剑说，我还以为就通知的一帮弟兄们，大家在一块儿把啥话说说也好，谁知把那两个女人也叫来，根本就坐不到一起的人，瓜匹么，唯恐人伤口结痂了，一遍一遍撕开。她们那是安慰人吗？糟蹋人哩！马川笑道，还说我是善人呢，你老兄才是刀子嘴豆腐心啊！第五剑说，嗐，这回看来，也是给娃把乖教了，一下子倒势了，咱不就是看着娃可怜么？

第五剑说是改天再聚，第二天晚上，就把贾宝民和弟兄们又招呼在一起。他叫上马川，在公园附近找到一家名叫"新疆人"的饭店，正儿八经是新疆人开的，里面有包间有空调凉凉快快，说说话也方便。贾宝民又是第一个到，戴着墨镜但今天没见捂口罩，一进来就卸掉墨镜，伸出双手跟他们又握又摇的。大家坐下来，第五剑递给他一支烟两人抽着，贾宝民低着头心事很重，烟抽了多半根也不知道弹烟灰，直到烟灰落在衣服上这才欠身弹弹。贾宝民说，唉，这真是一场梦啊！第五剑说，现在是个啥情况？贾宝民说，她那里前前后后落实下来，将近两千万，数额够大的，财产没收下来，也就是不到一千万，原来那男的，不是吸毒么，有多少钱烧不完？我在里面，人家把国家反腐的大形势都给我讲得清，既然犯事了，想逃是逃不脱的，咱也就认清形势，积极配合，反正是把我参与的知道的都给人家说了，并答应积极退赔，房子啊车啊，全都退赔，这样就争取了个免予起诉，也是想给她增加些从轻情节，看能少判上几年不。第五剑又递给贾宝民一支烟，并且帮他点上。贾宝民说，我出来才知道她的处理结果，其中有些话，作为丈夫的身份，确实不好接受，但仔细想想，她一路下来，也确实不容易，比一个普通女人，不容易多少倍。我俩在一起后，我也是把握不住自己，没少胡佯狂，给她添不少事。如今事已到这地步，比她官大的都死了，还说啥呢。再说良心话，我的情况老兄你尽知底，咱原本比人家低多少！文化啊各方面素养啊，都相差太远。我在里面把不想的都想了，上帝这是要把我和她之间扳平，从此做平平常常的夫妻。她的案子，可能是要异地审判，听说是快了。我自己这下找个本本分分的事情干着，等判下来我就去看她，把啥话都说说，反正不管多少年我都等着她出来，重新做人好好过日子。第五剑说，兄弟你这么说我也就放心了，有些话我是想问又不好问，深不得浅不得，这下你都说出来了好得很。你这二年是没干咱的老本行，如今这人不知都咋了，遭灾遭难的就不说了，千奇百怪横死的，自个儿寻死的，越来越多，从小娃娃到七八十岁老人，许多事人想都想不到。这么再一看，人这一辈子还不说干啥了，能好好活着，活到个自然死都算是福气呢。没有啥，兄弟，跌倒了咱再爬起来。贾宝民往前一扑一腿已经跪地，第五剑和一旁的马川急忙上前扶起。贾宝民说，老兄，我前两年也是得意忘了形，有啥做得不好的，老兄你都原谅。说着竟是泪流满面。第五剑说，好了好了，咱现在就不说那些客气话了。

　　一帮伙计来齐，要的烤肉烤筋烤鱼烤羊排手抓肉，这里的饭菜当然是以羊肉为主，再加上几个凉拌素菜，就是丰盛的一桌饭。酒也喝的是新疆伊犁特曲，这种酒力道十足，却是实实在在，喝了不上头。只是酒不知怎么就喝得沉闷，这帮伙计平常都是干的苦力活，没有什么花言巧语，再加上今儿是为贾宝民的事聚在一起，他不说的话，弟兄们不会主动问，所以不沉闷也难。贾宝民吃着饭，不时停下来，捂着嘴用牙签剔牙，他解释说，不好意思，这段牙全都松动了。第五剑一听，赶紧叫来服务员说，师傅麻烦一下，把这些肉都给我们重新加工一下，弄软和些。等重新加工了再端上来，贾宝民再吃起来果然好多了。贾宝民吃肉最多，看来这段把胃口吊的，真是馋了，边吃还边说，今儿吃这个才过瘾，那猪蹄把人吃得急的。第五剑笑道，大口吃肉大碗喝酒就是要找这种地方呢么，我也不知人现在咋都爱往那朱蹄坊去呢。几个伙计附和道，猪蹄有个啥吃的？没听老人早都说过，有钱不吃猪的脚，人吃得少，狗吃得多么。又有人说，就是的，啃那猪蹄啰嗦的，还不如啃自己拳头去。马川觉得好像说自己似的，想起自啃手腕的事，下意识把手放在了桌下。

大家嚷嚷着哄笑着，气氛却是渐渐热火起来，纷纷给贾宝民敬酒。

白小白突然闯进来把人吓一跳。白小白手里端着玻璃杯说，来来来我以饮料代酒，敬大家一杯！大家于是起立，莫名其妙端了酒喝。白小白说，我一来就发现你们也在这里，女儿前段跟我家老尤去了一趟新疆，回来还念念不忘的，满城找着要吃新疆羊肉，就找到这里来了。马川赶紧招呼她坐，大家这才一起招呼说，快坐快坐。白小白就坐了，又对贾宝民说，我昨天还跟秦伊力说呢，我俩啥时候也要专门请你一回，事都过去了，给你压压惊。贾宝民说谢谢，那就谢谢！白小白说，今儿先借花献佛吧，我也敬你一杯白酒。说着已给贾宝民添满酒，自己也找个酒杯倒上，站起来说，咱们干了吧，话都在酒中了。喝完做出满脸痛苦状，挤眼抿嘴，又一同张开说，我平常喝不了酒的。

马川看到第五剑双手捂脸不语，就站起来，端了酒杯拿了酒瓶跟白小白说，尤老兄我好长时间没见过了，我得出去打个招呼敬杯酒么。白小白说他又喝不了酒，这才跟马川出来。他们是在店门口露天座儿上，马川上去说，哎呀，坐这地方凉快，尤老兄，好久不见了，来，敬你一杯酒。老尤忙推辞说，哎呀，我可是喝不了酒的。马川说，来嘛，少喝一点。找个空杯倒了半杯，一起喝了。老尤一脸痛苦状说，哎呀，确实喝不了。白小白给女儿介绍说，这是你马川叔，人家才是真正文人呢，书读得多的嘛，古今中外很难找到他没读过的书。姑娘叫着叔打招呼，马川急忙说，不敢不敢，这一白过去印象中还是个小孩么，如今都长成大姑娘了。白小白说，这学期就要上高中了。

马川出去应酬了一番回来，看到贾宝民正在一个一个回敬大家喝酒，早已红脖子涨脸。第五剑在一旁拦挡说，让宝民随意喝就行了，咱们今儿总量控制两瓶酒，就这你们算算，一共七个人我开车不喝，一人下来也三两多酒呢。

还好白小白中间没再进来搅和。只是他们一家人吃完要离开时，进来打个招呼，说那你们慢吃，我们先走了。又跟贾宝民说，我跟秦伊力这两天就安排，到时给你打电话。贾宝民客气说，不急不急，你们都忙的，随后再说吧。白小白说，就凭我们跟鄂市长的关系，这个一定不能少。你一定要想开些，好好休息保重，那我们就先走了。马川出去送了送他们。

贾宝民到底还是喝多了，让人招呼到卫生间去，把吃的东西全都吐了出来，回来趴桌上半天不动。第五剑说，都是些二杆子货么，说是控制两瓶，紧拦挡慢拦挡还是整了三瓶，你们明明知道他又不能喝酒。咱本来是想让他多吃些呢，这下倒好，等于没吃。贾宝民趴在那里呜呜哝哝说，没事我没事，我是见了弟兄们高兴。第五剑问，看你还想吃啥，给你另要些？贾宝民摆手说，不要啥都不要，今儿高兴……第五剑结账时，还是又要了几个馍，给贾宝民带上。

几个人把贾宝民扶上车，各自散去。第五剑开车和马川送他回家，贾宝民现在住回到父母留下的破旧工房，在铁道北。长宁城日新月异变化着，这里却破破烂烂面貌依旧。城市跟人一样，有脸面也有屁股，这里就属于城市的屁股。

送完贾宝民他们往回走，第五剑说，我们那帮伙计，今儿我要不拦挡，不整掉五瓶六瓶酒才怪呢。马川说，他们确实能喝。第五剑说，咱倒是不怕人喝，就怕把谁喝出个啥事儿就麻烦了。嘻，还有你那白领导，我要是不服她就骂先人去，瓜匹话咋就那么多？马川只是笑笑，不说啥。第五剑说，我下来最佩服的就是你，跟那么个瓜匹竟然能共事，放我两天半就弄翻了，看来你到底还是念旧情呢么。马川说，不过，你再换个角度想想，那么多人原来都扑着跟领导套近乎，如今一出事，躲得远了还想再远，她跟那个秦伊力，不管咋说总还没有躲开，无非是说话欠妥一点，比起别的人来，好到哪里去了？第五剑说，哈，我说是你念旧情，真是没错说你吧？马川笑道，旧情归旧情，如今井水不犯河水的，车走车路马走马路，那有个啥？第五剑说，佩服佩服，你修炼成神了。马川笑道，社会就是这样，先把人弄病，然后让人治病，有人能治好，有人希望治好，治好的治不好的，最终全都加入了神的队伍。这就跟股市一样，那么多人都想着赚钱，结果呢，啥没见着，大多数人一扑进去先折了血本，于是赚钱很快变成了捞本，一天天巴望，捞回本钱就算是幸运，这么佯狂着，天下幸运人不就多了吗？第五剑说，怎么，你又弄股票了？马川说，没有，我早几年都认得狼是个麻的了，还弄那干啥！

第十三章

　　诚如马川所言，白小白给予他人的安慰，也许廉价了些，却未必不是出自善意。但不管白小白自己意识没意识到，她都是通过对别人的安慰，来寻求着自我安慰的。

　　白小白心里装满着两大疼痛，一是心疼着那笔上千万的血泪钱，二是心疼女儿尤一白。女儿的事，很快上升为最要紧的。女儿在家时，三天两头闹得人不得安生。这段跟老尤一出去，晚上剩下白小白一个人在家，那问题非但没有弱化，反倒是放大了。人在夜晚，尤其是一个人的夜晚，容易把问题想得越发严重。

　　白小白来回往长宁中学跑。前面托人给校长说了校长也松口了，眼看到了开学季，再找校长说，校长竟然不记得，说半天才想起来。也难怪，长宁中学是长宁市第一中学，每日从早到晚，找校长的人在门口排队。现在都是独生子女，一家一个孩子，一个比一个宝贝，但到了这里，每个孩子能作为一个数字纳入校长的总盘子里，就算幸运。分数高的学生，人家当然不成问题，学校抢着要呢，不要学费，学校还给倒贴奖学金。麻烦的就是尤一白这样的学生，金字塔状的分数结构中，每往下落一分，人数就几何级数式增加，更何况尤一白是差距大、分数靠后的。

虽然上面三令五申不允许收取择校费，学校最终还是不得不沿用往年做法：在学校原定的录取分数线基础上，下延二十分，一分一万。这也是不得已而为之的办法，得到学校所属的区领导默许，加之钱是收到学校又不是装入个人腰包，校长理直气壮。这样一来，把一大批家庭经济困难交不起钱的学生给卡掉了。但要按尤一白的成绩，首先是录取不了，即使录取，也得交七十多万择校费。白小白又找校长，校长说，进来我可以让娃进来，但钱得交，这没有办法。白小白只好又把所托的人找来一块儿跟校长说，校长说，那就先放一放，到后面再看情况。后面，白小白软磨硬缠，校长算是给落到了十五万。校长翻着册子让她看，说这就是我能给你最最优惠的了，你看么，都比你娃分数高，哪个又是少于十五万的？这事情基本上是个明的，人盯人，弄不好我这校长就没法当了。白小白只好接受下来。

这一头总算有了着落，那一头又得考虑着怎么跟女儿说。因为尤一白前面开出的三个条件，最低也是要到省城重点中学读高中。她要是不愿意去长宁中学，一切都白搭。不过白小白感觉到，父女俩这回去新疆，从伊犁到赛里木湖到楼兰古城，一路下来，女儿看来情绪不错，借着他们还在外面，得把这事情说好了才好，回来再说女儿要是再犯性子，想起来就让人害怕。新疆时差要晚两个小时，白小白晚上总等到十二点一点，等到他们到宾馆住妥了才打电话，先是跟老尤说，探问女儿情绪好了，这才跟她说。白小白说，宝贝，今天逛得怎么样啊？白小白平常并不这样称呼女儿，因为不在身边，才故意找出这种亲昵口吻。尤一白说，很好啊，就是太累。接着就滔滔不绝说起一天的所见所闻。白小白耐心听着，不时附和叫好。等女儿说完了，才试探说，宝贝，你上学的事，我考虑还是在咱长宁中学上吧，你想你一个人要到省城去上学，我跟你爸还不放心呢。尤一白说，我爸啥时候说他不放心了？一下把白小白噎住，缓了一下才说，你看是这样的，咱长宁中学人家也是重点高中，每年考上清华的北大的上十人呢，再说了，省城重点高中那里，我一直还没有找着合适的关系。尤一白打断说，那你就直说你没能力把我弄到省城重点高中不就行了，还非得先要说替我考虑？好了，我累了要睡觉了，就把电话挂断。白小白在这边一下子凉了半截，想再给老尤把电话打过去，又怕女儿犯病，想来想去，给老尤发了个微信：你明天跟她再好好沟通沟通吧，祝你们晚安！

第二天他们游览吐鲁番的火焰山葡萄沟，又是等到十二点过了，白小白才打电话给老尤，说了几句又让尤一白接的电话。尤一白打着哈欠说，又是来你那一套？我爸今天都跟我叨叨一天了，你还要啰嗦？白小白笑道，我也就是跟你商量呢么。尤一白说，你们想过没有，我如今要是再到长宁中学去上高中，让原先那帮同学怎么看我，他们还不拿尻子笑话我？再说了，我自己也不甘心，既然我要走普通人的路，为什么要我付出代价？既然我付出了，为什么又要退缩回去？咱再从金钱来算，这些年跟上你，什么笔会啊采风啊，倒是没少参加，我算了算，总共拿人两万来块钱，这我都在QQ空间记着账呢，听我爸说这回要上长宁中学的话，就得给人交十五万，到底是哪个多么哪个少？我又不是笨猪，我要学功课的话，学不过那帮王八蛋啊？咱曾经以为自己是凤凰，这下倒好，落在那帮鸡群里，连鸡还不如了。你说，我怎么能甘心？我要是个普普通通中学生的话，怎么能遇上巨也天那个秃头猪，即使遇上了，他把我动动试试？白小白说，嗐，这都怪我，当初考虑不周。宝贝你给妈说，巨也天他到底是做啥了没有？尤一白说，行了行了咱不说这个了。又是把电话挂了。白小白半天愣在那里。是啊，不堪回首，自己的虚荣心把娃害了，幸亏她还不知道那一千多万的事。不过感觉女儿像是有些松口，也才稍稍安慰了些。

等到他们顺利归来，白小白眼睛只是盯着女儿上下打量，尤一白说，咋了，不认识了啊？白小白笑道，你还别说，真是不敢认了呢。尤一白说，成丑八怪了？白小白赶紧说，没有没有，是有些晒黑了，也似乎高了，但更重要的是人精神了阳光了。尤一白说，新疆本来就是阳光之地嘛，不阳光都不由人。白小白说，看来杜教授那药也好，完了等他回来，咱再去开点。尤一白说，好得很好得很！回头冲老尤做个鬼脸。

白小白本来早几天就开始采买了，鸡鱼牛排鸡蛋蔬菜的，把冰箱塞得满满当当。想着他们在新疆天天少不了羊肉也就没买，偏偏尤一白一回来又要吃羊肉。白小白说，还吃羊肉啊？羊肉吃多会上火的，换个口味，吃点咱家乡饭吧。尤一白说，我们去十几天，天天吃，咋都没上火呢，爸你说对不对？老尤笑笑点头。白小白觉得，女儿还是跟父亲亲近，这回出去一趟，越发是了。

那天晚上在"新疆人"吃完饭，尤一白又去会同学了。回到家白小白就跟老尤问起女儿这次出去的情况，老尤说，娃好得很，又懂规矩又有礼貌的，走到四处，大家都喜欢她。往后再甭说娃有啥病了。白小白说，谢天谢地，这就好得很。咱就这么一个娃，她再有个一差二错的，人怎么活呀！今晚他们在包间，就是给鄢的丈夫接风呢，昨晚我们一起都坐过一回了，鄢最少还不判个十来年，那么大个官，突然就这样了，还好那贾宝民是出来了，你说他们以后那日子咋过呢？老尤说，那姓元的不是还吊死了么，他们自己把事做到那份儿了，别人有啥办法？他们把别人都当傻子，以为自己做的啥事神不知鬼不觉的，一旦乌七八糟一揭开，死的死关的关，天王老子也救不了。老百姓还不是该咋样过照咋样过，才不管他们那么多呢。

白小白平常很少跟老尤扯到这些话题，听这么一说，心里竟是一惊一凉的。她转移话题说，长宁中学的事，咱一白看样子是同意去了？老尤说，应该问题不大。白小白说，唉，这下就让娃安心地去好好上学吧。老尤说，想起来，咱们在教育娃上，确实有教训。这些年你参加的那些活动，你要带她，我也不好说啥，都没挡过，现在看来，真是把娃害了。如今这网络时代，像这个年龄的娃，说起来啥都知道，其实还是一张白纸，单纯得很，你咋塑造她咋来。这社会泥沙俱下的，成年人常常都迷失呢么，更何况一个小娃？还是让她跟其他孩子一样，好好念书，走正常的成长路子，可能要好一些。将来考上个好一点的大学，等到大学毕业，她自己就会知道怎么选择个人发展方向了。这回出去，一路上我都在给她渗透这种观点。白小白低头说，嗯，就是的。老尤说，我这是初中毕业就外出打工，还算是因为好学一点，才弄了个技术工，没有干过太苦的活。你比我强，可惜也没上过大学，后来是通过上党校才弄到的大学和研究生文凭，但社会上又不好好认这种文凭，所以到了咱娃，我就一心想着让她上个正儿八经大学才好。白小白说，你说得对着哩。老尤说，咱一白多聪明的，她要是真正走上正轨，我不担心她学不过别人。白小白说，我也这么想的。

这个家里，白小白当家，平常只有她说话的份儿，老尤是轻易不吭声。这回反过来，算是老尤给白小白上了一课，却是让白小白心服口服不说，还让她突然明白，自己曾经忽视了别人，以及忽视了的许多东西。老尤以前不说是不说，心里啥不知道啊？

尤一白开学后，因为当初许多同学都分到了实验班，而她理所当然只能分在普通班，回家闹过一阵情绪。实验班就是过去的所谓"尖子班""火箭班"，按如今规定，不许再把学生分为三六九等，所以学校就搞了变通。应试教育下，既然是按分数考大学，高中阶段当然会分级培养。白小白这下把老尤推在前面，来回跟女儿谈心，因为她已经明显感觉到，在女儿面前，老尤比她说话管用。老尤跟女儿说，我也去学校了解过，学校的实验班划分，实行的动态管理，只要成绩上去，咱不愁到不了实验班。尤一白说，我就是看到过去那帮同学一个个张狂兮兮的，让人太受刺激了。老尤说，只要你用功学，笑在最后的，还说不准是谁呢，爸相信你！尤一白一听笑了。往后也便渐渐稳定下来。

白小白原想着把女儿上学的事一落实，内心的负荷就会卸掉大半。却不料，心里刚腾出的地方，很快就被那一千万占领，血泪翻腾，夜不能寐，搅得人不得安然。白小白清楚，以自己的能耐，就是把后半生卖了，再也不可能得到那么多钱。

她跟秦伊力随时打听着长龙公司的消息，却不好再打电话，只是一有空就开车过去遛一趟，每次都是铁门紧锁，好不容易等到那铁门打开了，她们把车停在院子，急匆匆上楼，楼梯楼道扑满灰尘，依稀看得见脚步的痕迹。长时间没人使用的房屋就是这样。二楼的房门全都关着，看不见人影，她们还是直奔了财务部。还好财务部的门开着个缝儿，一推开正好是孔令枝部长一个人在里面，凳子离开桌子一截，背身坐在那里朝窗外发呆。白小白跟秦伊力几乎同时说了声，孔部长好。孔令枝吓了一跳似的，回过身来说，哦，你们来干啥，怎么不打招呼就跑来？白小白说，我们看门开了，就进来看看。孔令枝一脸阴沉，加上没有像过去那样刻意化妆，脸上和嘴唇都一副失血了的灰紫色，她站起来拉拉藏青的真丝套裙，把凳子挪出刺耳响声，然后坐下，却并不正脸看人，说你们是啥事。秦伊力手指上转着车钥匙环儿，粗声粗气说，我们还能有啥事？孔令枝这才仰视秦伊力一眼，高大胖不说，毛茸茸唇髭圆鼓鼓眼睛，活像是白小白的女保镖，两人一起站在桌子跟前。孔令枝这才意识到某种威胁似的，急忙说，噢你们坐吧。伸手指指面前的沙发。秦伊力走过去就要坐，白小白挡住她说别急别急，从包里掏出纸巾，本来是想擦那落满灰尘的真皮沙发，一转念又铺了两张纸巾在上面，两人直直坐下，免得沾上沙发靠背的灰尘。孔令枝说，对不起，长时间没人打扫，纯净水也没有了，没法招呼你们喝水。两人不吭声。孔令枝说，你们还是来说集资款的事吧？白小白还是不吭声。秦伊力说，对。

孔令枝干咽了几下，细细的脖子一起一伏，然后才说，长龙公司的事，如今明茬儿摆着，庞老板死了，底下四个兄弟如今都关着，最后能留下几个，还不知道呢。家里剩下的，都是些女人，过去争着抢着插手，生怕把谁少了，如今你叫她们谁来管这一摊也没人上手，都躲得远远的。她们撂出的话就是，把公司关掉抹掉，这下也就干净了。白小白鼻子里哼了一声说，抹了？没有那么简单吧！秦伊力却是不住转动着她的车钥匙。

孔令枝又是干咽了几下，笑笑说，论起咱也只是个打工的，我管公司财务这摊，以我掌握的底细，真正能抹了倒是好了，就怕抹还抹不掉呢，这所谓的长宁市建筑行业老大，公司的总资产，其实就是个巨大的负数，那数字说出来都吓人，所以咱这里也就不说了。你们可能想着，集资的钱既然这下没老板了不用了，退出来不就行了？可是钱在账上哪里停得住，银行跟吸血鬼一样，有一滴血恨不得还吸两滴呢，一看企业不行了，紧着想收回贷款。我管财务这块，一天到晚就是拆东墙补西墙。你们可能觉得，如今房价那么高，成本才有多少？真要那样的话，我们还不知多高兴呢，钱恐怕都楼房样摞着了。你们就不知道每年黑塞出去的钱有多少，咱说呢，哪个能当老板的人不是人精？庞老板更是人精里的人精了，可是他不黑塞能行吗？塞出去的钱，人死了的要不回来吧？关起来的，收缴了赃款也是入国库，问谁要去？还有没死也没关的，庞老板自己一死，得着黑钱的人只剩下偷着乐了。眼下明打明的账不是还在这儿摆着嘛——孔令枝把她那干瘦的手指伸开，扳指头说，一个，长龙大厦这回一爆破掉，上亿元资产不是成灰了么？二一个，前面死了的铁老板，还有早前庞家兄弟开砂场死的那些人，这回刑事案子追加民事赔偿，不都要给人家赔钱么？拿啥赔？孔令枝摊摊手说，情况就是这样子，包括我自己，这几个月一分钱工资都没领了。

白小白说，我们是来要回集资款的，倒是听你诉了这一堆苦。我们当初是经你手集的资，当然要找你要。孔令枝说，经我手对着哩，我又没有把你们钱装自己腰包，账在那儿放着呢，公司这样子了，我有啥办法？A组集资这块，你们也应该知道是怎么回事儿，领导亲戚什么的，都是重要关系户，说白了就是变相给人输送利益，再说不好听点，也许还是一种洗钱。那么高的息，其实你们当初就应该想到，让羊生出牛犊，正常吗？我也不隐瞒你们，A组的集资名单，警察全都拿走了。元、鄂出事后，不少人吓得提都不敢提这事，唯恐警察找他们，呵呵，就是你们，还急着找来。白小白说，我们怕啥？我们这是血汗钱，又不是什么黑钱。孔令枝说，这个，咱在这儿说没用，咱就希望大家都没事就好。秦伊力说，有没有现房可以抵还？孔令枝说，现房该卖的全都卖了，在建楼盘倒是有几个，都是半拉子工程摞在了那里，一部分还是卖出去收了用户钱的，谁知将来还能续建不，假如再要拆除的话，赚不回来不说，还得倒贴垃圾运输费呢。白小白说，照这么说，还真是啥办法都没有了？非得逼着我们到时候告法院打官司？孔令枝一听，突然拍手站起来，趁机再拽平她的真丝套裙，阴阳怪气说，就是就是，你们告去，人说死猪不怕开水烫，这长龙公司如今大卸八块了，滚油煎炸都不怕，我们还真希望谁承头告一告，告了，政府兴许还能拿钱把集资款先兑付了，我们的工资也许就能拿到，对大家都有好处，我说的可是真心话呢。白小白说，政府凭啥拿钱呢？孔令枝说，当然是为了稳定呀！

　　不来找还心存一线希望，这下一找，倒像是连门都没有了。白小白跟秦伊力下楼坐在车上，白小白脸都煞白了，一连长吁几口气才说，伊力你以前不是夸孔令枝这女人端庄清秀素质高么？今儿再看看她那嘴脸，还清秀还素质高不？秦伊力开动车子说，人真是看不来，你看她过去见咱们多殷勤的，每月准时把利息结清，用信封装好，上面还写清钱数，笑吟吟双手递过来，这突然怎么就换了个人似的？白小白说，这就叫此一时彼一时，咱们那时候也是狐假虎威呢，如今啥形势，连老虎都是死的死关的关，把咱这小狐子算啥呀！我就是怎么也想不通，咱们那些钱，真的就这么打了水漂，连个声气也没有了？秦伊力说，谁知道呢，只能是慢慢走着看着吧。白小白说，唉，我还说是娃一上学就会好些，谁知状态越发差，啥事都捉不住干，我前段不是在给马栏县老区写一本纪实文学么，才搞了个半拉子，却没有一点心思再拿起来了。

第十四章

当白小白的思想情绪过山车般颠簸，老尤的生活节奏却是雷打不动。

因为白小白长年在外面跑的时候多，即使人在城里，这活动那聚会的，回家吃饭也少。而老尤却不一样，在这个女人当家的家里，做饭的职权属于男人，老尤这些年一直都在行使着这种职权，一日三餐，按时给孩子做饭。从来不懒惰塞责，让孩子在外面买饭瞎凑合。现在外面的饭菜，能放心吗？尤一白跟着白小白去参加那些笔会、采风活动，加起来虽说不算少，相对于日复一日的时光，毕竟还是极少数时候。每次跟同学说起来，尤一白都会得意地说，我老爸可是个优秀饲养员呢。

这下女儿上高中了，老尤更是完善了饮食计划，每周大体排出一个菜谱，让一周内的饭菜不重复，并且兼顾多种营养。对于女儿爱吃的菜，猪蹄过去是拿老式剃须刀来剃净猪毛，后来发现这样还是不彻底，毛根除不净，就改用了镊子细细地拔。他可以拿出耐心，在灶台前一站一两个小时为女儿做一道可口饭菜，比如松鼠鱼，比如韭菜合子，比如肉馅锅贴。而骨头汤要熬到牛奶一样发白浓稠。每次看着女儿吃饭多吃得香，老尤就知道女儿状态是好的。高中三年，将一晃就过去，而这三年形成的差距，如果考不上好一点大学，往往一生也弥补不了。老尤决定，这三年要精心侍候好女儿，为她陪跑，给她的冲刺助力。让老尤感到安慰的是，尤一白慢慢静下来，不再像过去那样忽冷忽热毛毛躁躁的。连续几周，在学校的功课测验考试中，成绩也在逐渐上升。

要说老尤心里还有个结，就是关于那个叫做巨也天的人。在新疆一路下来，他跟尤一白几乎啥话都说，当孩子的内心世界渐渐在他面前打开，老尤才突然发现，以前虽说是整天生活在同一个家里，他竟然是那么不了解孩子。尤一白除了说学校生活，说老师同学，很自然也说到这几年跟着母亲参加的那些笔会和采风活动，但一说起来，她对那帮男男女女却是厌烦甚至鄙视的多，很少说到让她崇拜的人。想想也是，真正的大家，大概不屑裹在那类活动中的，热衷此道的却很少例外是些不入流又不甘寂寞的人。老尤之前跟白小白从来不说这些，但多少也能想象得到，听尤一白一说，他才知道比他想象的还要更烂。尤一白说了许多人和事，她说，爸你是不知道，那里面且不说真正有才气的，就是神经正常的人都不多。可是每次说到巨也天的名字，尤一白除了骂他猪狗不如，都会很快中断话题说，好了好了咱不说那王八蛋了。巨也天到底对尤一白做过什么，老尤不敢去想，但肯定是不好的事情。

老尤这些年炒股，除了买菜做饭，就是坐在电脑面前。自从白小白收走了他的一笔资金拿去集资，剩下一点钱也就是玩玩消磨时间，心里反倒没有了压力，闲了就在网络游逛。从新疆回来，老尤集中在网上搜罗起巨也天的资料。巨也天到底算不得个人物，网上资料也便星星点点七零八落，但全都让老尤给搜了出来。

巨也天大学毕业在民办的西部学院当过老师，教影视编导。但只是教了一年多就被解聘。论坛和贴吧有"流氓教师巨也天"的帖子。

巨也天创建新影视研究会，发起"一个人的电影奖"，每年一评，奖金一元，一开始很是炒腾过一阵，后来不了了之。

巨也天发起"中国电视剧排行榜"和"大陆影视富豪榜"，搞了两三年后，没有下文。

巨也天创立"中国影视点将坛"，文章火药味十足，从谢晋到张艺谋，一一全盘否定。

巨也天的照片，查来查去就只是那么一张：虽然秃顶，头脸上却是毛发乱窜。五官中能稍稍看得清的，只有一双小眼，其余都在乱草掩映之中。

巨也天到底是干什么的，查不出来。但是个混混子毫无疑问。

老尤既然是个不错的"饲养员"，就能从胃口上及时发现尤一白的些微变化。已是一连几天，老尤注意到尤一白情绪波动，食欲不佳。老尤问她，是不是这回测验成绩下降了？尤一白说，没有没有好着呢。老尤笑道，那就是有其他事了？心里要有啥事就及时说出来，老爸说不定还能帮着你呢，咱俩去新疆，不是达成的哥们儿协议吗？尤一白咬嘴唇沉闷半天说，爸，你说这回要是真的有个出演电视剧角色的机会，我还考虑不？老尤说，我得弄清楚是啥情况，然后再为你参谋。尤一白说，你先说考虑不考虑。老尤沉吟着，故意说，如果确确实实是真真正正的机会，可以考虑。但你得让我知道究竟是个什么底细。尤一白说，老爸那咱可说好了，如果是真正的好机会，你得答应我去。我妈那里，我还先不跟她说呢。

老尤说，好的。尤一白说，就是咱上次说过的那个巨也天么，他不是从微信上消失了一段，这下又冒出来了。他说他这段时间是关闭通讯工具，切断一切外界联系，潜心搞了一个剧本，就是为我量身打造的，他并且要亲自导演，这几天消息一出去，来找他要角色的把门槛都能踢断，他是看我沉得住气值得信赖，觉得还是非我莫属。老尤心里咯噔一下，那货终于冒出来了，他大概是看尤一白这边没有找他没有声张，平安无事，又在想着得寸进尺了。老尤控制着情绪说，他打算怎么个实施法？尤一白说，他说先要见我，具体谈谈。老尤说，那你的想法呢？尤一白说，如果真的是个机会，我真不甘心失去。老尤故作平淡说，那你就见见吧。尤一白立即一脸惊恐说，见他……我恶心那货，又有点怕。老尤说，你跟他说你现在功课紧走不开，没时间见怎么办？

尤一白按这意思发微信过去，对方立即回复过来：我到长宁正好还要办点其他事，下午过去，住下了给你信，你下午放学过来，一块吃饭聊聊，也不影响功课，怎么样呢？尤一白说，这咋办？老尤说，你回复他可以。尤一白说，哎呀，他竟然今天就来，我都怕死了。老尤说，没事，如果你放心哥们儿，老爸先跟他见个面好好谈谈，必要了你再见他，你看可以不？尤一白说，那好吧。尤一白这边一答应，对方立即回复过来：那就等我信儿，下午见宝贝，大哥等你哦！

下午尤一白还没放学，巨也天就早早到了，住在一个七天连锁酒店，告诉了她房号。而老尤一下午都在家里走过来走过来，坐不下来。尤一白一放学打电话说，老爸，那怎么办，是我等你咱们一起过去吗？老尤说，不用，你先回来吧。尤一白回来了，老尤说，你坐家里好好看书学习，我先过去，完了叫你你再过去。尤一白说，那好吧，我老爸这人老实本分的，你跟他谈他也哄不了你，像你这么高大男人也不用怕他，那货是个小瘦猴。老尤拎个旧帆布包出门，尤一白说，还拿个包干啥？老尤说，看人家有啥资料了，带回来。

老尤到宾馆，刚走到那间房子门口，还没来得及敲门，门已迫不及待打开。巨也天一迎出来，却立即僵住。老尤说，呵呵，我是尤一白父亲，我先过来，她后面来。巨也天尴尬地说，噢……噢那快进来坐。老尤把房门在身后关上，没有坐在巨也天指给他的沙发上，而是拉出写字台底下的凳子坐下，把帆布包顺手放在桌上。巨也天忙着倒水泡茶，借以打岔。老尤说，不用倒水了，我平常都是自己带水的，说着从帆布包里拿出他的大号水杯放在桌上，里面浓浓的茶水是在家就泡好的。巨也天还是完成了他的泡茶，把一杯茶水放在老尤水杯旁边，然后站着来回搓手。老尤说，你坐下，咱也就不用绕弯子了，你说这回为尤一白准备的剧本是个啥情况？巨也天就把他那一套话说了。老尤说，具体是个啥内容？给尤一白的是个啥角色呢？巨也天说，剧本内容比较复杂，不是一两句话就可以说清的。老尤说，那你带了剧本没有，我看看也学习学习。巨也天说，剧本在电脑里面，我今天没带。老尤说，没带咱就先不说了，其实我今儿来，主要还是想跟你谈谈，上次采风，到了宁夏，究竟发生过什么？我能问你，就是我已经掌握些情况了，咱现在是两个选择，一个是你得老老实实把所发生的事情说清楚，二一个是咱立即报警，跟警察说清。巨也天一双小眼满是惊恐，急忙说，不报不报警，有啥话咱们说就行了。老尤说，咱们说可以，但你必须按我的要求做，你可想好了，不行了咱就报警。巨也天说，不报不要报警，我肯定按你说的做，求大哥别伤害我就好。老尤说，伤害是不会伤害你，但你要有一句不老实都不行，而且给你明说，我今儿来就是给你教乖的，你现在考虑好，报不报警？巨也天说，不报不报，我看大哥也是个实在人。老尤笑道，你给尤一白称大哥，翻过来又把我称大哥，哪个王八蛋给你教的这混账逻辑，啊？巨也天坐在沙发双手捂着乱毛虚罩的头脸，呜呜哝哝说不敢我再也不敢了。老尤说，你想好了不报警？巨也天说，不报不报。老尤说，那好，在咱们正式说事之前，你先把你那一脸乱毛给我剃净，我看着脏，也瞀乱，剃净了也好让我看清你真正的模样。巨也天干笑道，这，这不好剃，再说我也没拿剃须刀。老尤说，你看看宾馆卫生间应该有吧？巨也天说，没有，这种经济型宾馆没有的。老尤笑道，你看你，说是按我说的做呢，才说头一个要求你就卡壳，我看咱还是报警算了。巨也天说，别报别报。老尤手伸进自己的帆布包说，那好吧，看来只能用我的了。从包里拿出那个老式剃须刀。

巨也天只好接了，说我对着镜子剃吧，进了卫生间，老尤就站在卫生间门口看着他剃，提醒说，头发本来也就不多，留着吧，主要是把脸上全部刮光刮净，把全部嘴脸露出来。巨也天龇牙咧嘴，刮刮停停，总算刮完，胡乱抹一把脸说，这样可以了吧？老尤说，先这样吧，你把我剃须刀给我，这种老式的如今还不好买，我是拿它剃猪毛用的，不过今天可是换的新刀片。自己又在卫生间冲洗半天，用卫生纸裹缠了，装回包里。

老尤坐回到凳子说，你刚才从镜子也看到自己模样了，虽说尖嘴猴腮眼小如缝，但这才是真实的你，爹妈给你这副模样，好看不好看都是你自己的，乱毛虚罩着冒充马克思，有啥意思？咱现在就来说正事，那天在宁夏，到底发生过什么？你给我记着，是你自己答应过句句要说实话的。巨也天说，就是，就是……先是吞吞吐吐突然语速很快往下说，就是那天晚上喝酒都喝多了，我把尤一白弄回的宾馆，招呼她睡下。巨也天停下不往下说了。老尤说，然后呢？巨也天说，然后，然后我帮她脱的衣服，就抱着她睡了，我摸她亲她身上了，但确实没有做别的，我要说假话出去就让车把我撞死。老尤眼里冒火说，还有呢？巨也天说，半夜起来尤一白哭闹，

　　　　　　　　　　　　　　　　　　　　　　　伴　狂

说我耍流氓要告我，我死哄活哄才把她哄住。老尤说，还有呢？巨也天说，再就啥都没有了，后来我唯恐尤一白想不开，直到回来都在哄她。老尤说，那后来你为啥消失？巨也天说，我心里还是害怕，我确实错了。老尤说，这次冒出来又是啥意图？巨也天说，我实在忘不了她，我是畜生我不是人。老尤说，好了，你现在自己在自己嘴上扇十五下，因为我们一白刚刚十五岁。咱可说好，每一巴掌都要用劲打响，我不想动，怕脏了我的手。你听清了么？巨也天说，听清了。老尤说，那就开始吧！巨也天于是自扇起来，老尤替他数了十七下，看来态度还不错，连鼻血也扇出来了，老尤从卫生间拿出卫生纸递给他。

老尤喝一口自己杯里的茶水说，尤一白那次回来以后，出现严重的精神状态，都差点崩溃了。现在一家都是一个孩子，孩子就是一家人最大的希望，你说她要出事了，大人怎么活？这好不容易为她治疗调理，才稍稍好了些，算是进入高中上学了，你又冒出来想毁她？老尤声音哽咽，说不下去了。巨也天说，我错了我不是人我错了。老尤平静一下说，作为男人，我是一个体力劳动者出身，本身文化程度也不高，我自己受苦受累甚至忍受屈辱保全一个家，就是因为有孩子，希望她将来生活得好一些，谁知社会上尽是你们这种猪狗不如的东西……老尤又说不下去了，他从帆布包拿出手机说，今天这个过程，我是整个录音着的，你现在说你到底有没有拍影视的能力？巨也天说，没有。老尤说，你要觉得我伤害了你，你随后还可以报案。巨也天说，不报我不报。老尤说，小伙子我给你一个忠告，人说有智吃智无智吃力，没真本事了，老老实实去干个体力活，就像街上的环卫工都是不丢人的，千万不要伤天害理。且不要说是我家尤一白，下一回要是再听说你糟蹋别的女孩，我可就不怕脏了我手了。巨也天说，不敢再也不敢了。老尤说，那我就先走了，你下来要是想不通，还可以选择报警，我为我的一切行为负责。不等巨也天答话，他关掉手机录音。离开。

　　老尤一回到家先钻进厨房，忙活起来，不忘记给女儿做一顿丰盛的晚餐。尤一白赶紧过来问，咋样，我有没有必要去见他？老尤笑道，没有，他自己亲口承认他是骗人的。尤一白说，他自己能说那话？我才不信呢。老尤说，我用真诚感动他，他就说了嘛。尤一白说，哥们儿，你该不会教训他了吧？老尤手里继续忙着说，咋会呢！那货脏兮兮的，我指头都没有碰他一下。老爸这半辈子，啥事都忍着，不过谁要把我女儿欺负狠了，真敢跟他玩命，可惜用不着啊，对付那毛贼货，杀鸡焉用牛刀，哈哈，你说是不是？这下你放心，估计他再不会骚扰你了。

　　老尤做的蒸饺，一个肉米烧茄子，一个清炒芥兰，又烧了个鲫鱼豆腐汤。两人吃着饭，老尤说，你想么，他是心怀不轨，我一去他就知道假把戏演不下去了，我再跟他谈谈，还不是把啥实话都说了？尤一白说，还是老爸厉害！你不知道，他这几天突然一冒出来，对我来说，真是乌云遮天似的，又不死心又怕上当，都愁死了。老尤笑道，要不怎么说像你们这个年龄孩子，说起来啥都知道，其实还没成熟呢，遇事还不能独立分析应对。不过通过这事，我们一白也是变得成熟了。尤一白说，就是就是，我也这么觉得。老尤说，人生就是这样，经历一系列事情，慢慢也就成熟起来。迟早记住一点，天上不会掉馅饼的，用你们年轻人话来说就是，世上没有免费的午餐，只要你记住这一点，就不会上当吃亏。街上那些老头老太太，为什么动不动就上人当？就是因为他们爱贪个小便宜，骗子就是抓住了他们这个软项的。前段见老家来的你一个叔叔，说是农村现在经常搞那种"免费送健康"的活动，开着货车来

　　　　　　　　　　　　　　　　　　　　　　　伴　狂

上一帮人，拉的各种保健药，电喇叭喊叫"买药退钱，你信任我我就信任你，花多少钱退多少"，头一天少数人试探着买，第二天人家果然把钱退还给你，等于是免费拿了保健药。人们一看，买的人就多了起来，第三天照样退了，大家于是挤着抢着买，很快把一车药卖完，到了第四天大家等着退钱，呵呵，再也不来了。尤一白说，这么坏啊，这不是明抢人钱吗？老尤说，问题是，前面的药都是一块两块便宜的，最后一天全是贵的，几百上千的。问题更严重的是，那些所谓保健药根本就是假的，无批文无厂家，人吃了非但无用，弄不好还会有害呢。尤一白说，公安难道都不管？老尤说，比这大的案子多着呢，能管清么？所以，你们现在还年轻，首先要学会自我保护才是关键。尤一白说，嗯，我记住了。老尤说，再比如说你喜欢拍个影视，我觉得这不是啥坏事。高中阶段咱先好好学习，到了高考时，如果还是喜欢，并且咱也符合条件，就可以报考个电影或者戏剧学院，正儿八经去学一学，学出来了再走那条路，也就水到渠成。说不定高考时咱自信满满，还有更多选择，看不上挤那条独木桥了呢，当演员毕竟是个青春饭，别人还要来回指拨你，考个别的专业，一辈子靠自己本事吃饭，不是更好？尤一白连连点头说，嗯嗯。父女俩说着话，竟然把餐盘扫荡一光，尤一白今晚胃口不错，老尤收拾着说，知道不，我不怕做饭，就怕劳动成果不被人充分享用，我宝贝女儿吃得香了，就是对老爸最好的回报。

晚上白小白回来，等到孩子睡了，他们闭门躺在床上，老尤才说了下午的事。老尤说，我手机整个都录音了，你还是听听现场直播吧。把手机放在两人头中间，两个枕头的间隙处，打开了录音播放。播放完了，老尤关了手机，没再多说什么。白小白也没说什么，不大工夫，她就听到老尤已是呼呼大睡。而白小白，却是来回翻腾睡不着，又是失眠了。这段时间以来，白小白动不动就失眠。

第十五章

　　由县上在葫芦沟实施的硬件工程全面启动，水库蓄水抽干后，利用灌溉间歇，正在加紧浇铸大桥水泥基座。基座一旦搞好，上面铁桥架设就快了。

　　高尔升通过朋友关系委托设计的方案已经拿出，电脑立体效果图一出来，整个葫芦沟看上去立马不一样了，像是著名的风景名胜一般。王选民端详着效果图连声说，哎呀，这太美了，美得很么！不过高尔升现在却是冷静了许多，要按照这个设计，怎么也得投进去上千万资金，投进去能不能收回，何时可以收回，却是个未知数。这多亏东峰上次提醒了他，以他现在的想法，得尽可能缩小投资规模，因为毕竟是自己没钱，要向别人筹措。还是从实际出发，一步一步慢慢来吧。

　　高尔升问王选民，咱这葫芦沟，除了养鱼，能养鳖和螃蟹不？选民说，能么，啥都能养，沟里自然生的鳖和螃蟹都不少，鳖像小簸箕样大，经常还爬上岸晒鳖盖呢。高尔升说，那就好，咱等这桥墩一弄好，水库重新蓄满了水，就正式把水库养殖接过来，把鱼啊鳖啊虾啊，苗子都给它投进去，到时请个技术员定期过来指导，上回来过的那个第五叔叔你还记得吧，把他请回来给咱招呼这一摊，他人高马大的，有个啥事也能镇住。选民说，好啊那太好了。高尔升说，养鸡和水库养殖一边进行着，咱就沿沟岸先把树全栽上，栽那种常青树，咱这地方一到冬天荒秃秃的，栽上绿树，一下子就不一样了。到了明年春上，公家建的市场开了，大桥也通了，咱再考虑建些营业房，餐厅住宿啥的，到时看情况再定。至于游泳池和村里养老院啥的，等咱挣了钱再说。选民说，对着哩，养老院你再甭弄了，老庄子那些老人，人家都有儿呢又不是没有。高尔升说，呵呵，咱以后再说吧。

半下午王选民从沟边打来电话，说是鸡好像病了，缩在一堆，不好好吃食。高尔升赶紧开车过去，跑进松树林一看，鸡是一堆一堆挤在一起，天还没冷，它们却害冷似的挤着缩着，翅膀耷拉，神情萎靡。王选民说，中午那阵我就看几个鸡不欢势不好好吃食，想着把它们吆进林子里跑跑就好了，现在看不行么，不欢势的鸡越来越多了呢。高尔升说，看这样子好像真是不行，你赶紧给傅大夫打电话。

等了不大工夫，傅秀云坐着女儿傅丽叶电动自行车就到了，母女俩一进林子立即忙活起来，傅秀云抓一只鸡先是用听诊器听了一番，再量体温，正量着鸡拉出屎来，石灰水一样的稀屎射她一裤子，女儿忙用卫生纸帮她擦拭，她说，先不管这，再抓一只鸡过来。把另一只鸡也检查了，傅秀云说，应该是传染性支气管炎，要立即隔离，然后用药。大概有多少鸡是这样？王选民说，反正不少，怕都有几百个。傅秀云在纸上写了药方，让女儿回家取药。叮咛说，咱这总共是一万只鸡，应该全部处理一遍，就按照总数来配药。高尔升说，坐我车去取吧，能快一些。高尔升开车拉着傅丽叶去了，傅秀云先给鸡舍整体消毒后，对病鸡进行隔离。王选民则是负责把所有鸡驱唤出来。其实病鸡好鸡不难区分，好鸡跑得逮不住，病鸡你撵都撵不走。

取来药物天已擦黑，母女俩立即开始用药，傅秀云动作十分娴熟，每只鸡喂一粒药再打一针，她解释说，这样是双保险，一次就解决问题了。女儿傅丽叶在一旁给母亲帮下手，把针管吸好药剂，把药粒盒儿打开捧在手上，上百只明显的病鸡很快就处理完了。而傅秀云腿上衣服上早已鸡粪斑斑，她用胳膊肘抹抹额上的细汗，歇了歇说，现在的情况是，究竟哪些鸡染病了哪些没染病，不好分清，咱还是得把剩下的所有鸡都处理了才放心。高尔升说，那样当然更好。傅秀云说，这下就得稍等一下，等鸡回栏了才好处理。傅丽叶说，妈看你衣服脏成啥了，我还给你拿了几件衣服，在我叔车上撂着呢。傅秀云说，活没忙完呢，换啥衣服呢。又跟高尔升笑笑解释说，咱农村人跟你们城里人不一样，没啥讲究的。高尔升说，要不咱们一块儿先到镇上简单吃点饭去？傅秀云说，不用不用，我们这都惯了，成天就是这样，吃饭啥时能按点过？高尔升说，一万只鸡整个处理下来，得些时间，早着呢。傅秀云说，咱先紧着干活，没事。

等鸡陆续归了栏，王选民把电灯拉出来，母女俩又忙活起来。高尔升看自己也帮不上忙，就没打招呼离开，开车到了镇上，买了夹心面包酸奶水果的一大堆。等他拎回来一问，处理过的鸡才不过一千来只，高尔升说，咱们先吃点东西垫垫饥吧，还早着呢。傅秀云摇摇头说，不用，这阵顾不上，这就是个数儿活，不怕慢就怕停哩。手里却一刻也不停下来。女儿傅丽叶的手机响了，她一接说，妈妈很快就回来了，你乖乖的别闹噢。傅秀云说，我那个外孙子才两岁多，让我妈来带他，白天还好，天一黑光认他妈。女婿人家还开一摊装潢公司，成天也是个忙。高尔升笑道，你们家事业兴旺啊！看那房盖的，没谁家气派？傅秀云笑道，也就是马马虎虎能往前混日子。正说着傅丽叶电话又响了，她只顾忙没有接，说黏人的，知道人忙着还不住打。傅秀云笑道，你娃自己学会拨电话了，你外婆咋能挡住？高尔升说，要不这样吧，让女子回去招呼娃去，咱这儿还早着呢，迟早完了我把你送回去，傅大夫你说呢？王选民站在一旁正闲得发慌，连忙说，就是就是，你回去，给傅大夫帮忙这活，我能行。傅秀云迟疑道，那也行，丽叶你就先回去算了。高尔升说，天都黑了，要不我开车送一下？傅丽叶说，不用不用，就这么一点路，一时就到了。傅秀云催促道，丽叶那你要走就走，趁着天还没黑尽，你到了打个电话。傅丽叶一走，王选民接着给傅大夫帮忙，很有眼色不说，一只手竟然很是中用。

过一会儿傅丽叶电话过来，说是到家了。高尔升看看表说，才不到半个小时，咱农村如今还是进步了，记得我们小时候，骑自行车到你们那块去，觉得路怪远的呢。傅秀云说，到底比不得城里么，到晚上黑灯瞎火的，没个路灯。要说这女子早早就跟我走乡串户地跑，也还硬邦，她爸那货你大概都能知道么？高尔升说，我不知道。傅秀云说，那阵子不是包工程挣了几个钱么，把我娘儿俩一撂，跟咱县上个唱戏的妖精货跑了，就是咱农村过红白事唱野场子的个货，我女子那一年才刚上学。那事在咱这方圆都摇了铃了，都知道，选民你知道不？王选民低头说，听过。傅秀云说，后来把钱挥霍光了，俩人不是又过不到一块了么，成天缠磨着要跟我复婚，我娘儿俩最困难时吃盐灌醋钱都没有，他在哪里？我当然不同意，我女儿也不同意，我女儿人家自己到派出所把姓改了，跟着我姓。后来有人也来回帮我介绍人，想让我再婚，我才不呢，我跟我女儿过着多好的。高尔升说，你们现在确实不错。傅秀云笑道，都是事把人逼出来的。这下咱有一大半了吧？王选民说，有了有了。傅秀云站起来说，哎呀，让我站起伸个腰。

　　大家洗了手，每人都吃些东西。高尔升说，傅大夫咱这回一处理，后面应该就问题不大了吧？傅秀云说，应该是，你说咱防疫环节一个都不少，还就是要出一次问题，每家鸡场好像都免不了。高尔升说，傅大夫太辛苦了，看来干个啥事都不容易。傅秀云说，干这行当就是挣个辛苦钱么。高尔升笑道，我是刚回来弄这事，这些鸡要能养成了，人往后也就有了信心，要是弄砸了，就跟人刚学开车一样，一开始遇个事故，往后人恐怕就不敢再开车了。傅秀云说，我也一样么，要是在你这儿弄砸了，谁还叫我？你放心，这回一处理就没事了。高尔升说，那就太好了。傅秀云说，在咱这儿，有些人一看鸡病了，不管三七二十一先发邪火，噢，我给你交了钱的鸡怎么还病了？他们不算算我一只鸡平均下来才挣人三两块钱，他们不知道现在新生病菌多的，防不胜防呢。你这人好，你能成事的。高尔升笑道，那就承你吉言，咱们共同努力把事干好。

　　接下来又继续干。夜深了沟边寒气袭上来，有些冷森森的，高尔升和王选民都穿的长袖衣服还好些，看到傅大夫只穿个短袖，高尔升就从车上拿来她女儿带的衣服，给她披在身上。又发现傅大夫虽说坐着小板凳，干到后来却不时会膝盖着地，就把车上座垫抽下来垫在地上，傅秀云忙说，不要不要，都弄脏了。高尔升说，座垫就是为人服务的嘛，脏了怕啥？傅秀云说，唉，你也甭说咱农村人朴朴实实的，难说话人多着哩，咱以前也不熟，你这人确实好，人就是想偷懒都不好意思，非得给你把啥事做好不可。高尔升忙说，

　　　　　　　　　　　　　　　　　　　　　　　　　伴　狂｜

嗒，傅大夫真是太辛苦了，大半夜的这么干，真让人过意不去。

　　整个干完，已近夜里一点。走出松树林，头顶一轮明月正向西北偏移，深邃的苍穹周围，繁星密布。一阵寒气紧逼人身。高尔升拉开车门，先让傅大夫坐上去，打开发动机发热。然后跟选民收拾了一下东西，把座垫扔进后备箱说，选民你这下也快睡，我把傅大夫送回去。高尔升开着车说，暖气这下慢慢有了，傅大夫你不冷吧？傅秀云说，不冷，看把你麻烦的，黑天半夜的还要送一趟。高尔升说，你这么辛苦的，我送一下有个啥嘛。后座上有抱枕，你可以靠着伸伸腰。傅秀云说，不用，说着话一时就到了。嗳，你看这回待遇高的，让个大领导亲自开车送我呢。高尔升笑道，我可早已不是什么领导了。傅秀云说，不是了也比咱农民高么，你在咱这方圆知了名的，我们还上学那阵就都知道你。高尔升笑道，高啥高，如今咱们都是一样。傅秀云说，嗳，看你谦虚的人好的，到底不一样么。

　　高尔升看着车外映进来的月光说，真是好多年都没看到过这么好的月亮星星了，城里面是看不到的。傅秀云说，看一年一年快的，这眼看就天凉了。高尔升问，傅大夫你今年也就四十刚过吧？傅秀云说，四十没我了，早都过了。高尔升笑道，能过个啥。傅秀云说，按咱农村说都四十四了。高尔升说，咱农村是说的虚岁么，那还年轻得很呢。傅秀云笑道，年轻啥呢，妇女的季节是七七四十九，男人八八六十四，妇女本来就老得快么，这还不老了？

　　说着话不觉就快到了，高尔升突然减慢车速说，傅大夫要不这样好不好，你看这熬了大半夜，衣服全都弄脏了，干脆我拉你去好好洗个澡，你现在回去也不方便呀！傅秀云说，不用不用，我回去洗洗就行了。再说这么晚哪里澡堂还开？高尔升说，咱干脆到汤峪去？傅秀云说，那么远的，算了。高尔升说，这阵子路上没车，咱

169

到前面上高速路，很快就到了，咋样？看她在犹豫又说，去好好洗个澡人就放松了，要不然身上老不舒服，好不好？傅秀云说，我得给女子打个电话，要不她一直等呢。傅秀云打过电话，高尔升笑道，女子同意了么？傅秀云说，死女子，她还让我去呢，说我又没去过。高尔升说，没去过那正好体验一下，你靠在后面打个盹，很快就到了。傅秀云说，嗯。

高尔升加快了车速。晚上公路上几乎没有车，不知不觉已是到了。高尔升也有好几年没到这里来过，温泉小镇经过一番大的改造，有了街心广场，更冒出许多新的宾馆，他在记忆中搜寻以前开会来过的老宾馆，毕竟比新宾馆可靠一些。进去了前台服务员已趴在柜台打瞌睡，叫醒了问房间，说是标间都没有，只剩一个豪华套间，标价1088，现在按午夜房可以半价。高尔升就登记了下来。

两人进了房间，傅秀云说，听人成天说汤峪汤峪的，原先以为就跟咱那镇子样，没想到世事这么大的。高尔升笑道，其实也差不多，就是晚上灯多些。这下你去洗澡，不行了我先下去转一圈。傅秀云说，你下去干啥？没看这山风瘆人的，直往人骨头里钻呢。高尔升说，我本来是想着要两个房间，人家还就剩这么一个了，好在是个套间。傅秀云说，我听这房就五百多啊，贵死了。高尔升笑道，没事，你这下快去洗澡吧。这温泉水含硫磺多，小心眼睛别进水了。他进去把冷热水调到合适比例，带上门出来，在客厅看电视。

傅秀云洗完澡出来，穿着女儿给她带的换洗衣服，一下子变了个人似的，湿漉漉的头发整个朝后梳去，瀑布一样披在肩上，把一个好看的额头全露出来，发际线不高也不低，恰到好处，搭配上白净的一张长脸竟是十分生动好看。一时间高尔升只是觉得她像谁，对了，是像电影里那个上官云珠。傅秀云说，水好的滑的，我把换下的脏衣服也顺便洗了，这水洗衣粉暄净得很。你快去洗吧。

高尔升洗完澡，顺便抱了一床被子出来。傅秀云歪在沙发已经睡着了，听见门声一惊，醒了过来，坐起说看你有啥衣服要洗的，我去洗。高尔升说，不用，我没干啥活，也没带衣服。你这下到里面大床睡去，我给咱躺沙发。傅秀云站起来说，你去睡床吧你去，我就睡沙发上行了。她的齐腰长发已是半干，黑亮亮的，微波起伏的像是流云。高尔升说，头发多好，好像还是自来卷呢。傅秀云说，自来卷是有点，不过白头发都不少了，掺在里面看不出来就是了。高尔升说，你那天绾头发我看见了，那么娴熟的。傅秀云笑道，农村人忙得顾不上么，就是胡乱缠一下就行了。高尔升说，不是胡乱缠，好看着呢！明早我要仔细看看你怎么绾，好了，现在快进去睡，你乏得很了。傅秀云说，我在咱农村都惯了，啥地方都能睡着，你在城里又没惯，你进去睡，听我的，噢？竟像是母亲给小孩说话的口气。高尔升推她说，好了好了咱俩不争了，傅大夫你快进去睡一阵吧！

　　傅秀云嗨地叹了一声，没再说啥，进去了。高尔升躺在沙发快要睡着时，忽然听到一种声音。他侧耳细听，竟是傅秀云嘤嘤的哭声，慌忙起身来到套间门口，他隔门问道，傅大夫你咋了？手一扶到门上，虚掩的门就推开了，傅秀云的饮泣声越发听得清楚。

　　高尔升来到傅秀云床前说，咋了傅大夫，你身体不舒服吗？傅秀云止住哭声，带着鼻音说，唉，水好的把人洗得自在的，还有啥不舒服呢！就是一睡到这么软和床上，反倒睡不着了，心里也不知为啥就难受了。高尔升笑道，把我还吓了一跳，傅大夫那你就快睡。傅秀云叹道，唉，人真是不宜娇惯，这么多年我一个人把女子养大，成天起早贪黑的，从来都没有工夫替自己难受，今儿也不知是咋了……你不管我，你快睡去。高尔升坐在床边说，你要是实在睡不着，我就陪你再说说话吧，反正时间也不早了。傅秀云支起胳膊说，唉，你这人好，你光是操心我哩，别把你给受凉了。

　　夜色朦胧中，高尔升的脸触到了傅秀云的长发，一股温热好闻的气息。这种气息像是有着吸力一般……两个人头脸一触碰，惶乱中竟是一同倒在床上。傅秀云这下慌了，急忙说，不敢确实不敢。身子却紧偎着高尔升一动不动。对高尔升来说，他本来没有这一份预期，但此刻退却，真不是时候。更何况，身心里某种东西，怦然唤醒。他把身边的人抱住说，咱俩都在一起了嘛。傅秀云说，那……那咱先说好了，就这一回好不好？哎呀，当娃他婆的人了，都羞死了羞死了……很快就换作了呢喃声：哦……哦，你慢点轻点……呻吟着颤栗着把高尔升紧紧抱住。

　　完了傅秀云平躺床上，瞪大眼睛望着黑暗中的天花板说，唉，真是做梦一样。你想么，我自从跟丽叶她爸那货分开，都多少年了，把这事早都忘了。那一年丽叶七岁刚上学，她今年都二十三了，你算算多少年了？高尔升说，十六年。傅秀云说，对呀，十六年还不早忘了？高尔升说，我是老婆去美国看孙子，也有一年没有了呢。傅秀云说，你这下也知道了，女人不像男人，女人到我这年龄，脸上看着还是个人，身上就不能看了，丑死了！高尔升说，谁说丑了，哪里丑了？傅秀云抱住高尔升，把头埋在他胸前，又哭了。高尔升说，好了好了，这下快好好睡一阵儿。傅秀云说，明早咱早早就回。高尔升笑道，还明早呢，是今早了。傅秀云说，噢，那咱睡一会儿早早就回。高尔升说，你早早回去人看见反倒怪了，还不如多睡一阵，啥时醒来了，把饭一吃再回，人来车往的，反倒没人注意。傅秀云说，那好吧。刚要睡着，一听外面稍有点响动，就咯噔一惊，高尔升连忙从后面抱住她，说我就这么抱着你，这下乖乖睡吧。傅秀云说，嗳，人真是咋娇惯咋来呢。很快发出轻匀的呼吸声，睡着了。

早上又缠绵半天才起，都冲了澡。傅秀云说，羞死了羞死了，多亏今早上没活干，啥时这么睡过懒觉？高尔升要近距离看着傅秀云怎么绾头发，傅秀云就用慢动作示范给他。傅秀云说，反正咱说好了的，就这一回。高尔升点头说，我记着。傅秀云说，藏了十六年没用过的东西，不管好不好，反正是让你得了。高尔升说，是最好最珍贵的。傅秀云说，这下咱都知道咋回事就行了，这东西又不能当馍饭吃，你还要干大事呢么，让人知道真就没脸活了，以后咱都甭想，一定要听我的，答应不？高尔升笑道，答应。傅秀云说，你要知道这多年我跟女子过活，人说寡妇门前是非多，我可是连谁个话把子都没落下，咱农村那人，要是知道谁跟谁有这号事，唾沫星子还不活活把人给淹死呢！高尔升说，嗯，我听你的，不过你回去了女子会不会问啥？傅秀云说，女子我倒是不怕，聪明的，成天还说我把自己亏待了，她就是有点啥猜想也不要紧，更何况这么多年过来啥事都没有，她也不会往别处想。

　　吃早饭时，高尔升接到王选民电话，高兴地说，鸡看样子好了，跑得欢势的，都抢着吃食呢。高尔升说，那就好，你没看鸡粪还有那种白水没？王选民说，没有了，好着呢。高尔升说，你再好好观察，有啥情况了随时说。接完电话，傅秀云说，这下估计没啥问题了。高尔升说，真是多亏你。这回要是顺当了，下一茬咱就搞它个五万八万只鸡。傅秀云笑道，我也盼着你多呢，多了于咱都好么。

　　开车回去的路上，又接到杨柱打来的电话，说他过几天到北京有个活动，返回时要在老家停一下，顺便把葫芦沟那个项目看看，大家好久不见，见面也好好聊聊。高尔升说，好啊，你这阵能回来可谓及时雨，再好不过！接完电话高尔升对傅秀云说，看来你是个财神啊，跟你一见，把深圳那个大财神也引来了。

第十六章

　　杨柱从北京先到省城，谈一些项目上的事，合作单位派一辆奔驰商务车和一个年轻司机，走到长宁拉上第五剑和马川，一起回到老家。

　　高洪升和东峰知道了，也早早过来，帮着高尔升迎接客人。杨柱他们一到，满院子一下热闹起来。高尔升招呼大家上房里坐，杨柱说，咱就坐院子多好。大家于是小板凳围坐在院子，喝水说话。高尔升问杨柱，你有多长时间没回来了？杨柱算了算说，八年了，我那一次回来时来咱家，高老师还正在沟边忙着栽树呢，看快不快，高老师如今三年都过了。高洪升说，时间快得很，我们这是成天在家里不觉得，你们隔几年回来，就发现一茬一茬老人都不在了。杨柱说，咱这高王村，如今在方圆算个啥情况？高洪升说，都差不多，咱这村要说就是苹果气候大些，有个葫芦沟圈着，空气湿度大早晚温差也大，果质能好些，卖起来就不愁。杨柱说，老兄你当村干部呢，自家日子应该会比别家要好些吧，致富带头人么。高洪升摆手说，不行不行，干这事是恶水桶，尽是淘气事，把自家过日子也耽搁了。你甭看如今农村都是些碎娃病老汉，闲事还多得很。

东峰这时问杨柱说，叔看你中午想吃些啥，我给咱提前安排，镇上那食堂，我给他们长年供肉，都熟着呢。杨柱笑道，要说最怀念的咱家乡饭，就是水盆羊肉，小时候不是家里穷么，攥两个空拳头去赶集，一分钱没有，走到那羊肉大锅跟前就走不动了，嘴里咽半天口水再悄悄走开。东峰说，嘻，叔你再甭吃那水盆羊肉了，大家都脏手掰馍，厨师然后把热汤浇进去滗出来，来来回回，那一锅汤还不成洗手水了？你还是把那好印象留着别破坏了。这一说把大家都惹笑了。东峰说，要吃的话，就是我明早天不亮去，趁羊肉刚煮出来，给咱提回来吃。杨柱笑道，那没时间，我是赶晚上就得返回城里，还有些事一处理，明天就回深圳了。高尔升说，东峰你先不安排，我跟县上方旭副县长也说了，他中午要过来的，到时候再说。

大家然后一起走着到葫芦沟去。杨柱看着村里那一片一片的房子说，咱这村子房子还就是盖得好。高洪升说，盖得好没人么，能走能行的，差不多都外出打工了。杨柱说，可惜了，把咱这土地放在城里，可就值钱了。大家说着话来到沟边，先到高老师坟地，杨柱把带的香、黄表烧了，再到松树林来看。王选民迎出来招呼大家。杨柱惊叫道，哎呀，这些松树竟然都成了，高老师那阵子栽的时候，我还担心这荒梁梁能不能成活呢。高尔升说，八九年时间里，他是成天守在这里，一担一担从沟里担水浇的。我那些年刚下来心情也不好，没管过，要是早装上水泵也好些。第五剑跟马川都说，这些鸡都这么大了，长得太快了！高尔升说，前些天还闹过一次毛病，把人吓的，这下好了，都是选民给咱经管得好。王选民一听表扬，又是害羞低头。

大家站在沟边，看到对岸的市场正在加紧建设，沟里几个水泥桥墩已经冒出来，基本成形了。杨柱说，葫芦沟这桥好建，水库的水基本是稳定的，咱这沟里也不会有洪水么。高洪升说，洪水那是绝对没有。杨柱四周打量着说，过去印象中，葫芦沟的沟坡都是红土崖，荒着呢，现在绿树一罩，景色看着还真是不错。高洪升说，树都是自然长的些野槐树，冬天还是荒的。杨柱说，这不要紧，咱回头把广玉兰那种常青树给整个沟坡全都种上，一下子就不一样了。高洪升说，那就太好了。

杨柱对高尔升说，咱在家看的你那方案，我觉得思路很好的。咱要弄，就是要把自然特征最大限度保存下来，你说的那个观光走廊，我想法是可以弄得再好些，弄成那种玻璃走廊，人走在上面，脚底下就是水。大家都说，那就太好了。杨柱问高洪升，这葫芦沟的产权如今都是国有的吧？高洪升说，就是，查村上资料，上世纪七十年代修水坝建水库时，公家就征去了。杨柱说，这就好办，剩下只是跟县上打交道，农民这一块就不存在啥问题了。我们搞开发，最头疼的就是跟农民打交道。又问高洪升说，咱这儿农民还是好说话吧？高洪升直摇头说，如今难说话人也多呢。

杨柱跟高尔升说，老兄，跟县上打交道，有你说的那个方旭副县长分管着，啥话也好说些，不过咱还是得提前把啥话说在前面，把一些关键事项明文约定下来才好。中国这官员走马灯样，不约定好的话，换个人又是别的想法，是个利都想伸手，是个害了都想甩手，就不好办了。高尔升说，确实是这道理。杨柱说，我这是商人，咱就在商言商，我想法是，对岸生态农牧业市场那块，咱不管它，让公家直接管去，他们协调工商税务防疫等部门也好办，咱就一心一意把这葫芦沟经营搞起来，官办民营彻底分开，咱可以跟县上一次签订三十年五十年合同，该交的承包费咱们给县上交，而咱们在水库这里投资建设的硬件设施，观光走廊啊，餐饮住宿设施啊，包括游泳池啊，咱们即使不经营了也还是公家的，理应在承包费里逐年抵减。这样一来，对咱们来说，就只是靠自主经营来取得收入，肯定不会考虑卖门票啊，弄得好了，旅游公路那里的游客就会源源不断过来。对公家来说，达到了以资源换资产、以存量换增量的效果，这一块生态的变化，也会带动对岸市场的发展，形成良性互动。至于咱要搞公益事业给群众办福利，那就是另一本账了。

话音未落，东峰就把大拇指竖在杨柱面前，说杨叔你说得太好了！又推推高尔升说，舅你看咋样，我杨叔得是跟我想一块儿了？杨柱说，也许大家会觉得我这个账算得比较奸，但这也是我这么多年做生意给逼出来的，咱宁肯先奸后忠，先小人后君子，把钱挣到明处，最后要回报社会和大众了，也回报到明处。高尔升笑道，还是杨柱你想得周到，不是东峰说呢，我前面想法确实乱着呢，哈哈，跟你一比，我就像个热情有余的志愿者。杨柱笑道，老兄你谦虚了，你多年当领导，你是帅才我只是干么。高尔升笑道，还什么帅才呢，如今能是个硬柴发挥点余热就不错了。杨柱又对高洪升说，书记老兄，这么一听似乎对咱村里倒是没啥好处了，其实你听我说，隐形的好处大着呢。咱这葫芦沟原先不是个干沟么，公家征用蓄水以后，解决了方圆灌溉问题，咱村是做贡献了，但也没得到更多实惠。这下就不一样了，葫芦沟一开发起来，咱村苹果本身好，卖价肯定就上去了。游人一多，村里闲着的人挣几个小钱也就容易得多，对村民来说，肯定还会有现在预想不到的隐形福利。高洪升说，就是就是。杨柱对高尔升说，老兄你给咱放开干，这事我看能成，这一点资金，我那里不是啥问题。高尔升说，那就太好了，我下来准备把第五弄回来，给咱具体管事。杨柱说，那还有啥说的，第五这一堆子，能派上大用场。第五剑走过来捶杨柱一下说，你狗日如今变化大的，啥时学的一套一套的，让我这粗人听着都吃力。俩人耍笑一团。杨柱说，马川你如今越发文气得不吭声啊？马川笑道，我就是想看看你如今还会钩鱼不。杨柱一时没反应过来，第五剑搂他肩膀说，钩鱼，钩鱼啊！你当年写作文写个钩鱼，害得老师都翻白眼，最后高老师替你说话的，你狗日忘了？杨柱这才恍然大悟，笑道，噢，钩鱼啊，现在沟里没水，有水了真还想再试试。第五剑说，那你下次回来把你本事试试，人家选民都给我们表演了，一钩子下去就是两三条。

高尔升接到方旭电话，说是正往过赶，马上就到。大家于是往回走。方旭一见杨柱说，我的老领导经常说到你呢，你是咱坤州县走出去的大款。杨柱笑道，我这号"款"，在人家南方都算是尾巴梢儿上的，不值一提。方旭笑道，说明咱坤州经济还是差么，是这样的，我上午开会跟书记县长也说了你回来，他们一定要把你接到县上去吃个饭，一块谈谈。又跟高尔升说，老领导，咱们都去。高尔升说，我们其他人就不去了，让杨柱过去跟县上领导见见，你们把啥事都正式谈谈，能定的就尽快定下来。杨柱你去吧，县上父母官一片盛情呢，等你下午回来了咱们再聊。

杨柱跟方旭一走，东峰带大家到镇上食堂吃的饭。东峰看来跟这食堂确实熟，老板很是热情，把他拿手的八大碗全上来，东峰开车，高尔升和第五剑马川高洪升四人喝了一瓶十五年西凤酒。东峰说，舅我这下才算放心，我杨叔人家把啥都说清了，照你原先说的要弄这要弄那，不烂包才怪了。高尔升笑道，我那阵看到姓元的终于有了结局，心情一放松，先想着跨出一步，当个自由人再说，谁还考虑那么多啊！马川说，对了，那个韩霄，还有个大旅行箱放在我家里。就跟高尔升说了那个过程。高尔升说，我跟元共事时，韩也认识，那女人文文静静无是无非的，倒是不坏。马川说，一点都不文静啊！每天早上在学校大喇叭讲话，调子高昂的，把人都能吵死。高尔升说，估计离婚后她也是失重了吧，不过她好像一直也没有再婚，还听到有话说，虽不是元的妻子了，仍是元的女人，一直在一起来往着。马川说，就是的，我对面楼住的那个脑梗女人，成天就盯着呢。高尔升说，论起人家钱实在太多了，儿子开着大公司，马川你这回把好人当到底也好，我现在是看到元的结局以后，对谁都可以宽容。如今往咱农村一住，觉得那些人和事都好像上一世的，遥远得很。东峰说，对呀，人家是钱多得没处花没处放，你又没钱，假如陷进去，屁股后面该一堆烂账，看你还能自由不？高尔升笑道，东峰说的是实话，没看我现在不是把目标降低多了吗？来来来，喝酒！

半下午杨柱一回来就说，我把咱的意见跟县上领导谈了，他们基本同意，把框架定了下来，接着就签正式合同，一次签它三十年，至于随着情况变化实际能弄多少年那是另外一回事，不影响啥。我回去立即就派人过来，搞具体方案，咱很快就可以实施。大家都说太好了。正说着话，杨柱手机响了，是省城那边落实晚上活动的，第五剑一听就说，你他妈的啥人嘛，回来就是打个绕，跟弟兄们吃一顿饭喝一回酒的机会都没有。杨柱说，中午县上领导热情的，盛情难却，我也就喝了几小杯，晚上回去跟那帮企业老板还得喝酒。第五剑说，好么，跟领导跟老板都喝酒，就是不跟弟兄们喝么。杨柱笑道，到底还是正事要紧呀！咱的葫芦沟项目，估计明年这个时候已经好了，生态养殖的鸡鱼鳖虾，哪里还找更好的去？我到时候一月回来一次，谁还喝不过谁？说完就告别，年轻司机早已拉开车门，招呼他们上车，把第五剑和马川还送回长宁。三人都坐在后面，一路谝得热热闹闹。

第二天，王选民突然被人打了。

半下午，王选民骑他那辆破自行车回村，到小卖部买蚊香，返回沟边时被人打倒在村路上，疼得满地打滚，起不了身。王选民忍痛给高尔升打电话，高尔升立即开车赶过去，一看选民满头冷汗，抱着一侧肋骨直呻唤。高尔升问，谁打的？选民说，我们上堡子王三雄，他也骑车子，故意碰我呢，碰倒了还说我碰的他，拿脚踢我踏我。高尔升问，你这阵觉得咋样？选民说，疼得很疼得很，肋子骨怕是断了。高尔升急忙把选民扶到车后座上，说你躺着别动，咱得到镇上医院看看，这要拍片子呢。开着车又问，你觉得头好着么？选民说，头就是摔了一下，他好像没踢上，好着呢。

到医院很快拍了片子，结果出来是三根肋骨受伤，一根骨折，两根骨裂，这得住院。打好石膏固定了，再打了止痛针口服了消炎药，选民躺在病床，这才平静下来。高尔升说，他为啥打你？选民说，啥也不为，我好好地骑我车子，他迎面骑车子过来，就往我这边胡拐，拐倒了，他不说三七二十一就打我。高尔升问，以前有啥矛盾么？选民说，没有，他其实就住我家斜对门，论辈分还是我三叔呢，五服都没出。高尔升说，这没道理嘛。选民说，他就是没事找事哩么。你看你原先还说给老年人建敬老院哩，他妈也在老庄子那烂房住着，弟兄四个没人管老的。

高尔升半天没吭声，这才想起该给东峰打个电话，问问他农村遇这种事该怎么处理。东峰家离镇子很近，很快过来，一听过程说，这驴日的是给咱寻事呢么。高尔升说，他跟咱井水不犯河水的，寻事没道理嘛。东峰说，舅你想了个简单，农村有些人心短着呢，这一看你要在葫芦沟开发，县长也来了，大款也来了，尿疼眼憋得很么。高尔升说，你现在说咋办？东峰说，好办得很，他先拿钱给娃看病么，看好了认错了便罢，态度不好了咱找机会截住他狗日的打一顿。高尔升说，这就是你的好办法？我先问你，谁问他要钱去？东峰说，只要你表态，我现在就让几个弟兄去他家，他敢不给！高尔升说，这么一来，不是把我显出来把你也牵涉了？我刚回来啥没见啥呢，以后还咋个跟人打交道？东峰不吭声，高尔升又说，我的出发点是回来默默干点事，不想惹啥事，我想法咱还是给公安报案，让人家依法来处理。东峰直摆手说，报案谁倒是理呢？农村比这大的事多着哩，派出所都能管清？高尔升说，我想着，咱还是按程序办，这样就不用与对方直接接触。一旦直接接触，还不是吵架？至于管不管，公安总该有个备案么，先得把案子报了再说。东峰于是不吭声。由王选民打电话给110，报了案。

高尔升说，选民你现在就先好好养伤，给你留些钱，你自己到灶上打饭吃，干啥动作小心些，我一有空就过来看你。东峰，要不让你二姨家小强先给咱把养鸡招呼住？东峰说，好的，我完了开车把他接过去，有些事给他交代一下，我这几天有空就过去看看。高尔升说，那我就先回去，跟你七爷你洪升舅再商量一下，看这事咋办。

高尔升回家放了车，然后到七叔家，还没等开口，七叔就说，听说三雄个货把选民给打了，重不重？高尔升说了情况，七叔说，三雄家弟兄四个，没一个省油的灯，你可能都不知道，前年为争他祖坟上一棵桐树，三雄跟二雄刀子斧头弄呢，三雄胳膊筋被砍断，就死咬住告，最后给二雄判了三年，还没出来呢。这三雄成天就吊个胳膊在村里晃荡。高尔升说，胳膊不行还能骑自行车能打人？选民娃又是个手有残疾的。七叔笑道，人都说三雄那货胳膊好着呢，硬是装病。

高尔升打电话把高洪升叫过来，高洪升其实也知道这事了，一来就说，三雄那货是给我寻事哩么。高尔升说，这话怎么讲？高洪升说，人家本来就纠集了上堡子王家一帮人，成天告我呢。说是葫芦沟因为沟岸崩塌损失土地，县上给村里赔偿款了，说是我把那赔偿款贪污了，还告的七事八事。昨儿不是看咱家来了那么多人么，县上领导也来了，想着村上又有啥利益了，借着打选民，想让我站出来说话，然后再把我黏住呢么。高尔升说，噢，这么复杂？高洪升说，哥你是不知道，咱农村如今跟过去不一样了，说起没几个人了，却是水浅王八多呢。选民打得咋样？高尔升说了情况，高洪升说，那就够上伤害了，把案报了么？高尔升说，报了，让选民自己报的。高洪升说，好好好，他狗日成天想给我寻事哩，咱这回把他的病先治一治，我这回还不接他踢过来这个球，跟他不照面，我先给镇上派出所赵所长打个电话。说着就拨手机，一拨通说，所长兄弟啊你好，咱这村报了个案子，转到你那里了么？对，是叫王选民，打人的就是那个王三雄，对对对，跟他哥斧头砍仗的那个。咱这葫芦沟开发的事，昨天县上领导都来了，八字还没见一撇呢他就打人，关键是王选民还是个残疾人，他打残疾人这性质就越发严重了，我意思啊……我意思是他先给人把住院看病钱拿出来，然后拘留他……那好那好。打完电话，高洪升一脸得意地说，这赵所长跟咱也不是一天两天关系了，今晚就来弄走他狗日的。

高洪升后来又接个电话，有事先走了。七叔说，你也甭听洪升的，咱农村跟城里到底不一样，城里人转个身谁不见谁，咱农村，人老几辈住在这里，你躲都躲不开，今晚要是把人叫去，吓唬吓唬，看能拿出钱不，钱拿出来了，给娃把病看好，也就算过去了。跟人结个死仇有啥好处？迟早都是祸根。高尔升说，所说塌地赔款的事，到底有没有？七叔说，前些年确实有过，好像有几十万，村干部说是修路用了。要说塌地，主要是靠东沟这边，南西坡那块，沟岸本身是斜坡，没有啥塌不塌的。村上班子来回换，洪升这才接上一年，谁知道在他手里还有没有拿到赔款。

晚上警车还真是来了，要把王三雄弄走。留守村里的男女老少都去看热闹，临走时王三雄非要见村支书高洪升，说他有话要跟高洪升说，警察把高洪升叫去后，王三雄喊道，人是我打的，我打人不对，我拿钱给人看病，但我出来了还要告你高洪升，高王村班子五年三换，一任比一任更贪……王家一帮人跟着嚷嚷几声，因为怕当出头鸟，声音都不大，有的还是缩低身子在发声。没等吆喝出气氛，王三雄被塞进了警车。王三雄婆娘却扑过来，往警车前面一躺，打滚撒泼，大哭大叫。一个年轻警察上去，拽住胳膊拖开，等警车开出一截后才跳上车。警车闪着警灯，扬尘而去。

高洪升回来，高尔升仍跟七叔说话，他就讲述了那个过程，说王三雄婆娘现在又躺到我家门口了，她躺躺着去，咱又不理她不碰她，能躺到明早算她本事大，大不了我今晚不回家就行了。七叔叹道，唉，你看这事闹的。高洪升却得意地冷笑道，哼，让三雄个狗日的这下在那铁框框门里好好待几天就老实了。七叔说，我跟你尔升哥在这儿正说着呢，想法是这样，他三雄只要把钱拿出来了就好，选民年轻轻的，那点伤很快就长好了，没有个啥，明儿让娃写个谅解书，你去拿到派出所，把人保出来，这样咱把白脸唱了，也把红脸唱了，多好的。迟早跟人甭结死仇，死仇结不得。你想么，他们亲弟兄之间都是一个把一个往死里弄呢，把别人算啥？高洪升说我不去，这狗日毒蛇一样，太恶了，这回得给他把乖教教。高尔升说，兄弟，咱七叔说得对着呢。我原来在的汉稷区，城郊的农民为征地那真是拼死命，慢说你来一辆警车，就是十辆八辆也镇不住，那还是十年前的事，如今谁知都发展到啥程度了。咱这儿农民老实不到哪里去，吓唬教育一下就行了，得饶人处且饶人吧。高洪升这才不吭声。

第二天一早，高尔升又到七叔家，不一会儿高洪升也来了。七叔问，三雄那婆娘昨晚在家门口躺到啥时？高洪升笑道，她能躺到啥时？工夫不大就让他们本家人拽回去了么。今早天没亮，那婆娘就来敲门，我还以为又是来寻事了，不料她却说是连夜晚已凑了三千元，给派出所交了。我说交就交了，那是人家派出所的事，给我说啥？婆娘说你不是村干部我给你说啥？转身走了。七叔说，你看你看，这又给了咱个台阶么，快去把人弄出来就行了。高尔升说，我开车咱一块去，我顺便看看选民，说服选民让他写个谅解书，你然后去派出所领人出来。

高洪升虽说勉强同意，一路上仍是愤愤不平，抱怨说，七叔如今真是老糊涂了，成天给人说是了非，就是这样稀泥抹光墙呢，以我的脾气，这回非把他狗日的好好拘留上一个星期再说。高尔升说，七叔人家不糊涂，兄弟咱都应该记着，这其实也是一种生存智慧，是大智慧。高洪升虽说勉勉强强，最终还是照着办了。

一个不大不小的突发事件就这么摆平，高尔升觉得，这也是给自己上了及时一课。往后在家乡做事，各种关系不是简单了，而是更复杂，处理起来得格外小心才是。就包括跟傅秀云之间，真的该就此收住才是，就让那一次成为"绝版"成为回忆好了。既然下决心回到故乡来，肯定是想做些有益的事，又何尝不是一种自我救赎？救赎之路，再也容不得闪失。

第十七章

　　白小白通过秦伊力联系杜茂生教授，还是得找他看病。不过这一次不是女儿，而是她自己。失眠的连续累加，白小白已是撑持不住。

　　秦伊力打电话联系杜教授，杜教授说，上午三十个号又追加五个，你来也插不上队。午饭后吧，等我休息上一个小时你们过来，还约的有其他病人，各种各样关系找来的，我只好加班，都给看一看。秦伊力说，那就辛苦杜教授了。杜教授电话里笑道，那有啥办法，不然的话人民群众不答应嘛。

　　俩人吃完饭在白小白办公室聊天，掐着时间过去，一看是顾若虚已在那里等着了。她们跟顾若虚打招呼，都盯着他的眼睛看，下意识的，交替着看人左眼右眼。尤其是秦伊力，又高又大圆鼓鼓眼睛盯着人看，把顾若虚看得用手直摸自己眼睛。白小白倒是先转过神来，打招呼说，顾主席你也来了。顾若虚说，噢，你们年轻人还看啥病？

小党给大家一人接杯纯净水，指指关着的套间门小声说，他还没起来。话音未落，套间门从里面拉开，杜教授手提着裤腰说，小党快来啊！小党过去，帮杜教授把衬衫往裤腰里捅好拽平，夹好背带。背带裤一直都是杜教授的招牌着装。大家赶紧站起，都说来得早了，打扰了杜教授休息。杜教授走过来说，我中午其实也没睡着，就是眯一会儿打个盹就行了。小党嘴一撇说，还没睡着啊，头一挨枕头鼾声就起来了，把人吵的。杜教授笑笑说，是吗？问白小白说，你那个小美女呢？白小白说，上回吃了杜教授的药，她已经好了，我这回来是给我看看。白小白是照实说的，她不知道女儿把药扔掉的事，父女俩过后提也没提过，她当然认为女儿的病好，一大半要归功于杜教授。杜教授说，那女子长得好，浑身上下都灵醒，人说相由心生，甭惹娃了让娃好好长，长大准是个美人坯子。按说应该带过来再开些药，巩固巩固才好。白小白说，人家说她完全好了，不想吃药。杜教授又看看秦伊力说，小秦这女子长野了，小秦她妈年轻时长得好看，白白胖胖，脸上皮肤好的，一弹能弹出水儿来，结婚几年，熊猫一样，就是难怀上，小两口急得团团转，后来才找到我这里，吃我的药，半年后就怀上小秦，路子一蹚开，后面又一儿一女，不是接二连三生开了？我都记不清，是弟大妹大？秦伊力说，妹妹最小。杜教授说，也都成家立业了吧？秦伊力说，就是。杜教授说，你看你看，有苗不愁长，没苗可就难了。然后才问白小白说，你是看啥？白小白说，天天失眠，人觉得都快要抑郁了。杜教授说，上次给女子看病，没听你说么？看来老头子记忆力还真好。白小白说，上次我还好着，就是最近一个时期，女儿好了，我倒是病了。杜教授说，那就问题不大，时间不是很长么。白小白说，哎呀，我都觉得漫长的，成天度日如年。杜教授说，西方那个弗洛伊德不是说，性的扰乱是精神疾病的根本原因，按照他的一套，把睡眠问题都归为精神疾病的，那我问你，有没有这种扰乱？没等白小白回答，秦伊力笑道，人家老公比她还小好几岁，壮得公牛一样。杜教授说，你看咋样？我把他的理论摆出来，不是说他有多正确，恰恰是要证明他那一套行不通，起码是在咱中国行不通。中国自古以来社会问题、生存问题当先，轮不上"性"来扰乱人就出问题了，为什么太监好着，好人却病了，就是这个道理嘛，对不对？

杜教授然后看着顾若虚说，像顾大书法家，我们是老朋友了，又是另一类情况，"性"非但没有扰乱，还比别人锦上添花，可最终还是"性"以外的社会问题，把人给扰乱了。你那个霞子呢，今儿咋没来？顾若虚说，霞子这女子，人家把最好年华给了咱，咱也得对得起她，帮她投了些资，带了个年轻小伙子到南方开字画店去了，同时也做书画装裱，光是我的字画，就可以帮她把店面撑起来，附带再做点别人的字画。咱们这边的字画，有粗犷雄浑的西北风，在南方还是受欢迎的，南方有钱人到底多。咱这边，以前的字画销路，主要是商人买了送给官人，如今国家反腐倡廉，不行了。杜教授说，霞子好。顾若虚说，霞子还年轻，人家跟那个年轻人关系挺好，咱就主动促成他们。霞子男人吸毒，不是又给关进去了么，迟早得离婚。白小白和秦伊力听得出来，顾若虚把前段霞子男人混闹的事轻轻掩饰了。杜教授却不顾小党正拿眼睛翻他，又说一句，嗯，霞子好。小党终于忍不住，带着笑埋怨说，你赶紧给人看病啊！咱下来不是还有别的事。杜教授说，好好好，咱看病。老顾你说你是小便有点困难？顾若虚说，就是啊，我原先还怕是前列腺有啥问题，到医院来回做 CT 做彩色 B 超下来，都好着呢，现在的问题是尿不出来干着急没办法，把人憋得直冒冷汗么。杜教授说，查了没啥就好，那就属于功能性疾病，得靠中医慢慢调理。咱说呢，你们搞艺术的人富于激情，干啥比较激烈，不像我这中医出身的，知道个细水长流，你不信问小党么。小党做鬼脸说，我啥都不知道。顾若虚接着说，嘻，把我弄的现在水都不敢多喝呢。杜教授说，那不行，该喝还要喝，体内循环不能少。顾若虚说，想来也是最近生了些闲气……白小白和秦伊力互相看看，想着顾若虚终于绕不过去霞子男人的闹事，却听到顾若虚继续说，咱长宁写字的有个秦关，杜教授你可能不知道，人家不是看咱这些年红火么，成天告我呢，说我只顾弄钱，超龄了又压住不让书协换届，还告的七事八事，有的写上没的捏上，最近一段，我就说人家怎么消停了，加上咱也有点私事儿，结果人家到省上活动去了，越过我这长宁书协主席给自己活动了个省书协副主席。省书协也是多年不换届，这回突然给换了，你想都想不到，一下子竟然弄了六十二人的主席团，主席一个，常务副主席十六个，副主席十八个，副秘书长十个，还有名誉主席十一个，顾问六个，把咱给推了个光头，人家秦关一拿到这一毛不值的副主席，这下张狂开了，立马绕开我这书协，搭建了个汉唐书画艺术院，你说气人不气人，这不等于是给咱头上浇尿骚吗？杜教授笑道，半天是为这个生气啊？说明你这老同志还没有修炼到家，各行各业其实都一样，省里的中医学会也是多半百人，给我挂的什么副会长，开会我一次都不去。老顾你这下记住我的话，自己身体才是上帝，上帝不敢死，死了就啥都没了。顾若虚说，唉，想想也是。

杜教授口授处方，小党开了，顾若虚取了药先走。临走时对白小白秦伊力说，朱蹄坊朱老板都为我抱不平呢，这几天来回叫，让到他那里坐坐，到时候我通知你们，咱一块儿聚聚。白小白和秦伊力都说好吧。顾若虚一走，小党嘴一撇说，咱还好意思说人家呢，也不想想自己。杜教授笑道，又咋了？小党跟秦伊力白小白说，你们都不知道，一去北戴河，成天泡海水里不想出来，咱就怕万一出个啥事，你毕竟是八十岁人又不是十八，咋说都不听，疯得跟个小孩样。杜教授笑道，那有个啥，一事能狂便少年嘛，对不对？还咋样疯了，你给她俩学么。小党瞪眼道，还好意思让人学完，反正就是个疯子，老疯子！杜教授哈哈笑道，像我这年纪的，他别人谁想疯还疯不来呢，对不对？好了好了咱看病。

杜教授给白小白切着脉说，失眠症这是个很复杂的问题，由身体多种功能性问题导致，你到西医那里，就是个调节神经功能紊乱的谷维素之类，再加上安眠药。白小白说，我最近都在吃着安眠药，不吃实在不行么。过去还不理解人活好好的为啥要跳楼自杀，这下算是明白了，睡不着时，生不如死，人真想着一死算了。杜教授说，年轻轻的，可不敢有这种想法。死亡是一种逃避，活着才需要勇气。你没看姓元的一死，人家新领导立马来了，走个穿红的，来个穿绿的，老百姓该干啥还干啥不是？但你这安眠药经常吃也不是个办法，人有了依赖性不说，问题会越发严重。中医治这种病，也是个慢慢调理的过程，跟老顾那病一样，中药得持续吃着，但药不是一成不变的，我得根据情况每次作调整。白小白说，嗯，我这下就坚持吃你的药。杜教授说，人都说中国人没有精神信仰，我说中医不就是信仰？社会的家庭的个人的，方方面面问题导致的疾病，谁都治不了的，最后全推到中医这里，中医不是信仰是啥？白小白说，杜教授这话很有道理。杜教授说，如今许多人否定中医，我成天跟小党开玩笑说，咱是不能发视频，要能发的话，把咱的视频发到网络上去，广告词只写一句：老汉今年八十岁！保证比啥广告都管用。哈哈哈，小党你说是不是？小党白他一眼说，又疯了？

白小白取了药跟秦伊力离开，一出去说，老头子今儿看来情绪不错，话多的。秦伊力说，他成天这样，老顽童一样，就没见啥时不高兴过。白小白说，唉，把人家那身体分咱一半就好了。听老顾说那样子，跟那霞子算是分了好像。秦伊力说，他那人说话真真假假的，谁知道呢。白小白说，不过人家这个小党倒是蛮忠诚的，杜老头八十岁人凭啥把个三十来岁女人哄得团团转？秦伊力说，凭啥？凭钱呗。没看小党灵得跟虫一样，杜老头给他俩买的一套别墅就在小党名下呢，杜老头一死，接他这张招牌的，还不是小党？人家这才正儿八经叫关门弟子呢。白小白说，那杜老头的家人呢？小党男人呢？秦伊力说，杜老头老伴是二婚，比他小了近二十岁，如今不也是六十来岁人了，人家也是大别墅住着，只要把钱拿回去还管这些干啥。儿女当官的经商的，过得一个比一个好，没人弄这个行当，最终还不是落给小党了？小党男人病病殃殃要死不活的，当初两口子就是找杜老头看病才认识的。白小白说，噢，这样啊。秦伊力说，老顾今儿到底没提霞子男人出来闹的那一场。白小白说，那事他咋说？不过他说秦关那事，我也听说了，现在倒是觉得他怪可怜的。秦伊力说，可怜啥？一辈子钱也弄了女人也弄了，见好就收，歇下来多好，争啥争？

　　朱蹄坊朱老板说了几次要请顾若虚坐坐，晚上大家聚在了一起。秦伊力跟白小白开车接上顾若虚，顾若虚说，我跟耿亚红也说了，咱顺便去把她也接上。我本来还想着把贾宝民也叫上，一打电话他说是在湖北，鄂判下来了，十五年。白小白秦伊力都说，那么远啊，我们还说等判下来了去看看呢。顾若虚说，有牵涉的案子，现在好像都是易地审判，判了也好，判了也就有个指望了。

　　接上耿亚红，大家就往朱蹄坊去。顾若虚说，亚红你在报社消息灵通，长龙公司庞家兄弟那案子，现在啥情况？耿亚红说，我也说不清，听说是涉黑了，还没结案好像。对了，顾老师你知道不，人家秦关成立的那汉唐书画艺术院，市上把整个弄玉楼给他了。顾若虚说，弄玉楼是啥？耿亚红说，弄玉楼就是长宁湖边那个仿古建筑的七层塔楼么，花了好几个亿，元和鄢手里建的，刚建好他们不是就出事了吗，原先说是要作为长宁市城建博物馆呢。顾若虚说，噢，那个楼我知道，不是一直都叫做长宁楼么，咋又弄玉楼了？耿亚红说，名字来回变呢，现任的领导开会定下来了，就叫弄玉楼。秦伊力开着车说，弄玉楼？这么怪的名字。顾若虚说，名字倒是好着呢，弄玉吹箫、吹箫引凤么，都有历史典故的，弄玉公主是秦穆公爱女，富有音乐天赋，咱们熟悉的凤凰台遗址，就是秦穆公专为女儿修建的露天乐坛么。只是我就想不通，秦关个狗日的，给他先人坟烧了啥香，过去混得背的，贼是谁他是谁，突然间咋就把啥关节都打通了，啥好事都占上了？耿亚红说，人家在《长宁日报》整版整版做弄玉楼广告，大家都议论说，明明那就是秦关给自己弄的庙么，还非得打上弘扬传统文化幌子，新领导批的，广告费也免了，报社人有看法也没办法。一任一个想法，人家这一任咋就吃上秦关的药了？顾若虚长吁几口气，不吭声了。大家也都不再说啥。

朱老板一见顾若虚，只是死盯着他眼睛看，顾若虚抹一下双眼，似笑非笑说，看你把人看得怪的，这不是好好的嘛！朱老板这才回过神来似的，连忙说，噢……噢，大家快都楼上坐。大家包间坐下，朱老板问喝啥茶，顾若虚点了菊花冰糖。朱老板问，霞子呢，咋没来？顾若虚说，霞子去南方开字画店，当小老板了。朱老板非要打破砂锅问到底，又问道，霞子那男人呢？顾若虚说，又进去了，不过不是我跟霞子告发的他，几个人一块吸毒让警察抓的。大家都知道我跟霞子好，这是个明的，咱也不避讳啥，不过女子跟我也是把罪受了，让那货打的，还拿烟头在胸上和下身乱烫，唉，人都不忍再提。朱老板说，这不是伤害吗，咋不告他？顾若虚说，那种死狗烂娃，毒瘾犯了泼出命混闹，你又不是没见过，告顶啥用？不过他想从我这里赖钱总是没赖去么，如今在里面好好待着去。霞子这回开店的本钱是我给拿的，女子跟我一场，也算是一份补偿吧，有个年轻小伙子跟她在一起，那小伙原先搞书画装裱，人不错，对霞子也挺好，咱就成全他们，总之是希望霞子好就好。咱到底是老了，谁知还能活几天。霞子男人是个那样子，死缠着又不跟她离婚，但她终归得给自己找个落脚才好。朱老板竖起大拇指说，顾老师到底是个有情有义之人！

顾若虚又长吁一口气说，嘻，那一页就算是揭过去了。眼下就是秦关这狗日的，太要人命了。咱弄一辈子没弄上个省书协副主席，人家从咱头上跷过去给混上了。咱一个市级书协老是没个办公地方，这儿蹭那儿蹭的，人家这下竟然把一座弄玉楼都占了。朱老板说，顾老师我今儿把你一见心才放肚子了，啥弄玉楼弄金楼弄银楼的，咱两眼没让那疯子伤亏，就谢天谢地，比啥都好。顾若虚说，朱老板你是不知道事，秦关狗日的给我这个打击、这个耻辱，真是比让人把灯摘了还厉害啊，这是把咱艺术生命的灯给摘了嘛！耿亚红说，省书协换届那事，网上都成爆炸性丑闻了，简直开天大玩笑，看那样子，弄不好得推倒重来。顾若虚说，不可能亚红，以我的经验看，不可能推倒重来，中国的事情就是这样，得到的，人家就是得到了，亚红你不信把我话记着。朱老板说，对了，那个秦关，前几天带几个人还来过，一来就站在咱店门口指手画脚，你一句他一句，说是咱的牌匾咱的对联，字俗了内容也俗了。后来在包间吃饭，把我叫进去又是这一番话，几个人还介绍秦关如今是省书协副主席，字有多好多好，得过这奖那奖，秦关递我一张名片，上面密密麻麻印的，也是那些内容。他们"俗了""俗了"地来回说，你猜我最后给他撂一句啥话？我说"咱这人本来就是个俗人么"，

佯 狂 ｜

就出来了，一出来把那名片也给撕了扔垃圾桶。顾若虚说，看看，看看，那货真是迫不及待了嘛。耿亚红说，听他们说秦关这回为弄个省书协副主席可是没少花水，急着往回捞呢，最近又是打广告又是到处走动的，就没消停。社会进步呢，人咋能一代不如一代？顾若虚强装笑脸说，这话要你们说哩，我要说就成自吹自擂了。

正说着话，菜上齐了，朱老板招呼大家入席，他也靠门口坐下说，今儿咱人少，我给咱安排的菜是少而精。说着把关着的门又推推，放低声音说，穿山甲是最后一个了，咱今儿把它解决了。最近查得严得很，没看新闻上说南方那边把几个贩卖穿山甲的人都判刑了呢。顾老师，酒咱还是喝军供茅台咋样，也没有几瓶了，现在搞不到这种酒了。顾若虚说，朱老板既然安排了那好吧，酒咱就控制一瓶，最近吃中药，大夫本来是不让我喝酒的，喝就喝点吧，估计一时还死不了。朱老板说，顾老师好好的，说这不吉利话干啥？顾若虚说，我最近时常在想，人活着是多么可怜，人把天上飞的地上跑的土里钻的水里游的，都要弄出来吃了，为的自己好，人都不想想，人的命运最终跟它们全都一样，同样是没有了。问题是，动物们自然而然接受它们的命运，人来这世上还要百般折腾，折腾一来回也不顶啥，都是个死。朱老板说，顾老师看你说得悲观的，来来来，咱喝酒。

吃着饭顾若虚来回往卫生间跑。卫生间就在包间里面，一开始大家都还没注意，后来发现顾若虚脸色苍白直冒冷汗，朱老板赶紧问，顾老师你是人不舒服么，闹肚子还是咋了？顾若虚摇头说，不是不是，没事，大家都吃着。白小白跟秦伊力互相看看，因为前几天在杜教授那里见过顾若虚，她们能猜出是啥问题，但谁也不吭声。

顾若虚又一次急奔了卫生间，关住门，里面立即传出水管流水的声音，隔着门还是响声很大。这一次大家都注意到了，停住吃饭。朱老板嘀咕道，这个顾老师，真是用水不掏钱啊！话音未落，只听里面传出顾若虚的声音：

下雨了下雨了簌簌簌下雨了簌簌簌……簌簌簌……

大家哗地笑出声来，三个女的赶紧又掩住嘴。朱老板走到卫生间门口，想推门又看到秦伊力白小白在给他摆手阻止，而耿亚红嘴张多大的，傻了一般。朱老板把耳朵贴在门上听，其实不用他贴门听，在持续的水声之外，顾若虚响亮的声音又传出来：

簌簌簌下雨了簌簌簌下雨了下雨了簌簌簌……簌簌簌……簌簌簌……簌簌簌……簌簌簌……簌簌簌簌簌簌簌簌簌簌簌簌簌……

这种声音连续不断没完没了，简直要令人窒息。大家面面相觑，谁也不敢吭声。朱老板这阵更是脸蜡渣黄，死人脸一般难看，他不顾秦伊力和白小白又一次摆手，开始用肩膀抵门，门却是从里面关着的。朱老板喊道，顾老师顾老师……

里面的声音又一次响起：

簌簌下雨了簌簌下雨了簌簌下雨了下雨了下雨了……簌簌簌簌簌簌簌簌簌簌簌……下雨了下雨了下雨了下雨了下雨了下雨了……

声音越来越弱，渐渐停下，水管的流水声随后也停了。卫生间门哐当拉开，顾若虚出来了，满头满脸的汗水像是刚洗过澡。朱老板赶紧扶住他说，好着么顾老师好着么？顾若虚说，好了好了这下轻松了。朱老板说，哎呀顾老师，你真要把我吓死了！开门喊服务员拿热毛巾来。

顾若虚坐下，用热毛巾擦着脸说，实在不好意思，当着几位女士的面，丢丑了。耿亚红笑道，那有个啥，水火无情么，对不对？

顾若虚说，今年真是个坎儿，啥难都遇上了。几个女士在这里我也不瞒着，最近得这病怪不怪，人尿不出来么，越着急越不行，人笑话人时常说，活人还能让尿给憋死？我这下算是认了，这可真是要把活人憋死的架势呢！朱老板说，这样不行，你得好好去医院看看。顾若虚说，医院也查了，说是没有啥大问题，中医学院杜茂生教授给开的药，我正吃着呢。朱老板说，噢，那就没事。

饭菜早都凉了，热了一遍再端上来，人都没吃多少。尤其是那穿山甲，几乎是没人戳几筷子。顾若虚一轻松下来，话题很快又转到秦关身上。他说，狗日的猛不丁来这么一着，人毫无防备么，真是要人命哩。耿亚红说，顾老师我分析你还是把这事太当回事了，咱要为自己考虑，把啥事真正放开，啥都好了。白小白跟秦伊力都说，就是就是。顾若虚说，心里也明明白白是这个道理，就是放不开么，你说有啥办法？朱老板说，顾老师你听我说，咱这朱蹄坊的牌匾，我绝对不换别人的，哪怕满长宁城换得就剩下咱这一家，我也不换。话说回来，真要是换得剩咱一家了，蝎子尾巴独（毒）一份才好呢，对不对？你也清楚我这是农民进城做生意的，从当年推着三轮车做生意到如今开这个店，我算了算，就是从挂上你写的这牌匾，加上电视台那个"晶晶私房菜"宣传了一下，才红火的么，换啥呢？那"晶晶私房菜"，如今也怎么看不到了？耿亚红说，那个节目已经撤了，元的事一出，沈晶先是退到幕后配音换了别的人主持，后来节目就停播了。秦伊力说，人家沈晶前一向调走了，调到南京一家电视台，她女儿不是在上海上大学么，离得也近些。耿亚红说，哦？这个我还没听说。秦伊力说，她侄女小沈在我们体育局，亲口说的。耿亚红说，那就是准确消息。朱老板说，顾老师你放心，反正我是挂上你写的招牌挣钱了，实践是检验真理的唯一标准嘛，对不对？且不说秦关让我掏钱买他的字，他就是白送我我也不换。顾若虚笑道，朱老板你说这话，我爱听。

秦伊力开车送大家回家，先送的顾若虚，一路上大家纷纷说些安慰话才告别。顾若虚一下车，耿亚红说，当着顾老师面我都没敢说，昨天外地来了几个朋友，我领到绛云观去逛，发现他写的那匾额也给换了，换上了民国时郑孝胥题的老匾额，人家那字到底是老功夫，效果不一样。秦伊力说，想不到，道观也这么势利？耿亚红说，这好像还不能简单用势利不势利来解释。康平道长不是跟我熟吗，昨儿我还跟他聊到匾额的事，听他意思，绛云观大殿重修后，本来就主张用原有匾额，但大殿是在元手里重修，顾一心想题匾，元又是扶持顾的，元表了态，也就不好拧巴，勉勉强强换了。没想到前几天秦关带一帮人去，秦关嫌顾字"丑陋不堪"，其他人则是一旁帮腔，敲明叫响就让换上秦关的字。康平道长过后一想，活人争来争去，死人毕竟是不争了，干脆我还用我原先的，你们谁都别争。于是就很快换过来。康平道长平常看着文文气气的，没想到昨儿一说起这事竟有些激动，他说绛云观南北朝时代就有，一千五百年历史了，一个人在这世上才活区区几十年，谁又能争过历史？他还引用老子一句话说，"死而不亡者寿"，一个文化人要是不知道这个道理，那还不如跟着农民去种地呢，种一茬收一茬，利在当下多好！其实咱也在这儿说呢，顾老师也罢，秦关也罢，都是半斤八两，跟人家老一辈那字一比就比出来了。

白小白现在整天是昏昏欲睡，真正睡下了又睡不着，食欲不佳也不想说话，看到耿亚红说得兴奋，便只好加一句说，就是的，我那天跟伊力还说呢，顾老师也应该是知足了。耿亚红说，你看他说到什么飞的跑的，像是啥都看开了，其实内心里还是放不下。白小白说，就是的。耿亚红说，人平常老觉得一天一天重复着，啥都不变，过十年再看，啥都变了。这世界人都疯了，都要表演，都要佯狂，为名为利，连个道观的几尺净土都不给留，争来争去的，最后全都让时间给抹掉了。秦伊力笑道，亚红我没看出来，你还是个大哲人啊！耿亚红笑道，哈哈，哲人可不敢当，放到人堆里，也就是个"这人"，咱说别人呢，啥事遇到咱头上了，照样是个想不开放不下。大家都笑。

把耿亚红送到家，车上剩下秦伊力白小白两个人，白小白说，人家亚红说得对着呢，人争来争去，都是太把自己当回事，太自爱自恋了，你说我这突然间连自己也不爱了该咋办？秦伊力说，你少胡想！白小白躺倒在后座上说，让我稍躺一会儿，真是困得要死，但一回去肯定又是睡不着，伊力你都不知道，我现在有多害怕夜晚！秦伊力说，杜教授虽然那样说呢，你觉得实在不行，安眠药该吃还得吃着。白小白说，安眠药吃着呢，就没停，还是不行么，咱明天还得去杜教授那里，看他能不能把药再调整一下，这实在不行。秦伊力说，他明天不知上不上班，让我打电话先联系一下。说着就摸手机。白小白说，时间都晚了，就别打扰老头子。秦伊力说，那我打给小党，咱明天要去就一早去，抢在前面，让他一上班先给咱看，他那里迟早都是个人多。秦伊力一边开车，用免提拨通电话，半天小党才接了，秦伊力客套一半句，就约明早看病的事，却不料小党说，老头昨晚中风了，神志不清，在医院重症监护室里呢。免提电话的声音在车内回响，让秦伊力白小白一下子愣住。秦伊力缓过神来说，噢……要紧不？那你就辛苦招呼，我们抽时间过去看看。小党说，我还招呼呢？人家儿女们都不让我到跟前去，就连诊所，就连我们住的那套房子，锁全都给换了，要把我撵开。一个个人模人样的，这些年管过问过他们老子吗？这下全都冒出来了……我到底算个啥，我就是个保姆也不至于……呜呜咽咽成了哭声。秦伊力说，噢……噢那你就想开些……话没说完，小党那头已挂断了电话。

　　而这一边，电话嘟嘟嘟响了三声之后便是无声，车内于是陷入一片沉寂。直到把白小白送到小区了，也没人愿意吭声。白小白在车上又停了半天才下的车，临下车时说，唉，人都病了，如今给人看病的人也病了，看来，谁的病还得谁扛着。

第十八章

　　贾宝民从湖北回来没停几天，又要到那边去。

　　晚上他联系第五剑，两人一起到夜市吃烤肉喝啤酒。夜市熙熙攘攘，喝酒吆喝声此起彼伏，他们找了个比较清静的座位坐下。第五剑一见贾宝民，觉得他这一次精神状态明显好了些。要了烤肉烤鱼涮肚和水煮的花生毛豆，两人慢慢喝起来。贾宝民说，我前段一直在湖北那边住着，等她宣判了，才回来的。原先一直担心的是，怕判个无期，后来人家司法机关综合考虑，把她的主动交代和积极退赔，都作为减轻情节，落实下来将近两千万，数额确实不少，最后判十五年，算是很宽大了，她是当庭表示了不上诉，这样就直接转入那里的女子监狱服刑。第五剑说，噢，这样也好，这结果一出来，也就有个盼头了。贾宝民说，就是的，隔了半年第一次在法庭见她，比我想象中要好得多，看样子她已接受了这个事实，人很平静，对自己的犯罪，陈述得很客观也很坦诚，该她自己承担的，绝不推卸。判决生效后一转入女监，我就去探视了她，她第一句话就是：对不起……贾宝民说不下去。第五剑举杯说，来兄弟，咱喝酒。

贾宝民说，我这次回来，就是给她带些衣服过去，她还要些书，也给她带上。回来这几天也比较忙乱，我们住的那套房子不是退赔了么，许多东西腾出来以后都乱七八糟堆着，不好找。这次回来时间也紧，跟咱这帮弟兄们，都没时间一起聚聚，说实话也是怕聚在一起了，前面大家都操了那么多心，帮了那么多忙，那阵脑子哄哄的一片空白，这下稍冷静下来，真不知道说啥好了，只有以后有机会了，再报答弟兄们。第五剑举杯说，啥报答不报答的，现在还客套这个干啥，来来来喝酒。贾宝民说，还有那两个女的，秦伊力跟白小白，过去不是经常陪她打网球么，也来回打电话问我回来了没有，说是距离远一时过不去看她，她们准备了些书，还有她过去喜欢的几套运动衣网球鞋，让我带过去，我也没时间见了，再说东西多也带不上，只好等我过去了，让她们发快递。我是明天就准备走，今晚想着必须要把你老兄见见。兄弟我年轻，老兄帮过我那么多，我过去有啥做得不好地方，一定请老兄原谅。第五剑瞪眼道，你来回客套我咋就不爱听呢，咱如今还说这些干啥？贾宝民笑道，好好好，不说那些了，咱喝酒。

贾宝民说，我是在那边的一个物业公司找到了活儿，做修理工，这种活我以前就干过，应聘时试了几天，没有问题。那个物业公司就离女监很近，虽说探视是有时间规定的，但在心理上，总觉离她很近。我打算就在那里一直干下去，等待她出来，也算是陪伴她，让她感到我就在她身边，安下心好好改造，如果表现好，再能减刑几年，那就是更好的结果。第五剑说，我想会的。

正说着第五剑电话响了，一接是高尔升，高尔升说，我晚上刚回城，在家里拿些衣服，主要还是想着咱们跟马川明天一块儿见见，咱们明早七点半在惠风楼见咋样？第五剑说，好的好的。高尔升说，现在合同已经正式签订，各项工作马上全面铺开。我这次回城，是正式邀请你这位主将加入咱们葫芦沟的事业，上回算是打了个招呼，这回是正式邀请。第五剑笑道，老兄，兄弟不敢当啊！我随时恭候着呢。高尔升说，那好，我现在就给马川打电话，咱们明早见面再说。

接完电话第五剑说，我这下也要离开长宁，回到老家做些事情。接着就说了葫芦沟项目的情况。贾宝民说，那太好了，来，老兄，祝贺你！举杯跟第五剑碰酒。第五剑说，你过去跟我也干过一段咱那种事，这几年跟那几年还不一样，死人的事越来越多，年老的死，年轻的死，甚至连小孩也死，长宁城才多大个地方啊，几乎天天都有千奇百怪的死。有些日子就怪了，一宗接一宗的，那么多人好像商量好了，非要在同一天里扎堆死。说实话，这样一来钱是确实不少挣，但那种生意越好，人心里越寒碜。我两个孩子，一个上小学一个上幼儿园，他们到现在都不知道我在干啥，咱怎么能给孩子说这个？两个娃长这么大，我拉他们手的时候都很少，更不用说摸摸脑袋摸摸脸蛋了。不瞒你兄弟说，就是晚上跟你嫂子睡觉，一双手都不敢碰人家。贾宝民说，你说的这感受，我当然是有啊！那阵子挖空心思甚至是不择手段要跟鄢在一起，就是觉得咱身份地位太低了么。第五剑说，所以我要是一听谁动不动就叫苦，说自己是底层如何如何就来气，你们都算什么底层啊，老子这才是底层到井底了。贾宝民说，嘻，我那阵子也是一心想着能有个大的改变，谁知道会是这么个结局……第五剑说，好着呢，过去的事咱就不想了。像咱这种经历的人，任何时候只要想想那么多人死了，甚至死得那么没有道理，那么惨烈那么难看，咱好歹还活着，就没有啥事能把咱难住，你说对不对？贾宝民连连点头说，对着哩。第五剑说，兄弟，今儿我听了你这些安排，还看到你现在的心态，我也就放心了，没有啥，人活在世上就是这样，错了咱就改，跌倒再爬起来，好好活着，好好往前走着就是了。你明儿是啥时候走，我去送送你？贾宝民说，老兄你不用送，中午的高铁，家里哥他们送送就行了。第五剑说，那咱就回，你回去好好睡一觉。有啥情况咱随时联系着。

　　早上，马川最早到的惠风楼。买了羊肉泡馍的票，三个大老碗里端着七个圆饼，从餐馆后门拐出去，还是进到镶嵌在公园里的那方小院落，在露天的石桌石凳那里坐下。马川刚一落座，第五剑就赶到。马川说，给你是三个饼子，我们一人俩，咱今儿自己动手掰馍吧，手工活儿到底比机器绞馍好吃。第五剑抽着烟说，我还是机器一绞算了，我这手成天干那种活儿你又不是不知道，我自己都嫌脏，咱吃羊肉泡馍，你啥时见我自己掰过馍？马川一愣，想想也是，成天在一块儿狗皮袜子没反正，把这细节倒疏忽了。马川说，你记得不，咱俩上一次在这儿吃饭是啥时候？第五剑眼一瞪说，那谁记得，咱俩成天在一起混搭，谁还记那么清？马川说，我是记着的，你忘了高老师过三周年那天下午，咱们从老家回来，晚上元上吊了，第二天早上咱在这儿吃的饭？热天这几个月，人不是都想不起来吃这羊肉泡馍了么。第五剑说，噢……噢，我想起来了，你说得对着哩。我昨晚是跟贾宝民见了，他今儿要去湖北。接着就说了贾宝民的情况，说完感叹道，小伙子这一趟事经下来，变成熟多了，看来壳子还硬，算是他爸的娃。

　　正说着高尔升到了，在外面打电话，第五剑赶紧出去把他接进来，高尔升说，你俩找的这地方好，外面吵吵嚷嚷，这里倒是安静。第五剑说，马川单位就在对面，这地方是他发现的，我俩每次来就坐这里面。马川招呼高尔升坐下，把茶水给他倒上。

高尔升理了个圆寸头，人看着黑了，却精神饱满。马川说，老兄你理这短发看着精神。高尔升笑道，是吗？我是从十六岁那年离开咱老家上大学起，再到后来工作，一直以来，都是那种稍带偏分的中长发型，从来就没变过。前几天头发长了，到镇上想理个发，转过来转过去，要么是为年轻人美发染发的店，要么就是老式的剃头推头店，最后一狠心就进了老式推头店，把那三十几年的"洋楼"推成了"平房"。哈哈，晚上回去给你林嫂子跟高林他们发微信，都惊讶得不认识我了。第五剑说，好着呢老兄。我多年都是圆寸，洗起来抹一把肥皂一冲就完事了，急了干脆水龙头直接冲，到底方便。高尔升笑道，就是方便，对我来说，这也标志着彻底跟过去告别了。

马川跟高尔升说，老兄咱们自己掰馍吧？第五人家懒得动手，一会儿机器绞一下就行了。高尔升边动手边说，好，自己掰的馍好吃。天一冷，人还就是想吃一碗人家回民做的这种羊肉煮馍。咱老家那水盆羊肉，杨柱说他喜欢吃，我其实也觉得好吃，上次让东峰个货那么一说，人再一想真是不想吃了。马川说，东峰是个人才。高尔升说，当初嫌我不帮他安排个工作，多年对我疙疙瘩瘩的，这几年才好了。第五剑说，如今这样多好！安排个工作能弄个啥？我这么多年在那地方，成天跟城里各种人打交道，其实真正可怜人都在城里扎堆着呢，人说活不起死不起，真有人死不起，死了连个骨灰盒都买不起，更不要说买墓地了，家人拿块包袱一兜，谁知往哪块野地一埋，就了事了。高尔升说，咱农村我现在看，家里只要人丁旺没灾没病就好，日子过得都还不错。就是像选民那样的特殊情况，家里遭遇变故，个人又有点小残疾，生活就困难些，我跟方旭说了，让县上给娃办了残疾证，再给落实些残疾人困难补助，咱这回葫芦沟的项目，又让娃加入进来，问题也就解决了。马川说，我跟选民交谈，他还真是读书不少。第五剑说，小伙子钩鱼那两下子，真是绝活！高尔升说，这段给咱养鸡，娃真是中用得很呢。

马川掰馍掰得很仔细，一粒一粒黄豆般大小。高尔升掰的稍大些，有玉米粒大小。第五剑只是坐在一旁抽烟。高尔升说，马川看来才是个老吃家，人家正儿八经吃泡馍，就讲究掰那么小，煮了入味。这种饼子不是死面饼么，再小也不容易煮糊。马川笑道，反正没事么，咱说着话呢，慢慢掰着。高尔升说，人家那些回民老吃家，是每天早上一碗泡馍，雷打不动，每天吃完了，回去时再把饼子买好，晚上边看着电视就掰好了，第二天带来，还要带一个鸡蛋一个西红柿煮进去，天天循环，真是把吃当个营生呢。第五剑说，那麻烦死了。高尔升说，听说煮馍也有讲究的，掰好的馍在碗里，堆个尖儿那就是干刨，凹个小坑就是一口汤，谁知还有啥讲究，咱也说不清。马川说，人家真是吃出文化了呢。

等馍都掰好，马川一块端进去，把第五剑的三个饼子绞好，递进厨房，然后出来等饭。高尔升笑道，我这回是要正式请第五出山了。第五剑忙说，不敢不敢，老兄你这样说吓死兄弟了。高尔升说，咱的合同已经正式签了，我跟杨柱商量，由他跟县上签的，一次签了三十年，在咱们市公证处也办了公证，算是万事俱备。让杨柱签合同的好处是，杨柱是出资者，加上他在这方面有经验，对投入产出有个综合考虑。这样一来，第五一回去，咱俩都是墙里柱子不显身，具体落实就是了。咱那边现在的进展是，县上搞的大桥预计年底建成，桥墩已经搞好，水库马上重新蓄水，咱就可以考虑把鱼、鳖、虾苗子给它投放进去，这方面到时候咱雇请专人来管理，严格搞生态养殖。咱那葫芦沟据我了解，水土最适合养鳖，老鳖能长到小簸箕大，这就更好了，老鳖的价值比鱼更高啊！第五剑说，这太好了！马川说，鸡啊鱼啊鳖啊虾啊的，一想起来就让人兴奋。高尔升说，你到时候也回来。马川说，你俩这下都回去，剩我一个了，我还真想回去呢。高尔升说，前几天，把一千多棵广玉兰全给栽上了，一片葱绿，看着一下子不一样了。咱这地方，一到冬天树叶一落，到处灰秃秃的，这下常青树一栽上就好了。第五剑说，这么快？那是多大的工程量啊！你也等我回去再干么。高尔升笑道，我这些年远离实际工作，也不懂这些，一听上千棵树要栽，真是发愁呢，没想到人家杨柱打电话说，你根本就不用管，简单得很。他让这边合作单位联系的苗木公司，负责送来并负责栽好负责成活，先付的定金，成活以后再结清。人家有专用吊树设备，一下子来了几十个工人，几天就完成了。第五剑说，噢，社会真是发展了。高尔升说，咱们下来要立即着手搞的工程，就是那个玻璃的观光走廊，还要建餐厅和住宿楼，我同意杨柱的想法，不见得要追求豪华，但一定要像模像样，绝对要高过目前到处都有的农家乐水平。马川说，这样好，那种农家乐档次太低，长不了。高尔升说，再下来，就是我原先说的室内游泳池，杨柱意思是，要搞就正儿八经搞个水上乐园，功能更丰富，别的地方没水，都想办法引水硬要搞呢，咱在水边，为啥不充分利用资源？第五剑说，就是，这样更好。马川笑道，这么美好的景象，越说我越是坐不住了。高尔升说，肯定还得个过程，中间免不了也会遇到这样那样问题，第五这一回去，有啥事咱俩也就好商量了，只要咱一步一个脚印干下去，不要出现大的闪失，应该会有个不错的结果吧。第五剑说，没有多大问题。高尔升说，人家杨柱也说得清，在家乡做事，他是不打算给自己挣钱的，打平手都是值了，当然赢了更好，赢了钱他也不拿回去，都用来给家乡做更多好事，那就算是双赢，是最好的效果。

这都是杨柱原话。第五剑说，狗日的杨柱，原来跟我一样，成天穷的，靠高老师接济呢，如今简直成了人精了。大家笑着，服务员把饭端上来了。

大家吃着饭，高尔升说，第五你也不急，把原来的工作先给人家移交一下。第五剑说，我这没有啥移交的，那一摊子事是我承包的，我要不干，底下有几个人抢着承包呢。高尔升说，还有家里，你一走素娥照顾两个娃就得辛苦了。马川说，你问他在城里待着，管不管老婆娃？第五剑说，马川说的是实情，咱干那事，啥时叫就得啥时去，成天夜半三更地跑，想想跟老婆娃在一起时间确实太少了。经常晚上回去娃睡着了，第二天没起来娃又上学走了，有时一星期都跟娃说不上几句话。高尔升说，咱老家要说离城也不算远，开车走高速路，多半个小时，有个啥事随时也就回来了。第五剑说，这方面不存在啥问题，就是马川，你不会开车，这下要想见我们，就没有那么方便了。马川说，前几天跟肖芳把车订了，很快就买回来。第五剑说，人家肖芳开车不等于你开车，你难道成天吊人家肖芳裤带上不成？大家都笑。

正说着马川电话响了，一接是白小白的，白小白说，马川我想给你请个假，我得休息上几天。马川笑道，你领导呢，还给我请啥假。白小白说，是这样的，我给市上分管领导和文联大头儿也请假了，肯定要跟你也请个假，单位这几天就靠你给咱坚守着。人家市上新领导来了，这段不是成天搞作风纪律整顿呢么。马川说，你在家里在医院？我得去看看你啊。白小白说，不用不用，我就在中医学院附院这里打几天针。马川说，那好，我知道了。

接完电话第五剑说，跟你领导套得蛮近么，到底是老交情。把马川说得不好意思，急忙解释说，单位就这么两个半人，互相照顾么，人家如今是领导，这几年给咱的自由度，要说也蛮大的。

吃完饭，高尔升就急着赶回老家去。第五剑说他很快一交接，这两天就过去了。

马川到单位坐了一阵，然后去医院，在门口买了一捧鲜花，到病房看望白小白。

白小白住的两人病房，马川一去，看到秦伊力在，白小白打着吊瓶，正跟秦伊力聊天。马川说，没听说你有啥病么，咋就住院了？白小白说，要说也没有啥大病，就是个睡不着，却是要人命一样。伊力知道，前面是一直吃着杜茂生教授开的中药，效果虽不明显，多少还算有个指望。这杜教授前几天不是不在了么，猛一下人还接受不了，那么乐观有趣个老头儿，说没有突然就没有了。再一想人最终都有这一场，人家杜教授其实是幸福的，快快乐乐活到八十岁，说走干干脆脆就走了，啥罪也没受。就是让咱这死不了活不旺的，活受熬煎，看来还得中西医兼治，打上几天针看能缓解不。马川说，没事的，问题不大。秦伊力斜白小白一眼说，就是呀，能有多大个问题？啥没见啥呢，成天就死呀活呀的。白小白笑道，伊力你是病没在你身上，站着说话不腰疼，若是发展成抑郁症，可不是离死不远了？马川说，不会不会的，你这刚发病不久，抓紧治疗没事。你家老尤呢？白小白说，女儿今年不是上高中了么，老尤一日三餐要做饭，任务重着呢。马川说，噢，那肯定是大事。白小白说，我白天在医院打打针，晚上也就住回去了，住在这医院里估计越发睡不着。你看我成天跟伊力在一块，人家伊力说她睡不够，我咋突然就成这样了呢？秦伊力跟马川开玩笑说，你看人家马老师一天不紧不慢的，才叫潇洒呢。白小白说，就是呀，我这段还在想，人家马老师貌似原地站着，咱貌似跑个不停，最后下来，咱还是落在马老师后面呢。马川不明白白小白说这话的真正含义，也不想明白，就笑道，领导这话深奥的，听不懂。大家都笑。

待了一会儿，马川说，领导那你就安心养病，我给咱回去坚守工作岗位去。不要想太多，没事的。

这么礼节性看过，马川出来了一想到她们说的"潇洒"，便暗自发笑。谁的伤就长在谁身上，别人没法替代。有的是明伤，别人能看见；有的是暗伤，只有自己对付。而谁，又能被上帝饶过？

第十九章

　　广场舞简直跳疯了。到时代广场来跳舞的人越来越多，黑压压铺满了广场。马川晚上回来在这里下公交，再想擦边绕着跳舞人群转转看看，显然没有了插足之地。他贴着道沿往过走，想在以往礼帽大叔所在的位置再看见他，却找不到。站住了四处打量一番，才发现他是移到了靠中间位置，白胖大妈和精瘦大妈仍然在他旁边。节奏分明的音乐声震地轰响。时代广场是长宁市最大的中心广场，到这里来跳舞，似乎代表着长宁水平，某种意义上也有表演的成分吧？而几个月前，长龙大厦地基里挖出死人的事，看来早被人们忘到九霄云外。马川不想在这里多停，就慢慢往回走去。

　　马川一走到自家楼前，就看见对面楼的脑梗女人，依然红衣白鞋，腰杆挺得硬直，背上背着她的剑在缓慢挪步。天凉了，即使里面加了衣服，还要把红衣罩上，红衣代表着她曾经的生命活力。不过这样子看上去也能稍好一些，不像夏天，被一层单衣勾勒出形销骨立，瘦得吓人。看见马川走过来，女人停下来，马川这回主动打招呼说，阿姨，你咋没去广场跳舞呢？女人说，去了，又回来了，你都不知广场有多少人，挤得实实的，我看了，许多人都不是咱这跟前住的，有远没近跑过来挤热闹。马川说，就是人多，我刚从那里过的。女人突然拿手掩了嘴说，二楼，人回来了。说着仰脖子朝上看看。马川问，你说是……女人不耐烦说，就那女校长。马川这才哦了一声。女人以前老是拿"坏种""害人精"称呼那韩校长，今儿没有这样称呼，让马川一下子还没反应上来。马川说，是没事了？女人嘴一撇说，那么大事咋能没事？判了，判了个空的。马川问，啥叫空的？女人说，判二缓三还不是空的？

正说着话，突然有一只手搭在马川肩膀，他吓一跳，回头一看是肖芳，手里拎一包东西，马川问，你咋跑回来了？肖芳笑道，我咋就不能回来？让你过去拿东西你又不去，还不是得我送过来？马川说，你们成天忙的，我还不是怕麻烦你们吗？肖芳笑道，实话给你说，我也是想找机会多练练车呢。新车一接回来，马川也知道肖芳这些天兴头正大着呢，就说，你就好好张狂，晚上这阵，人车混杂的，你过来没看广场那块有多少人！肖芳说，人多怕啥，人多才能练出真本事么。哎呀，咱快上去，给你带的吃的，要赶紧放冰箱呢。

女人非但没有走开，而是盯着马川和肖芳看，交替地看看这个再看看那个，更多还是看肖芳。马川说，阿姨，这是我媳妇。女人没吭声。肖芳说，阿姨那我们先上去了。女人也没吭声。

两人回到家，肖芳把那一包东西打开，有刚蒸的包子，有烧好的排骨、肉臊子，分门别类，猫着腰往冰箱里塞。马川在她屁股上拍拍说，我发现你现在真有些张狂呢。肖芳有一个又大又翘的屁股，这也是马川当初被她吸引的一个重要元素。肖芳边忙着边说，我苦练技术倒是有错了，往后等咱娃在这边上学前班上小学了，我上班要开车来回跑呢，车技不练好咋行？肖芳说着已站直了身子，把脸凑到马川面前说，你说说，咋行？马川看到肖芳今天因张狂而心情好，因心情好越发张狂，就揽腰抱住了她，抱紧了挤压她的胸，却是没有接吻，中国夫妻之间的亲昵，接吻是早早就被排除了的项目。

肖芳说，人家气还没喘上来呢。推开马川却往卧室去，一进门就说，你咋又把这图钉撒上了？说着又要找笤帚清扫。马川说，别动别动，你练车技呢，我也得练出过硬功夫啊，我要证明我啥问题都没有，这样咱佳佳往后住回来了，交给她一个完好的爸爸，有啥不好？见肖芳还站在那里发愣，马川又揽了她腰，连推带拥到客厅沙发跟前，马川说，你别动，我帮你脱。肖芳臀大臀翘，却是腰身纤细，她不是那种圆筒形身材，这种曲致，才是当初吸引马川的真正原因。马川急不可待，好不容易把一条牛仔裤扒掉，他让肖芳趴在沙发，手扶住沙发靠背，就没完没了张狂起来。完了两人交叠着躺倒在沙发上。

肖芳说，你现在爆发力这么强的？召之即来来之能战的架势啊！马川说，那当然，我就是要证明我好了。以前发动机都出问题，零件还能管用？这下要彻底好了，我也学车呀，要不然，第五剑如今也去了葫芦沟，我想找个人谝谝都没有。肖芳说，你学你学，好学得很，我下来给你当师傅。马川笑道，人常说，要得会，跟师傅睡，今儿先落实到行动上再说。肖芳踹他一脚说，去你的！

他们下楼来，一看那脑梗女人还在底下，并且就在楼道口那里站着，似乎在等着他们。一见他们从楼道出来，又是交替往俩人脸上紧盯。马川知道，这种年龄的女人能看出来他们刚干过什么，或者是能嗅出来，甚至她在楼底下也许已听到他们张狂的声音，他赶紧打岔说，阿姨，你还在锻炼啊？女人不立即回答，沉默一阵才说，她在楼上呢，灯一闪又赶紧关掉，我知道她在家钻着呢。本来就是有气无力的声音，又故意压低着说话。马川说，噢。肖芳问马川说，我还忘了问，那个箱子，取走了么？马川说，还没有。女人问，啥箱子，啥箱子？马川说，没啥没啥，是说个别的事。女人盯着肖芳，然后对马川说，我刚才猛地想起来了，这女子就是你媳妇，在咱这儿住过，就是头发没原先长了。肖芳笑道，阿姨你这下把我认准了。指指马川说，他这下要是带别的女人过来，你就给我报告。女人说，那现在为啥不住这儿？肖芳说，娃小，住我爸我妈那里，他们帮着带娃呢。女人这才释然，点头说，噢……噢我明白了。

马川送肖芳到车跟前，说这女的太有意思了，包打听，她是把角角落落的人和事都要弄个明明白白清清楚楚的。肖芳笑道，有这么个人盯着才好哩，比咱小区那么多的天眼还管用，以前是愁你不能，这下又该防你点儿，别能得溢出来了。你反正小心着，我现在有车开，随时就回来检查你。马川笑道，你就张狂得很！你赶紧走吧，路上开慢点，一到家，立即打电话汇报。

马川在楼下转悠，等到肖芳电话过来，才上楼回家。一推开门，却发现门底下塞进来一张纸条。可以肯定，就是在他们下楼这段时间塞进来的。马川拿起来一看，正是底下那韩校长写的：

　　马老师您好！我上来两次取箱子您不在家。您要是回
来，方便的话请打我电话，我上来取一下。先谢谢您了。
　　　　　　　　　　　　　　　　　　　　　　　　　韩霄

　　　　　　　　　　　　　　　　　　　　　伴　狂 |

纸条下面，写了一个手机号码。

也该取走了，老放在这里，成了人负担。马川立即拨电话，韩霄说，马老师我马上就上来，谢谢您啊！马川觉得，这女人一下子变得客气了，客气得都有些过逾。不大工夫，响起了敲门声。马川开门说，韩校长你好！招呼她进来坐下。女人穿一身黑色套裙，上衣是圆领短款的那种，卡在很细的腰上，人是越发的瘦，本来就细长的脖颈显得更长，脸上涂抹的痕迹似乎很重，不过看上去精神状态还不错。

马川先从阳台把箱子拎出来放在客厅，说灰尘都落满了。韩校长说，没事那没事，人一天忘性大的，老是丢三落四，这刚才出门时，差点又把钥匙忘带了，幸亏在锁门前一刹那，又意识到了呢。把攥在手里的钥匙朝马川晃晃，咯咯咯咯发出一长串笑声。马川也便跟着笑笑，觉得韩校长这笑声既无来由，也不欢快，唯有干巴巴的苍凉。以马川观察得出的经验，举凡离婚的女人，动辄会莫名其妙地咧嘴大笑，以显示自己离开别人照样活得很好；而离婚加失意的女人，就越发如此。至于笑出来是不是就表示欢快，她们是管不了那么多的。韩校长此刻的情形，就让马川联想到了自己的那份经验。

韩校长说，上次也是，哐当一锁上门，才发现钥匙没带，多亏箱子在你这儿放了，都有几个月了吧？我这段是外出了，开会啊考察学习啊培训啊，乱七八糟事情多的，一直也没有顾得取，实在不好意思。马川说，没有啥。韩校长说，人说远亲不如近邻呢，看来真是的。马川说，小事小事，不用客气的。正说着，韩校长手机响起蜂鸣提示音，韩校长说，不好意思，我先处理个事情。拿出个大屏的苹果手机就操作起来，那干瘦细长的手指在手机屏幕上舞得飞快，停下来了，仍把手机捧在手里说，编辑好了，稍等下我一发就好了，不好意思。马川笑笑没吭声，也不知道她编发的什么要紧东西。韩校长捧着手机，眼里却是盯着腕上的电子表，似乎在分分秒秒地掐着时间，终于点击了手机说，好了，发布了。马川注意到韩校长说的是"发布"而不是"发送"，就越发觉得韩校长有些神秘了，但他没有吭声。

韩校长把手机装入裙兜说，实在不好意思，马老师你也有新浪微博吧？马川说，有呢，注册了，但基本是闲着，不大上去。韩校长说，噢，那里面有个"钟声长鸣"的微博，你注意过么？马川说，没有。韩校长说，那就是我的。说着又把自己手机拿出来，凑到马川跟前让他看，马川看到最新的一条是：

【亥时/21:00】铛～铛～铛～铛～铛～铛～铛～铛～铛～

韩校长说，这就是我刚才发布的，晚上九点整。我的发布，正负误差一般不会超过五秒。马川哦了一声，这才明白她所说的"发布"，就是发布的这个。韩校长滑动着手机屏说，你看么，每个时辰都准时发布，一个不少。马川问，那后半夜人休息了呢？韩校长说，我设定了闹钟，每个时辰提前都有提醒的。马川说，哦。韩校长说，我微博这才开了一个来月，还在慢慢积累经验，不过这也是我对这世界发出的声音，算是证明着自己的存在吧。一听"声音"和"存在"这种字眼，马川心里咯噔一下，立即联想起那高亢的大喇叭声，又会重新喧响吗？但他并没有在神情上表现出来，他说，噢，我回头好好学习一下。韩校长说，马老师要多指导呢。

坐了一会儿韩校长要走，马川也客气道，韩校长要不我帮你拎下去？韩校长说，不用不用，我可以。就拎着箱子下楼去了。

　　　　　　　　　　　　　佯　狂 |

隔了不大工夫，韩校长电话打过来，韩校长说，马老师太感谢你了！我打开箱子看了看，里面放着的那些化妆品洗发液护发素花露水红花油玻璃杯等等，一切一切，都像我当初放进去时一样，整整齐齐在里面立着，动也没动，哎呀真是太感谢你了！马川笑道，不用谢，这没有啥。挂了电话马川就心想，这女人转身就能忘记钥匙，却可以清清楚楚记得几个月前箱子里的小东小西如何放置，并且以她所说的箱子里内容，莫非她是在做化妆品生意吗？这么想着，马川自己就笑了。还有，女人前面说的什么开会考察培训之类，马川心里明明知道那是谎言，脸上却可以若无其事，不反映出来。给人尊严，有时候自己要甘当傻子。在这一点上，马川对自己还算满意。

出于好奇，马川打开手机里的新浪微博，找到了"钟声长鸣"，立即看到这样一幅满满当当眼花缭乱的景象：

【子时/23:00】铛～铛～铛～铛～铛～铛～铛～铛～铛～铛～铛～

【丑时/01:00】铛～

【寅时/03:00】铛～铛～铛～

【卯时/05:00】铛～铛～铛～铛～铛～

【辰时/07:00】铛～铛～铛～铛～铛～铛～铛～

【巳时/09:00】铛～铛～铛～铛～铛～铛～铛～铛～铛～

【午时/11:00】铛～铛～铛～铛～铛～铛～铛～铛～铛～铛～铛～

【未时/13:00】铛～

【申时/15:00】铛～铛～铛～

【酉时/17:00】铛～铛～铛～铛～铛～

【戌时/19:00】铛～铛～铛～铛～铛～铛～铛～

【亥时/21:00】铛～铛～铛～铛～铛～铛～铛～铛～铛～

【子时／23:00】铛～铛～铛～铛～铛～铛～铛～铛～铛～铛～铛～

【丑时／01:00】铛～

【寅时／03:00】铛～铛～铛～

……

一个多月来的微博，没有一条别的内容，没有一个多余的字，一天一天，一个时辰一个时辰，反反复复，来来回回重复着的就是这个内容。像是一组又一组的阶梯，不管你往上爬还是往下走，都是没完没了。而每一条底下，竟都有长串的留言，少则数十条，多则上百条，有人甚至掐着时间，迫不及待就等着这铛铛铛的钟声响起，一响起立即留言呼应：

嗨，终于坐沙发了！

铛～铛～铛～铛～铛～铛～铛～铛～铛～铛～铛～，平平安安又一天。

铛～，哈哈，丑时不睡觉会变丑吗？

睡不着，谁出来陪我聊聊？

铛～铛～铛～，孤寂难眠的后半夜，幸有你作伴。

……我发生了很多事，我都无力去诉说……我只希望我能再熬下去，可是我真的怕我熬不下去……

钟声依旧，人事皆非……有时候殚精竭虑地想要抛弃一段生活，结果还是被生活抛弃了。

铛～铛～铛～铛～铛～，感谢钟声长鸣，陪我慢慢变老……

早安朋友……可是我一晚没睡着。

时间啊，你快些、再快些！这个周末，我就要见到我女朋友了。

　　……

　　博主从无只字回复，但留言却是绵绵不断。

　　再看看微博的关注人数，马川更是惊呆，自己的微博，才可怜的上千关注，大多还是靠自己关注别人换取的。而"钟声长鸣"没有关注任何人，被关注数字却已经是：201664，马川个十百千万十万地数了一遍，有点不相信自己眼睛，揉了揉眼睛再数，还是落在了"十万"上。马川不禁叫出声来，我的神哦！这世界是怎么了，人们究竟是太有闲还是太无聊？

　　为了表示远亲不如近邻的邻居之情，也不枉韩校长亲口告诉自己她开的微博，马川把"钟声长鸣"也加了关注，想着让那最后一位数字由4变成5，一看却是变成了9。也就是说，在这片刻工夫，包括自己在内，共有五人关注了她。这数字还会不断增大，这也正是韩校长所要的效果。

　　女校长。韩霄。"钟声长鸣"。在判二缓三的未来三年，因为按法律规定她不能离开居住地，也许就要一直这么铛铛铛铛地长鸣下去。甚至，她一生都会用这种方式发出她自己的"声音"，证明她自己的"存在"。马川一想到"声音"二字就心里发慌，很快，他就自己失笑了自己：这又算得了什么声音呢！马川心说了，关注虽说是关注了，我平常又不看微博，你的声音对我来说，就等于零。

　　马川关掉手机，踮着脚尖跨过那一地图钉，躺在了床上，脑子里铛铛铛铛的声音却响成了一片。这下完了！为了生存挣扎了这么久，莫非前功尽弃，又要回到过去那种要死要活的状态去？马川心里顿时充满恐惧，他蜷缩着身子，环抱枕头把双手全都压在枕头下面，大气也不敢喘，想着让自己尽快平静下来，尽快睡着。

马川睡到天亮睡到自然醒，再恍然想起昨晚的担心，才发现担心完全多余。女校长那喑哑的"声音"，已全然不能对他构成任何威胁啦！

2016.08.03　一稿

2016.09.25　二稿

图书在版编目（CIP）数据

佯狂 / 向岛著. -- 北京：作家出版社，2018.3

ISBN 978-7-5063-9932-6

Ⅰ. ①佯… Ⅱ. ①向… Ⅲ. ①长篇小说 – 中国 – 当代

Ⅳ. ①I247.5

中国版本图书馆CIP数据核字（2018）第051126号

佯 狂

作　　者：向　岛

责任编辑：雷　容

装帧设计：焚香图文

出版发行：作家出版社

社　　址：北京农展馆南里10号　　　邮　编：100125

电话传真：86-10-65930756（出版发行部）

　　　　　86-10-65004079（总编室）

　　　　　86-10-65015116（邮购部）

E-mail:zuojia@zuojia.net.cn

http://www.haozuojia.com（作家在线）

印　　刷：中煤（北京）印务有限公司

成品尺寸：152×230

字　　数：165千

印　　张：14

版　　次：2018年4月第1版

印　　次：2018年4月第1次印刷

ISBN 978-7-5063-9932-6

定　　价：33.00元